댐 숨겨진 진실

조현득 기획 | 조현득, 박영철 원안 | 임나경 지음

황금소나무

국립중앙도서관 출판예정도서목록(CIP)

댐 = Dam : 숨겨진 진실 / 기획: 조현득 ; 원안: 조현득, 박영철 ;
지은이: 임나경. -- 서울 : 황금소나무, 2017
p. ; cm

'황금소나무'는 마인드북스의 문학 출판 브랜드임
ISBN 978-89-97508-40-2 03810 : ₩13800

한국 현대 소설[韓國現代小說]

813.7-KDC6
895.735-DDC23 CIP2017006407

댐
숨겨진 진실

2017년 3월 23일 1판 1쇄 인쇄
2017년 3월 30일 1판 1쇄 발행

지은이_임나경 | 기획_조현득 | 원안_조현득, 박영철
펴낸이_정영석 | 펴낸곳_황금소나무
주 소_서울시 동작구 양녕로25길 27, 403호
전 화_02-6414-5995 / 팩 스_02-6280-9390
출판등록_제25100-2016-000064호
홈페이지_http://www.mindbooks.co.kr

ISBN 978-89-97508-40-2 03810

* '황금소나무'는 마인드북스의 문학 출판 브랜드입니다.

작가의 말

'국가의 주인은 국민이다.'

이 말은 누구나 다 알고 있지만 항상 잊어버립니다. 저를 비롯한 모든 이들이 이 땅의 실체이지만 마치 아무런 관계가 없는 듯 자신의 삶에만 집중하며 살아갑니다. 누군가 대신하겠지, 나 아니어도 잘 되겠지 하는 안일한 생각으로 당연한 듯 살아갑니다.

이번 작품을 집필하면서 이런 편협한 스스로를 온전히 들여다보며 크나큰 위험을 앞두고 나 자신은 얼마나 용기를 낼 수 있을까를 수없이 상상해 보았습니다. 하지만 그러한 상황을 떠올릴 때마다 매번 고개를 숙이는 저 자신을 발견하게 되었습니다. 누구나 말로만 하는 그 당연한 것들이 실상은 크나큰 용기와 의지가 있어야 가능한 일이더군요.

또한 이 시대의 진정한 영웅은 누구인가도 다시 한 번 재정립할 수 있는 시간들이었습니다. 이 작품을 탈고할 때쯤, 제 머릿속 영웅은 '지혜와 용기가 뛰어나 사회의 이상적 가치를 실현하는 사람'이라는 사전적 의미와는 다르게 각인되어 있었지요. 거창한 수식 어구가 따라다니지 않아도, 이 시대의 영웅은 가장 작은 자리에서 성실하게 살아가는 바로 우리들이라는 것을 깨닫게 되었습니다.

제일 먼저 이 작품의 기획자이신 조현득 대표님께 진심으로 감사의 말씀을 올리고 싶습니다. 이렇게 큰 의미를 담은 작품을 만날 수 있도록 해 주셔서 집필하는 내내 국민의 한 사람으로서 뜨거운 가슴으로 감동의 순간들을 느껴 볼 수 있었고, 평범하고도 행복한 제 삶에 대해 큰 감사를 올릴 수 있었습니다.

그리고 제 작가 인생에서 평생 기억하고 항상 감사를 드릴 분이 계십니다. 혼자서 치열하게 고민하며 걸어가는 소설가로서의 외로운 행로에 너무도 큰 이정표를 만들어 주시고 늘 격려해 주시는 황금소나무 정영석 대표님께 제일 먼저 감사의 말씀을 올리고 싶습니다. 작가의 생각과 의지를 항상 존중해 주시고 응원해 주시기에 무사히 이번 여정도 마칠 수 있었습니다. 또한, 늘 아름답게 작품을 단장해 주신 성유빈님께도 깊은 감사의 말씀을 올립니다. 작품마다 아름다운 예술작품을 보는 듯 단장해 주셔서 표지와 내지 시안을 처음 만날 때마다 황홀해진답니다.

마지막으로 무엇보다 항상 말없이 뒤에서 격려와 응원을 아끼지 않고 보내 주셔서 마음 편하게 집필할 수 있도록 도와주시는 너무도 고마우신 부모님, 세상에서 가장 엉뚱발랄하나 사랑스러운 로맨시스트인 정원이, 최고의 제 독자인 동생과 함께 출판의 기쁨을 나누고 싶습니다.

치열하고도 설레던 한 해를 열정적으로 작품을 집필하며 보낼 수 있어 행복했습니다. 오늘도 자신의 삶터에서 최선을 다해 살아가시는 이 땅의 모든 영웅들께 박수와 함께 끝없는 응원을 보내고 싶습니다.

2017년 소담스럽고도 아름다운 봄을 기다리며

임 나 경 드림

차 례

DAM

프롤로그

"우라질……."

모든 감각이 옅어지고 있었다. 열두 시간 전부터 온몸이 화석화가 진행된 것처럼 무겁고 둔감했다. 양 발끝은 한겨울 동상에 걸린 듯 아무리 오므렸다 폈다를 반복해도 그대로였다. 골수를 파고드는 한기는 입을 꾹 다물어도 이빨 부딪치는 소리가 언제부턴가 이명처럼 귓가를 맴돌았다. 댐 마루에서부터 이어진 자일을 쥐고 앙버틸수록 왼쪽 새끼손가락 아래가 끊어질 듯 쿡쿡 쑤셨고, 아크를 쥔 오른손은 경련이 일어나듯 주기적으로 움찔거렸다. 거의 바닥이 난 산소통이 사정없이 짓눌러 댄 덕분에 댕댕해진 어깨 근육의 방해로 고개를 돌릴 때마다 깡통 로봇처럼 뻣뻣하고 어색했다.

30년이었다. 더도 덜도 말고 딱 30년이었다. 떨치고 싶을 만큼 지겹고도 질긴 인연, 다시는 고개조차 돌리지 않겠다고 몇 번이고 맹세를 했지만 얄미운 첫사랑처럼 미련이 남아 자신도 모르게 발걸음을 돌리게 만드는 밉살맞은 인연이었다.

"너도 지겹지? 나도 지겹다."

현준은 절로 웃음이 나왔다. 자신도 왜 그리 그 구저분한 인연에 목을 매는지 알 수 없었다. 이 괴물 같은 애물단지에게 마음을 쏟을 때마다 돌아오는 것은 참기 힘든 모욕과 상처뿐이었지만 차마 그 손을 놓을 수가 없었다.

현준은 제대로 구실도 못하는 레귤레이터를 떼고 마스크를 벗었다. 얼음장 같은 얼굴 위로 가을비가 모지락스럽게 쏟아져 내렸다. 웨트슈트 아래로 파고드는 냉기에 오줌이 절로 흘러나왔지만 희한하게도 얼굴 위로 내리붓는 장대비가 도리어 상쾌했다.

빗줄기가 반가워 천상바라기처럼 올려다보는 건 아니었다. 감히 아래로 시선을 떨구기가 두려워서였다. 그 끝을 알 수 없는 깊숙한 곳에서 자신을 벼르고 있는 수마의 우두머리가 금방이라도 지느러미를 죄어치며 올라와 얼어 버린 딱딱한 몸뚱아리를 삼킬 것 같아 희뿌연 하늘만 올려다보고 있었다.

현준은 어려서부터 물을 무서워했다. 철도 나기 전 저수지에 빠져 죽을 뻔한 뒤로 아무리 더워도 물가 근처에는 고개도 돌리지 않을뿐더러 대중탕에 가도 욕탕에 한 번도 몸을 담그지 못하는 그였다. 그런 사람이 열 시간 이상 물속에서 이러고 있다는 것이 스스로 생각해도 희한하고 신기할 따름이었다.

쓸모없는 쇳덩이를 벗어던지자 돌덩어리처럼 축 늘어져 있던 몸은 봄날 가볍게 날아오르는 나비처럼 둥실 떠올랐다. 세상의 모든 짐을 내려놓은 듯 묘한 해방감을 맛보며 현준은 냉소를 지었다.

"나한테 너무 버거운 짐이야. 진즉 벗어던져야 했는데. 어깨가 부서질 것 같다……."

진한 초콜릿 향내처럼 텁텁하고도 그윽한 담배맛이 입 안에 감돌았다. 심장마저 얼어붙을 것 같은 추위 때문인지 아니면 한 치 앞도 알 수 없는 상황 속에서 홀로 감당해야 하는 외로움과 두려움 때문이었는지 알 수 없었지만, 담배가 너무도 그리웠다. 딱 한 모금 빨고 그 퀴퀴하나 맛깔스러운 연기를 내뿜을 수 있다면 조금이라도 더 버틸 수 있을 것 같았다. 그러나 그에게 젖은 담배라도 물려 줄 이는 주변에 아무도 없었다. 음흉스럽고 어둑시근한 암실 안에 갇힌 이는 오로지 현준, 그뿐이었다.

거친 자일(암벽 등반에 이용하는 밧줄)을 부여잡은 왼쪽 손바닥에서는 상처가 터져 피가 흘러나오고 있었다. 동아줄을 붙드는 그의 팔은 방전되어 가는 배터리처럼 점점 는적거렸다. 극렬한 공포감과 분노감에 현준은 두 눈을 치켜떴다.

"야! 이제 그만해. 이 망할 놈아, 얼마나 나를 더 괴롭혀야 직성이 풀리겠냐? 그만하라고, 제발 좀 그만하라고!"

1장

아픈 상처

기억은 고통만 상기시킨다

1986년, 늦가을을 향해 달려가는 시월의 밤은 휑한 공기로 가득했다. 조그마한 동네의 가로등은 셔터가 반쯤 걸쳐진 문구점의 입구를 너무도 훤하게 비추고 있었다. 문구점 단골 꼬맹이 손님들이 이리저리 흩트려 놓은 물건들을 정리하며 문구점 주인은 텔레비전을 뚫어지게 쳐다보았다`.

- 북한이 200억 톤 저수량의 금수산댐을 건설하고 있습니다. 이 댐이 무너지면 서울 63빌딩 중턱까지 물이 차오를 수 있습니다.

문구점 주인 영감은 안경을 고쳐 쓰며 텔레비전의 볼륨을 높였다. 화면 속의 정장을 한 중년 사내는 물이 담긴 수조 안의 서울시 주요 건물 모형을 지휘봉으로 가리키며 심각하게 설명하고 있었다.

"아, 뭐해요? 얼른 저녁 드시구랴. 그리고 아까 들었던 이야기 왜 그리 듣고 또 듣는 거요?"

그악스럽게 미닫이문이 왈칵 열리더니 앙칼진 목소리가 좁디좁은 문구점 안을 쩌렁쩌렁 울려 댔다.

"뭐야? 이 여편네가 뭘 알지도 못하면 가만히 있어. 하루도 안 돼서 서울이 물바다가 된다고 하는데 편하게 밥이 목구멍으로 넘어가?"

"물바다가 되든 불바다가 되든 우리 목구멍이 포도청이요. 그리고 자식들 다 출가시키고 이만큼 살았으면 됐지, 뭐 더 살려고. 당신 좋아하시는 비지찌개 끓여 놨는데 안 드실 거요?"

문구점 주인은 아내의 말을 못 들은 척 대꾸도 없었다. 그는 헛기침을 두어 번 하더니 텔레비전 앞으로 더욱 다가갔다. 늙은 아내는 몇 번 투덜거리더니 먼저 숟가락을 들고 우악스럽게 밥을 퍼먹기 시작했다. 주인 영감은 그녀를 한심한 듯 흘겨보더니 고개를 흔들며 혀를 찼다.

"쯧쯧, 천하태평이구먼. 저 미친놈들이 왜 저 지랄을 떠는 건지. 그나저나 지방으로 이사를 가야 하나 걱정이구먼."

***

서울역 대합실 약국의 문틈 사이로 매년마다 치르는 의식처럼 '시월의 마지막 밤'이 흘러나오고 있었다. 이 분위기 있는 가을 송가를 듣는 승객들은 침울한 표정으로 앉아 있었다. 이맛살이나 미간을 잔뜩 찌푸리며 신문을 보는 이들은 말도 걸 수 없을 정도로 격앙되어 있었다.

"63빌딩이 반이나 잠긴다고? 이거 큰일 아닌가?"

"국회의사당은 지붕만 보인다고 하네. 아니, 저 미친놈들은 맨날 못 쳐내려와서 난리네. 난리야."

"그렇지 않아도 데모 좋아하는 것들이 대통령 직선제네 뭐네 하면서 나라를 들쑤셔 놓는데 저놈들까지 설쳐대니 큰일이구먼."

대합실에서 신문을 보며 담배를 피던 두 사내는 답답한 듯 시원스레 연기를 내뿜었다. 그들은 투철한 애국심보다 하나라도 틀어지는 일상의 변화가 싫었다. 아침에 일어나 일하고 저녁에 돌아가 더운밥을 먹고 하루를 마무리하는 평화로운 일상. 그것이 그들에게는 행복의 전부였다. 성스러운 평화를 흔들어 놓는 불청객의 등장에 사내들은 담배를 더욱 억세게 빨아 댔다.

***

"북한은 금수산댐 건설을 즉각 중지하라, 중지하라!"

연단에 선 한 남자 교사가 마이크를 쥔 채 운동장에 골이 잔뜩 나서 있는 어린 학생들에게 소리치고 있었다. 그의 뒤에 쭉 늘어서 있던 학교장을 비롯한 교사들 또한 주먹을 움켜 쥔 한쪽 손을 하늘 높이 쳐들며 선창하는 남자 교사를 따라 열심히 외쳐 대었다.

"북한은 금수산댐 건설을 즉각 중지하라, 중지하라!"

다 기어들어 가는 목소리로 따라 하는 두 사내아이들이 어색한지 서로 마주보며 킥킥대고 웃고 있었다.

"야, 되게 웃긴다. 추워 죽겠는데 뭐 이런 걸 하냐?"

"난 1교시 수업 안 하니 너무 좋다 뭐. 이씨, 어제 오락실 가서 반장 만나 가지고 나 이름 적혔다. 저 새끼 정말 패 버리고 싶다."

"밉살스러운 놈, 앞에서 제일 크게 따라 하네. 저놈 되게 웃긴다. 그지?"

그때 갑자기 두 아이의 얼굴이 일그러지며 뒤를 돌아보았다. 얻어맞은 뒤통수를 어루만지기도 전에 서늘한 목소리가 귓가를 파고들었다.

"김희태, 박경수! 너네 둘 뭐해? 혼나고 싶어?"

아이들은 얻어맞은 머리를 쓰다듬으며 억지로 팔을 들며 툭 튀어나온 입으로 들릴 듯 말 듯 중얼거렸다.

"중지하라, 중지하라……."

"더 크게 못해? 이놈들이! 그래서야 저 빨갱이 놈들이 들리겠어?"

"중지하라, 중지하라! 북한은 중지하라!"

그제야 만족한 담임교사는 고개를 끄덕이며 앞쪽으로 걸어갔다. 아이들은 윗입술을 삐죽거리더니 혀를 쏙 내밀어 보이고 여전히 킥킥거리며 속삭였다.

"칫, 엄마들이 찾아와 돈 봉투 건네주면 좋아라 하면서 무슨 애국자인 척?"

"내년에 또 저 얼굴 다시 보면 전학 갈 거야."

***

초겨울로 들어선 동대문 시장은 아홉 시가 넘어가자 한산했다. 큰 가게 사이에서 그 존재감도 드러낼 수 없는 조그만 여성 의류 매장 안에서는 구수한 선지국밥 냄새와 함께 여성 앵커의 지적이고 또랑또랑한 목소리가 흘러나왔다.

- 전국에서 북한의 금수산댐 건설을 규탄하는 대회가 연일 열리고

있는 가운데, 정부는 올림픽을 방해하려는 북한의 수공 위협 도발 가능성에 대비하여 대응댐을 건설하기로 하였습니다.

정신없이 국밥을 먹던 여자는 겁에 질린 눈으로 텔레비전만 보고 있는 딸의 입에 한 숟가락을 떠먹이며 채근했다.

"왜 그리 안 먹어? 얼른 먹고 집에 가야지."

"북한이 우릴 물로 쓸어버린대요. 어쩌면 좋아요? 엄마?"

"그래서 저 댐을 만든다고 하잖니? 너 같은 아이들은 걱정 말고 밥이나 잘 드세요. 밥 안 먹고 있으면 이 엄마가 걱정됩니다."

이미 한 그릇을 금세 비우고 담배를 피우던 사내는 못마땅한 듯 입맛을 쩝쩝 다셨다.

"물바다 만든다고 규탄대회니 뭐니 하며 난리를 피우더니 이젠 댐을 만든다고 하네. 저 댐 만든다고 돈 걷는 거 아닌지 모르겠어."

"모르죠. 정기적으로 아이들한테 국방비 걷어 가는데 또 가져오라고 하겠어요?"

"갑자기 예정에 없던 댐을 만드는데 돈이 필요하지, 안 필요하겠어? 이거야 원. 내가 들으니 야당 놈들이 대통령 직선제 하자고 난리를 부리니까 저 댐 만든다고 하던데……."

아이 엄마는 깜짝 놀라 가게 안을 두리번거리더니 남편의 어깨를 치며 질책하듯 노려보았다.

"말조심해요. 그러다 누가 듣고 경찰한테 이르면 어쩌려고."

"거참, 아니 내 가게에서 내 마음대로 말도 못하나?"

"아직 대통령이 바뀌지도 않았잖수. 학교 선생도 애들 수업 시간에 정치 이야기하면 끌려가는 세상인데 제발 어디 가서 그런 소리 좀 하지 마요."

사내는 답답한 듯 벌떡 일어서더니 더 큰 목소리로 소리쳤다.

"쓸데없는 걱정 말고 어서 애나 먹여. 요즘은 장사도 시원찮고 문이나 빨리 닫고 들어가 쉬자고."

***

- 소망의 댐 모금함에 고사리 손길의 성금 행렬이 줄을 잇고 있습니다. 또한 평생 모은 소중한 재산을 평화의 댐 건설을 위해 선뜻 내놓은 실향민이 있어 큰 감동을 주고 있습니다.

여자 약사는 약봉지를 건네며 갈색의 윤기 나는 여우 목도리를 두른 노부인에게 상냥하게 말을 건넸다.

"어르신, 약 나왔어요. 천 원만 주시면 되구요. 이제 겨울이라 그런지 감기 환자들이 많네요. 며느리 눈치 보시느라 난방비 걱정 마시고 꼭 따듯하게 보일러 틀어 놓으시고 주무셔요."

"역시 사근사근하다니까. 근데 에그, 저 댐 만드느라 모두 난리네 난리야."

"그러게요. 저 댐이 다 만들어지면 안심하고 잘 수 있겠죠?"

노부인의 입술이 샐그러지더니 고개를 흔들었다.

"글쎄. 저 실향민이 갖다 바친 만큼 멋진 댐이 만들어질지 모르겠구먼."

당황한 약사는 잠시 머뭇거리다 억지 미소를 지었다.

"어르신, 그게 무슨……."

늙은 여인은 초강초강한 얼굴에 웃음기를 띠었다. 그것은 오랜 풍파를 겪어 온 이들만이 전리품처럼 지닐 수 있는 여유롭고도 깊이 있는 미소였다.

"그런 말이 있지 않나? 정치하는 놈들이 하는 말은 죄다 거짓말이라고. 내 육십 평생을 살아보니 그 말이 부처님 말씀보다 예수님 말씀보다 딱 들어맞는 진리더구먼."

***

"아, 저 가스나. 진짜 이쁘네?"

희철은 커피를 마시며 도서관 자판기에서 커피를 뽑는 한 여대생을 엉큼한 시선으로 쳐다보았다. 짧은 청치마를 입은 긴 단발머리의 여대생은 자신의 다리를 뚫어져라 훑는 스멀거리는 사내를 죽일 듯이 흘겨보더니 재수 없는 새끼라고 한마디 툭 뱉으며 빠르게 계단으로 향했다.

"가스나. 성깔 있네. 내년 봄이 되면 저 가스나 하고 꼭 데이트한다."

"아이고, 꿈 깨셔라. 네가 그런 말하고 한 번도 여자 낚은 거 본 적이 없다. 차라리 군대 갈 준비나 해."

현준은 낄낄거리며 입맛을 쩝쩝 다시는 희철의 머리를 쥐어박았다.

"이 문디 새끼야. 니까지 내를 무시하나? 하이고, 두고 봐라. 서울 가스나들이 뺀질거리는 기생 오래비 같은 놈들보다 나같이 소박하고 구수한 상남자를 좋아한다."

태석은 마시던 종이컵을 휴지통에 던지며 낄낄거렸다.

"오랜만에 너 나 웃긴다. 네가 여자를 사귀면 내 손에 장을 지진다. 단체팅할 때마다 판 깨는 너 때문에 같이 도매금으로 취급당하느라 여태까지 미팅하고 제대로 대시해 본 적이 있는 줄 아니?"

"저놈의 손이 자꾸 열 받게 하네. 내가 와?"

"넌 눈이 없냐? 희한한 소리해서 여자들 얼굴 싸하게 변하는 거 못 봤어? 다리가 억수로 이쁘네예, 맨날천날 치마만 입고 돌아다니십니꺼, 몸매가 완전 글래머하네예, 김혜수하고 완전 판박이입니더, 야, 이 딴 말을 어떤 여자가 좋아하냐? 최고의 한국대 다니는 학생답게 요즘 상영하는 영화나 시국 얘기를 하면서 좀 유식한 척해야지. 어이고, 무식해 빠진 놈."

태석은 도서관 로비에 펼쳐 놓은 신문 열람대로 다가서며 비웃듯 희철을 쳐다보았다. 눈을 희번덕거리며 한걸음 나서는 희철을 현준이 말리며 어린아이처럼 어깨를 두드렸다.

"야, 참아라. 성격 좋은 네가 참아야지."

"저 새끼 자꾸 뺀질거리며 지랄하네. 내가 내년 봄에 옆구리에 제일로 이쁜 가스나 하나 차고 캠퍼스를 휘젓고 돌아다닐끼다."

태석은 냉소를 지으며 신문만 뚫어지게 바라보았다. 희철은 속이

상한 듯 마시던 커피를 다 들이키며 연신 자신을 놀린 태석을 흘겨 보았다.

"야, 이거 어떻게 하면 이런 계산이 나오지?"

현준은 자판기에서 방금 뽑은 커피를 꺼내 들고 고개를 갸우뚱거리는 태석 곁으로 다가갔다. 펼쳐진 신문에는 북한 금수산댐 수공으로 인한 서울의 침수 예상도가 그려져 있었다. 그림 속의 63빌딩은 반이나 잠기고 국회의사당은 지붕 꼭대기만 보였다.

"너도 이상하지? 야, 근데 얼마나 큰 댐을 짓길래 물이 이백억 톤이나 된다는 거야?"

"글쎄, 저 남극의 빙하가 녹으면 63빌딩이 잠긴다고 하던데. 북한에 그렇게 큰 강이 있나 보지?"

"어, 그 말이 맞네. 북한이 남한보다 수량이 풍부한가 봐?"

희철의 말에 현준과 태석은 서로를 쳐다보며 한참을 웃어 댔다. 기말고사 준비를 한다고 도서관에 왔지만 평소 공부하던 습관이 붙어 있지 않아서인지 졸리기만 하고 산만했다. 이렇게 삼삼오오 모여 이야기를 하다 보면 꼭 그 끝은 학교 앞 당구장이나 만화방에서 마무리하고 있었다. 현준은 오늘 공부하기는 글렀다고 생각하며 태석이 보는 신문을 뚫어져라 쳐다보았다.

"야, 근데 그거 알아? 석태문 교수님 있지? 정부가 지난달에 금수산댐에 대해서 첫 발표하고 나서 강의 시간에 계속 건설부에서 계산한 수량이 잘못되었다고 말씀하셨잖아. 지난주부터 교수님 강의 계속 휴강인 거 알지?"

태석의 말에 희철과 현준의 얼굴이 굳어졌다. 그러고 보니 해외 세미나 때문에 지난주부터 석태문 교수의 강의가 계속 휴강이었다. 보통 이삼일 정도가 다반사인데 이렇게 휴강이 길어지는 경우는 처음이었다.

태석은 주위를 살피더니 갑자기 목소리를 낮추었다.

"조교 말로는 아무래도 잡혀가신 거 같다고 하던데?"

"뭐? 안기부 이런 데서?"

"요즘 데모 자주 한다고 교내에 사복 경찰이 돌아다니잖아? 그것들이 학생인 척 강의 시간에 앉아 있다가 희한한 소리하는 교수들이나 눈에 띄는 학생들 잡아가는 모양이야."

태석의 말에 희철과 현준은 주변을 둘러보았다. 주변에는 그들처럼 커피를 마시거나 신문을 보며 담소를 나누는 학생들만 보일 뿐이었다. 그중에 누가 학생이고 경찰인지 분별하기란 쉬운 일이 아닐 듯싶었다. 갑자기 현준은 등줄기가 서늘해지고 목구멍이 붙어 버린 듯 아무 말도 할 수 없었다.

희철은 커피잔을 버리며 멍하게 두리번거리는 현준의 어깨를 툭 쳤다.

"자식, 놀라기는. 야, 그렇게 눈만 껌뻑거리지 말고 우리 당구나 치러 가자. 오늘 글이 하나도 눈에 들어오지 않네. 역시 우리는 공부하기는 그른 놈들인가 보다. 그자?"

***

"다녀왔습니다. 와, 오늘은 청국장 냄새가 진동을 하네요."

파란 대문을 열자 구수하고도 쿰쿰한 냄새가 코를 찔렀다. 이맘때만 되면 집 안에는 청국장이나 비지찌개 냄새가 진동을 했다. 현준은 이 냄새를 맡을 때마다 괜스레 기분이 좋아졌다. 싸늘한 서울의 겨울바람이 아무리 살을 엘 듯 매서워도 대문을 열고 코를 비집고 들어오는 이 냄새는 금방 온몸을 따스하게 만드는 마법을 부렸다.

"왔니? 오늘은 일찍 왔네. 공부가 잘 되지 않든?"

"아, 네. 뭐 잘될 때도 있고 안 될 때도 있죠. 아마 어머니께서 해 주시는 청국장 때문에 그런가 봐요."

"말은 청산유수다. 어서 씻어라."

현준은 마당에 있는 수도를 틀고 쏟아지는 찬물에 얼른 손을 비볐다. 냉수가 손에 닿자마자 금방 손이 얼어 버릴 것만 같았다. 대강 비벼 씻은 그는 청바지에 손을 벅벅 문질러 닦으며 일어섰다.

막 일어서는 그에게 여동생 재희가 울먹거리며 달려왔다.

"오빠, 나 몰라!"

얼마나 울었는지 쌍꺼풀이 보이지 않을 정도로 두 눈덩이가 발갛게 부어 있었다.

"무슨 일이야? 싸웠어?"

재희는 흑흑거리며 아무 말도 하지 않고 계속 손등으로 닭똥 같은 눈물만 닦아 댈 뿐이었다. 어딜 가서도 기죽지 않고 사내 애들에게도 절대 지는 법이 없는 얄개 같은 여동생이 서럽게 울고 있었다.

"누가 감히 우리 재희를 이리 울렸을꼬? 누구야? 이 오빠가 가서 냉큼 혼쭐을 내줘야지."

"나 창피해서 학교 가기 싫어."

"왜? 누가 우리 재희 무지 괴롭혔나 보구나. 누구야? 어떤 놈이야?"

어린 소녀는 계속 손등으로 눈물만 미련스럽게 닦을 뿐이었다. 잠시 머뭇거리며 오빠의 눈치를 보던 재희는 계속 땅바닥만 쳐다보며 우물거리듯 입을 열었다.

"선생님, 선생님께서……. 나 이백 원만 가져왔다고 막 야단치시잖아? 그것도, 그것도 얘들 다 보는 앞에서 겨우 과자값만 낼 거면 아예 내지도 말라고 하시면서. 그러고는 늘 저네 집 잘 산다고 잘난 척하는 효진이는 천 원 들고 왔다고 엄청 칭찬하시더라. 오빠! 나 학교 너무 가기 싫어. 전학 갈 거야!"

"정말 선생님께서 그러신 거야?"

"응, 나 너무 부끄러워서 학교 못 갈 거 같아. 효진이가 나보고 이백 원이 돈이냐면서 자꾸 놀리잖아. 오빠, 그 댐 짓는다고 이백 원 내면 잘못한 거야?"

"아니지. 야, 이백 원 가지고 사 먹을 수 있는 게 얼마나 많은데? 그 돈도 없어 과자도 못 사 먹는 얘들도 많다?"

"치, 그럼 선생님께서 왜 그리 날 야단치신 거야?"

"아, 그건……."

웃어 가며 능청스럽게 동생을 달래던 오빠는 순간 말문이 막혔다. 생각 같아서는 당장 학교에 전화를 걸어 항의하고 싶었지만 담임을 화나게 해서 좋을 것은 하나도 없었다. 결국 동생의 학교생활만 더욱 고

달파질 게 뻔한 일이었다.

현준은 주머니에서 꼬깃꼬깃 접은 천 원을 두 장 꺼내 동생의 손에 올려 주었다. 눈물이 그렁그렁 맺힌 소녀는 조그마한 손바닥 위에 올려진 연한 단풍색 지폐 조각을 보고 눈을 껌벅거렸다.

"재희야, 내일 가서 이천 원 내. 그리고 효진이한테 당장 이야기해. 나 너보다 두 배나 더 냈다고."

"하지만 이거 오빠 용돈이잖아. 오빠도 담배 아껴 가면서 피우는 거 아는데 어떻게 내가 막 써?"

"선생님께서 네가 미워서 야단치신 거 아니야. 애국심을 강조하기 위해서 그러신 거지, 효진이를 더 이뻐하셔서 그러신 거 아니야."

재희는 입을 삐죽거리며 손가락으로 동그라미를 만들어 오빠 앞에서 흔들어 댔다.

"칫, 거짓말 마. 우리 선생님 돈 좋아하는 거 우리 반 애들 다 알어. 효진이 저네 아빠가 사장님이잖아, 저네 엄마는 육성회장이고. 치, 우리 선생님은 돈 많은 집 애들이나 아빠 직업이 의사나 교수면 그 애들이 아무리 못생기고 공부 못해도 이뻐하시더라."

"아이고, 그런 거 아니야."

"치, 아니긴 뭐가 아니야? 누구 바본 줄 알아?"

재희는 손바닥 위에 올려진 이천 원을 도로 오빠 손에 쥐어 주었다.

"도로 가져가 오빠. 나 이제 괜찮아. 뭐 효진이처럼 잘 사는 집 애들이 돈 많이 내면 되잖아. 나 사회 시간에도 배웠어. 사람은 돈 번 만큼 세금 낸다고. 효진이 집이 돈 많이 버니까 당연히 많이 내야지?"

재희는 두 손으로 작은 얼굴에 덕지덕지 묻은 눈물 자국을 벅벅 닦아 내었다. 그러고는 배시시 웃으며 얼른 마루 위로 뛰어올라 갔다.

"엄마! 나 왔어. 오늘 청국장 끓였어?"

현준은 동생이 도로 쥐어 준 이천 원을 맥없이 내려다보았다. 그러고는 텔레비전에서 흘러나오는 5시 뉴스의 앵커가 전하는 소망의 댐 모금 관련 뉴스를 들으며 픽 웃었다.

"지랄하네. 코 묻은 돈 모아서 댐 짓는다고 빨리 짓냐? 에이, 나쁜 놈들. 담임, 이 인간 한 번 더 지랄해 봐라. 학교 찾아가서 한 방 날려 버릴 거니깐!"

***

- 오늘 화천에서 소망의 댐 기공식이 있었습니다. 역사적 의미와 국민의 정성에 보답하는 마음으로 댐을 건설하라는 대통령 각하의 말을 되새기며, 국무총리는 북한 공산 집단의 수공 위협으로부터 우리의 생존과 번영을 지키기 위해 오늘 이 자리에 소망의 댐을 착공하게 되었다고 하였습니다. 소망의 댐은 88올림픽…….

재희는 꽃 그림이 그려진 작년 달력으로 정성스럽게 책 겉표지를 씌우며 텔레비전에 정신이 팔린 오빠를 향해 쏘아붙였다.

"아, 뭐야? 새 학년에 올라가서 공부 잘 하라는 의미로 도와준다더니 일을 더 만들고 있네. 오빠 차라리 뉴스나 봐."

"미안, 미안. 혹시 아버지께서 나오시나 해서."

"아까 저녁 뉴스 봤는데 안 나오시더라고. 뭐 높은 자리에 있는 사람들만 나오던데?"

여동생은 자신을 건성으로 도와주는 오빠를 연신 원망스럽게 쳐다보며 꼼꼼하게 접은 책표지 모서리에 테이프를 붙이기 시작했다. 현준은 동생의 눈치를 보며 어색하게 웃었지만 계속 시선은 텔레비전 속의 댐 기공식 행사장만 향하고 있었다. 축포를 쏘며 오픈테이프를 끊는 장관들과 귀빈들은 박수를 치며 뭐가 그리 좋은지 연신 웃고 있었다. 기자가 기공식에 참석한 귀빈에게 마이크를 내밀자 맨들맨들한 대머리를 한 중년의 사내는 전문가처럼 잘 알고 있는 듯 거드름을 피웠다.

- 여러분께서는 지금 가장 역사적인 순간을 보고 계십니다. 앞으로 이 소망의 댐은 세계 평화를 위협하는 북한의 도발 의지를 꺾는 하나의 상징이 될 것입니다. 국민 여러분의 정성으로 건설되는 이 댐은 우리 후손들에게 애국심에 대한 살아 있는 교육의 장으로 물려질 것입니다.

***

약간은 후덥지근한 날씨였다. 아침에 이것저것 음식 장만하느라 분주한 어머니의 부지런함 때문에 현준네는 겨우 화천행 버스에 오를 수 있었다. 정신없이 뛰다 보니 현준의 면티는 어느새 축축하게 젖어 있었다. 반사적으로 그는 차창 문을 열고 시원한 바람에 눈을 감았다. 뒷좌석에 앉은 어머니는 분홍색 보자기로 꽁꽁 동여맨 찬합을 걱정스럽게 내려다보았다.

“음식이 상하지 말아야 할 텐데. 도착할 때까지 괜찮겠지?”

“그럼요. 아직 그렇게 덥지 않잖아요. 김밥에 식초도 넣으셨을 거구요.”

“오랜만에 집에서 한 음식 드시는데 행여나 탈이 나실까 걱정이 되는구나.”

현준은 그저 미소만 지으며 차창 밖을 바라보았다. 어머니는 걱정을 하지 않으면 불안한 사람 같았다. 비가 오면 비가 온다고 걱정, 날이 맑으면 차 조심하라고 걱정. 어머니의 순수한 마음을 아는 장남은 언제부턴가 그녀의 살가운 잔소리에 익숙해져 있었다.

사람으로 번잡한 도시를 벗어날수록 눈으로 들어오는 차창 밖 경관은 단조로워지고 푸른빛으로 변하고 있었다. 여름으로 향하는 계절의 변화에 순응이라도 하듯, 모든 것이 연둣빛에서 짙은 녹색으로 물들고 있어 더욱 생기가 넘쳐흘렀다. 아직 장마가 제대로 시작되지 않아 공기가 후끈거렸지만 현준은 싫지 않았다. 뒤에서 계속 음식 걱정하는 어머니의 목소리는 버스의 엔진 소리와 차창 밖에서 거칠게 불어오는 바람 소리에 뒤섞여 저 멀리 들리는 메아리 같았다. 더 바랄 것이 없을 만큼 참 좋고도 편안한 일요일의 시작이었다.

***

"휴, 다 왔다. 어, 벌써 1시가 다 되어 가네?"

현준은 누렇게 마구 파헤쳐진 나지를 쳐다보았다. 이른 봄부터 시작한 댐 공사는 국민적 성원 때문인지 매우 빠르게 진행되고 있었다. 거칠게 만들어 놓은 공사용 도로 곳곳에 돌아다니는 중장비들을 보니 댐 건설하는 것이 실감이 나 가슴이 왠지 설레었다.

현준네는 공사용 도로 오른쪽 가장자리에 있는 가설로 대강 지은 임시 사무소를 향해 부지런히 걸었다. 이미 끼니 시간을 넘긴 상태라 마음 급한 어머니는 앞장서서 걸어가고 있었다. 저 멀리 안전모를 벗고 수건으로 얼굴을 훔치던 다부진 체격의 중년 남성이 현준을 보고는 함박웃음을 지으며 뛰어오기 시작했다.

"어이고, 우리 아들, 딸이 왔구나! 여보, 오느라 고생 많았지?"

현준의 아버지는 자신을 향해 바삐 걸어오는 아내를 맞이하며 그녀의 손에 든 보따리를 건네 들었다. 마음 여린 아내의 눈꼬리에 눈물이 맺힌 것을 보고 남편은 들고 있던 수건으로 눈가를 꾹꾹 눌러 댔다.

"우리 어머니께서 또 우시네. 내가 군대 가도 저리 우실까요?"

"너네 어머니는 아직도 소녀 감성이시지 않냐? 어이고, 우리 재희 갈수록 이뻐지네? 완전 처녀다, 처녀!"

재희는 윗입술을 새침하게 내밀며 끌어안고 뺨에 입을 맞추는 아버지를 살짝 흘겨보았다.

"주말에는 오세요. 이렇게 일하신다고 월급을 더 주는 것도 아닌데."

"재희 말이 맞아요, 아버지. 사람이 쉴 때는 쉬어야지, 어떻게 주말까지 일을 해요? 몸 아프다 핑계대시고 하루라도 오셔서 집에서 제대로 식사하고 쉬다 가세요. 허름한 사옥에서 새우잠 자는 것도 못할 짓이잖아요."

어머니는 얼른 컨테이너 안으로 들어가 보따리를 풀어 찬합을 늘어놓고 있었다. 아들의 말에 머쓱해진 아버지는 멋쩍게 웃으며 딸과 아들의 손을 잡아 이끌었다.

"야, 너네 어머니께서 맛난 걸 준비해 오셨구나. 얼른 들어가서 먹자."

"아버지!"

현준의 말에 아버지는 한쪽 눈을 찡긋거리며 웃기만 했다. 아들은 더는 말을 하지 않기로 했다. 자신이 이런 말을 할 때마다 속상할 아버지의 마음을 알기 때문이었다. 나라 분위기상 댐 건설을 서두른다는 것도 잘 알고 있었다. 국민의 대대적인 성원과 모금으로 만들어지는 만큼 정부의 부담감도 클 것이 뻔했다. 올림픽이 시작되기 전에 댐이 어느 정도 완공이 되어야 그 난리를 떤 정부의 체면이 설 수 있기 때문이었다.

다른 이들은 몰라도 현준은 이 댐 건설이 못마땅했다. 이미 토목과 학생들까지 어이없어하는 북한 금수산댐의 수량도 못 미더웠지만 어수선한 시국과 더불어 국민의 공포심을 이용한 댐 기금 모금운동 또한 마음에 들지 않았다.

그러나 무엇보다도 현준은 아버지가 하루도 못 쉬고 계속 몇 달째 이렇게 일하는 것이 제일 싫었다. 댐 공사에 찬사를 받고자 많은 이들의 희생을 강요하는 보이기식 행정에 시간이 갈수록 분노가 치솟았다.

"음, 맛있구나. 여보, 역시 당신이 해 주는 음식이 최고야. 재희야, 현준아, 많이 먹거라."

"우린 자주 먹으니 아버지께서 많이 드세요."

재희는 자신의 입에 김밥을 넣어 주는 아버지를 보며 천진하게 웃었지만 현준은 그러질 못했다. 답답한 마음에 열린 문 밖으로 시선을 돌린 그는 공사 현장을 보며 의아한 듯 고개를 갸우뚱거렸다.

"근데, 아버지. 공사를 너무 빨리 하는 거 아니에요? 보통 댐 공사는 입사해서 시작해서 퇴직할 때 끝날 정도로 오래 걸린다고 알고 있어요. 이거 부실공사 아니에요?"

"부실공사는 무슨. 우리가 주말까지 포기해 가면서 이렇게 열심히 하는데 이 정도까지 진행된 것이 당연한 일이 아니더냐?"

"너무 보이기식 아니에요? 국민들 모금으로 지어졌다고 하지만 제대로 지어야죠."

"그렇게 말하면 안 된다. 이 댐 건설에 참여하는 것만도 영광인 거야."

"국민들을 너무 기만하잖아요. 토목쪽 알 만한 사람들은 다 안다고요."

어머니와 재희는 불안하게 두 부자의 대화를 듣고 있었다. 현준의 말에 아버지는 그 어떤 반박도 하지 않고 말없이 김밥만 꾸역꾸역 입 안으로 집어넣었다. 한동안 쩝쩝거리며 김밥 씹는 소리가 들릴 뿐 그 누구도 말을 하지 못했다. 안 되겠다 싶었는지 어머니가 억지웃음으로 침묵을 깨며 보온병에 담아 온 시원한 식혜를 컵에 따랐다.

"어제 만든 건데 드셔 보세요. 얼음이 다 녹아 버렸네요."

"음, 달달하고 시원하구먼. 역시 당신이 최고야."

말끔하게 비워진 찬합을 보며 어머니는 뿌듯하게 미소 지었다. 아침에 버스를 탈 때부터 음식이 상할까 봐 걱정하던 어머니는 처음으로 마음 편하게 웃고 있었다. 소박하게 웃는 어머니를 보며 미안한 마음에 아들은 계속 시선을 떨구며 김밥만 우걱우걱 씹고 있었다.

식사 후 현준은 아버지와 함께 컨테이너 밖 나무 의자에 앉아 바람을 쐬고 있었다. 재희는 무료한지 공사장 여기저기를 구경하며 돌아다니고 있었다.

"죄송해요, 아버지. 너무 속이 상해서……."

"다 안다, 네 마음. 하지만 어머니와 여동생이 있는 앞에서는 되도록 그런 말 하지 마라. 알겠지? 얼마나 두 사람이 실망하겠니?"

"콰쾅!"

현준은 갑자기 들리는 굉음에 튕기듯 일어섰다. 아버지 또한 자리에서 벌떡 일어났다. 누런 미색의 거대한 먼지 구름이 공사장 주변을 뒤덮고 있었다.

"뭐에요? 발파 작업 한 거예요?"

"아, 부분적으로 발파 작업한 거야. 이 사람들. 말도 없이 한 거 같네. 재희야, 어서 이리 와라! 위험해!"

아버지는 걱정이 된 듯 앞으로 걸어갔다. 뿌연 흙먼지가 눈으로 들어오자 현준은 절로 눈물이 났다. 가설 건물 안에 있던 어머니는 불안한 듯 밖으로 나와 아들의 팔을 붙들었다.

“재희가 어디 있니? 아요, 앞에 먼지 때문에 하나도 안 보이는구나.”

“엄마, 나 여기 있어!”

소녀의 소리가 메아리처럼 들려올 뿐 어디에 있는지 보이지가 않았다. 아버지는 딸을 찾기 위해 공사장 여기저기를 걸어 다니고 있었다. 현준이 걱정이 되어 뛰어가려고 하자 아버지가 손사래를 쳤다.

“따라오지 마라. 내가 재희 데려올 테니 가만히 있어!”

‘우지끈’ 하는 소리와 함께 크고 작은 암석들이 사면을 따라 미친 듯이 굴러 떨어지기 시작했다. 세상이 박살이라도 난 듯 둔탁하고도 깨어지는 소리가 오금을 저리게 만들었다. 초록색 가리막을 쳐놓은 상태였지만 무자비한 파편의 질주를 막기에는 속수무책이었다.

잦아드는 먼지와 함께 저 멀리 소녀의 찰랑거리는 단발머리가 보였다. 현준은 그제야 안도의 한숨을 내쉬었다. 그러나 이내 비명과 함께 어머니의 주름진 두 손이 그의 오른쪽 팔목을 부스러질 듯 꼭 붙잡자 현준의 온몸에 소름이 돋기 시작했다.

“재, 재희야! 피해, 어서! 어쩌면 좋아!”

여동생 앞으로 굴러 떨어지는 커다란 암석 덩어리에 현준의 숨이 멎으며 귀머거리가 된 듯 아무 소리도 들리지 않았다. 오로지 동생을 향해 달려드는 거칠고 무자비한 맹수만 보일 뿐이었다. 현준은 본능적으로 뛰기 시작했다. 뒤에서는 어머니의 울음소리가 앞에서는 아버지의 고함과 동생의 비명이 그의 귀를 틀어막고 있었다.

현준의 발걸음이 절로 멈추었다. 아주 잠시였다. 모든 것이 아주 잠시 동안에 일어난 일이었다. 여동생을 부둥켜안고 뒹구는 아버지의 몸을 집채만 한 바위가 사정없이 깔아뭉개고 있었다. 눈앞에 펼쳐진 참혹함에 현준은 몇 번이고 눈을 껌뻑이며 다가가려 했지만 몸의 모든 감각이 마비된 듯 꼼짝도 할 수 없었다.

"아, 아버지……. 재희야……."

현준의 입술에서 시작된 떨림은 점점 온몸으로 퍼져 나가 목울대, 팔, 다리까지 잠식했다. 뭐라고 말을 하고, 어떻게든 앞으로 나아가야 했지만 이상하게도 몸이 말을 듣지 않았다.

"재희야! 여보!"

넋이 나간 얼굴로 달려온 어머니가 팔을 잡아끌자 마치 마법에서 풀린 듯 현준은 정신을 차릴 수 있었다.

"아이고, 어떻게 해? 현준아, 어떻게 좀 해 보거라!"

돌에 깔린 여동생의 머리에서 새빨간 피가 흘러나와 노란색 흙바닥을 적시고 있었다. 한참 갈증이 난 대지는 비정하게도 어린 소녀의 피를 단숨에 들이마시고 여전히 목마른 듯 강한 열기를 뿜어내었다. 딸을 끌어안은 아버지의 입에서 스며 나온 피는 딸의 연두색 블라우스를 발갛게 물들였다.

현준은 털썩 주저앉았다. 도깨비처럼 불쑥 찾아온 이 상황이 믿어지지도 않았고, 어떻게 해야 하는지 아무런 생각도 나지 않았다. 인정할 수 없는 참상에 그는 미친 사람처럼 숨을 헐떡였다. 차가운 비수가 자신의 온몸을 돌아다니며 난자하고 있는 듯 심장이 쿡쿡 쑤셔 오고 오장육부가 고통스럽게 뒤틀렸다. 현준은 겨우 땅을 짚고 일어나 아버지와 여동생을 짓누르는 바위를 들어 올리며 정신없이 소리 질렀다.

"도와주세요! 제발 도와주세요! 사람이 죽어 가요. 어서요!"

떨리는 손으로 딸의 얼굴을 쓰다듬던 어머니는 주변을 두리번거리며 피를 토하듯 외쳤다.

"안 돼, 안 돼! 재희야, 여보. 안 돼! 우리 아기, 우리 아기 어떻게 해? 도와주세요, 도와주세요!"

공사장 주변에 흩어져 있던 인부들이 여기저기서 달려오기 시작했다. 사람들이 웅성거리며 뭐라고 떠들었지만 하나도 현준의 귀에 들리지 않았다. 오열하는 어머니의 울음소리도, 사람들이 지렛대를 들고 와서 암석을 치우기 위해 안간힘을 쓰느라 소리를 질러 댔지만 아무 소리도 들리지 않았다. 이상하게도 현준은 그 어떤 소리도 들을 수 없었다. 피로 범벅이 되어 죽어 가는 아버지와 동생의 모습만이 눈앞에서 어지럽게 흔들릴 뿐이었다.

"쯧쯧……. 조 소장 등짝 살이 다 떨어져 나갔구먼. 어이고, 뼈가 다 드러났네."

"딸내미가 어린데 어찌 하누. 이미 숨이 끊어져 버렸어."

"조 소장이 구하기 전에 여자애가 머리를 세게 맞은 거 같아. 피를 많이 흘렸구먼."

사람들은 처참한 두 부녀의 모습을 보며 연민의 눈물을 흘렸다. 어머니는 딸의 주검을 끌어안고 절규하다 그만 기절하고 말았다. 현준은 목구멍으로 울음소리를 삼켰지만 계속 눈물이 흘러내려 앞을 제대로 볼 수 없었다. 그는 아버지의 다 터진 손을 두 손으로 쓰다듬었다.

"그러게……. 제가 오시라고 했잖아요. 괜히 고집을 피우셔서. 이게 뭐에요, 이게 뭐에요 아버지!"

***

깨질 듯 맑은 하늘이 얄미운 날씨였다. 발인 전날까지 억수 같은 장대비가 쏟아져 조문을 온 사람들은 갑작스럽게 가족을 잃은 두 모자보다 제대로 장지까지 갈 수 있을지를 더 걱정하고 있었다. 하지만 새벽부터 빗줄기가 약해지기 시작하더니 아침 식사를 마쳤을 무렵엔 아주 오랜만에 천진한 얼굴로 구름 속에서 해가 쑥 빠져나와 방실거리고 있었다.

현준은 차라리 비가 쏟아졌으면 하고 바랐다. 온몸이 젖고 또 젖어서 만신창이가 되었으면 좋겠다고 생각했다. 며칠 전부터 일어난 일들이 마치 영화를 보는 것처럼 생경하고 어색했다. 꿈을 꾸는 것처럼 체감되지 않는 이 현실을 누군가의 말로 깨달을 때마다 화가 날 정도로 거북했다.

울다 기절하기를 반복하던 어머니는 아예 차가운 바닥에 널브러져 될 대로 되란 식으로 축 늘어져 있었다. 친척들과 조문객들이 옆에 와서 무슨 말을 해도 그녀의 표정은 변함이 없었다. 넋 나간 광녀처럼 남편과 딸을 잃은 불쌍한 여인은 가끔 는적거리며 일어섰다 앉았다를 반사적으로 반복할 뿐이었다.

아버지가 20년 넘게 근무한 회사에서는 장례식장을 제공할 뿐 그 어떤 말도 없었다. 다행히 인품이 훌륭했던 아버지를 존경하고 따랐던 회사 동료들이 자발적으로 도와주어 무사히 장례를 치르고 발인까지 할 수 있었다. 현준의 외삼촌이 적극적으로 나서 공원묘지에 아버지와 동생을 나란히 안치하게 되었다. 사람들은 천만다행이라고 하며 평소 착하디착했던 아버지의 인품을 입이 마르도록 극찬했다.

그렇지만 정작 이 큰 불행의 당사자인 현준과 어머니는 이 상황을 받아들일 수가 없었다. 현준은 어떻게 삼 일이라는 시간을 보냈는지 전혀 기억할 수가 없었다. 제대로 씻지도 먹지도 못하며 보낸 이십사 시간 동안 그는 처참하게 바위에 깔려 죽은 여동생과 아버지의 모습만 눈앞에 떠오르고 또 떠오를 뿐이었다.

새벽까지 내린 비로 공원묘지의 흙 속에는 물기가 가득하여 발이 푹푹 빠졌다. 경건하게 장지를 향하던 사람들의 발걸음은 어느새 수선스러워져 여기저기서 빨리 하관하고 정리하자는 말이 새어나왔다. 장례식장에서는 그리도 점잖아 보이던 모습이 추저분하게 보일 정도로 사람들은 불쾌한 속내를 숨기지 않고 드러내었다.

현준은 쓴웃음을 머금고 물컹한 땅속에 놓인 아버지와 동생의 관을 내려다보았다. 하얀 국화꽃으로 덮인 관들은 궁벽하게 보였다. 둔탁한 소리를 내며 망자의 침소에 흙이 뿌려지기 시작하자 어머니는 광인처럼 절규하며 구덩이 안으로 뛰어들어 가려고 했다. 사람들이 그녀를 저지하며 달랬지만 극도의 슬픔에 넋이 나간 여인은 몸부림을 치며 온 산이 떠나가도록 서럽게 울고 또 울었다.

"어머니를 잘 모시거라. 이제 너밖에 없다."

외삼촌이 그의 어깨를 두드리며 손수건으로 눈물을 훔쳤다. 현준은 아무 말도 하지 않고 계속 하관한 관 위에 흙이 메워지는 광경만 뚫어지게 지켜보았다. 어머니의 통곡 소리와 함께 따라온 이들이 흐느끼는 소리가 귓가를 맴돌았지만 이상하게도 하나도 제대로 들리지 않았다.

현준은 고개를 들었다. 눈부신 해가 눈치도 없이 환하게 비추고 있었다. 갑자기 눈꼬리에서 눈물이 귀 안으로 흘러들어 갔다. 눈이 부셔서인지 참았던 슬픔이 터져 나온 건지 스스로도 알 수가 없었다.

"아, 엿 같네. 왜 이리 정말 엿 같지? 너무 환하고, 너무 밝으니까 더 짜증나잖아……."

***

삼우제를 끝내고 들어서는 대문 안이 낯설었다. 모든 것은 다름없이 그대로 제자리에 놓여 있었지만 수도꼭지에서 떨어지는 물방울 하나하나, 녹슬기 시작한 푸른 대문의 손잡이, 마당 안을 가득 메우는 습한 공기까지 모두가 낯설었다.

어머니는 마루 위에 쓰러졌다. 나부라지듯 나무 바닥 위에 누운 그녀의 해쓱한 두 뺨은 흥건한 물기로 가득했다. 현준은 아무 말 없이 어머니의 신을 벗겼다. 그리고 퉁퉁 부은 작은 발에서 땀으로 흠뻑 젖은 버선을 천천히 벗겼다. 모자는 그렇게 서로를 바라보고만 있을 뿐 입을 열지 않았다. 이미 괴로운 마음을 꽁꽁 부여잡기도 힘든 슬픔 앞에서 그 어떤 말도 위로가 될 수 없다는 것을 알기 때문이었다. 현준은 그저 눈을 들어 노을도 보이지 않는 회색 뭉게구름이 가득 들어찬 저녁 하늘을 올려다보며 탄식하듯 날숨을 내쉬었다.

"여기가 조 소장님 댁입니까?"

대문을 열며 건장한 사내 둘을 거느린 한 정장 차림의 사내가 들어왔다. 작고 꾀자기 같은 사내는 금색 안경테를 연신 손으로 추켜올리며 현준의 집 안을 쭉 훑어보았다.

"어떻게 오셨습니까?"

"아, 예. 조 소장님 아드님이시군요. 전 회사에서 보낸 김동학입니다. 다시 한 번 삼가 조의를 표합니다."

사내는 깍듯하게 인사를 올리더니 주머니 안에서 하얀 봉투를 꺼내 현준에게 건네주었다.

"이게 뭡니까?"

"회사에서 드리는 위로금입니다. 한번 확인해 보십시오."

현준은 생글거리며 자신을 쳐다보는 사내가 영 마음에 들지 않았다. 쉬어야 하는 주말에 열심히 일하다 죽은 성실한 직원에게 조그마한 장례식장만 제공해 주고 관계자를 보내 조문을 오지 않은 것만 보아도 이들이 어떤 상식으로 직원들을 부려 왔는지 알 수 있었다. 현준은 사내와 봉투를 번갈아 쳐다보다 천천히 봉투를 열어 액수를 확인했다.

"이게 전부입니까?"

"예. 저희들이 자세히 조사해 보니 조 소장님께서는 업무 중에 돌아가신 것이 아니셨습니다. 그리고 일하는 작업장에 가족들이 찾아오신 것도 사칙에 어긋나는 일이지 않습니까? 이 정도로 챙겨 드리는 것도 그동안 저희 회사를 위해 열심히 일해 오신 소장님을 생각한 것입니다."

현준은 갑자기 속이 울렁거리고 뜨거운 것이 목구멍으로 치밀고 올라왔지만 꿀꺽 삼켜 버렸다. 봉투를 쥔 손끝이 떨려 오고 목덜미에서부터 화끈거리는 것이 느껴졌다.

"생각해서 챙겨 주신 거라구요?"

"네, 그럼 이만 가 보겠습니다. 사모님, 불행한 사태에 대해 뭐라 위로를 해야 할지 모르겠습니다만, 아드님을 위해서라도 힘내셔야죠?"

배실배실 웃으며 눈을 반짝거리는 사내의 면상이 유난히 밉살스러웠다. 마루에 나부라져 있던 어머니는 어느새 화가 난 얼굴로 아들 옆에서 있었다. 현준은 다시 봉투를 돌려주며 다라지게 말했다.

"이건 아닙니다. 우리나라에서 대표적인 토목사업을 도맡아 하는 회사가 아닙니까? 평생을 그 회사를 위해 가족들과의 휴일도 버리신 아버지께 이건 도리가 아니지 않습니까? 저희 아버지께서 일용직 노무자도 아니고 이게 뭡니까? 해도 해도 너무 하십니다!"

회사의 대변인은 안경을 고쳐 쓰며 냉소를 머금었다. 처세의 달인인 그는 아주 공손한 태도로 봉투를 거절했다.

"이러시면 저희가 민망합니다. 사실 이 정도도 많이 드리는 겁니다."

"대체 뭡니까? 우리 아버지가 당신네 회사 지키는 똥개입니까? 어디 한번 법대로 따져 보면 얼마가 나올지 한번 볼까요?"

사내의 한쪽 입가가 파르르 떨렸다. 그는 헛기침을 두어 번 하더니 넥타이를 한 손으로 이리저리 비틀며 불편한 심기를 드러내었다. 현준은 봉투를 그의 손에 억지로 쥐여 주었다.

"가십시오. 전 원리원칙 따져 제대로 받겠습니다. 우리 아버지, 이런 돈 받을 정도로 무능력하시지도 않았고 불성실하시지도 않았습니다. 밖까지 배웅은 못 해 드립니다."

"아, 이 어린놈이 말을 안 듣네? 받으라면 받을 것이지, 없이 사는 주제에 어디 따지긴 따져?"

얼굴을 한껏 일그러뜨린 사내가 눈알을 위로 치켜뜨며 손에 든 봉투를 현준의 어머니 얼굴 앞에 던졌다. 그녀는 이 황망한 사태에 어찌할 줄 몰라 아들만 바라보았다. 아들은 어머니의 얼굴에 던져진 돈 봉투를 박박 찢어 사내의 얼굴 위로 날려 버리고는 멱살을 쥐고 흔들었다.

"다 가져 가! 이딴 돈 필요 없어. 너희들은 사람 목숨 가지고 장난치는 거야? 주말까지 사람을 부렸으면 양심이 있어야지. 우리가 오죽하면 아버지를 뵈러 화천까지 갔겠냐고? 사칙에 어긋나? 당신은 주말에 당신 식구 팽개치고 윗사람들 뒤꽁무니나 쫓아다녔는지 모르지만, 우리 아버지는 회사를 위해 최선을 다하셨어! 근데, 뭐? 없이 사는 주제라고? 이 자식이 입에서 나오면 다 말인 줄 아나?"

그 말이 끝나는 순간 퍽 소리와 함께 현준의 뺨이 휘익 돌아갔다. 현준은 한쪽 뺨이 으스러지도록 아프고 화끈거림을 느끼며 마당에 나동그라졌다. 입가에 흐르는 피를 닦으며 정신을 차려 보니, 사내의 뒤를 따라온 깡패 중 하나가 뚱뚱한 몸을 흔들며 그를 내려다보며 히죽거리고 있었다.

"어린놈의 새끼가. 야, 너 아직 군대 밥도 안 먹은 피라미지? 어디서 쬐끄만 게 돈 가지고 지랄이야, 지랄이? 더 얻어 처맞기 전에 그만 나불거려라."

깜짝 놀란 어머니가 현준에게 다가와 수건으로 입을 닦아 줬지만 그는 뿌리치고 자신을 보며 놀리는 깡패 앞으로 다가가 냉소를 지었다.

"너는 아버지도 없이 자랐냐? 네 아버지가 이렇게 죽었다면 넌 아마 찾아가서 다 부숴 버렸을 거다. 그래, 실컷 때려라. 이왕 이렇게 된 거 실컷 맞고 돈 더 얻어낼 테니까."

"현준아!"

어머니는 그의 팔을 잡아당겼지만 아들은 막무가내였다. 건달은 어이가 없는지 피식 웃더니 침을 탁 뱉고 현준을 맹수처럼 노려보며 멱살을 쥐어 땅바닥에 내던졌다. 저만치 나가떨어진 현준은 일어서기도 전에 무자비한 발길질에 다시 몸을 웅크려야 했다.

"어린놈의 새끼가 죽을라고 환장했나? 그래, 실컷 맞아 봐라. 매값이 그리 벌기 쉽지 않다는 거 내가 가르쳐 주마. 야, 뭐해? 와서 거들지 않고?"

대문 앞에서 담배를 피던 건달이 수돗가에 꽁초를 던지고는 건들거리며 다가와 신나게 발길질에 동참했다. 현준은 머리를 끌어안고 얻어맞으면서도 더 크게 소리쳤다.

"그래, 죽여라. 차라리 나도 죽이라고! 너희들 다 감방에 쳐 넣어 버릴 테니까. 어서 때려, 그 정도로 사람이 죽겠냐? 더 때려, 더 때리라고!"

"이 새끼가 죽을라고 눈이 뒤집어졌구먼. 야, 더 세게 쳐!"

약이 오른 깡패들은 축구하듯 현준의 등과 옆구리를 죽일 듯이 발로 찼다. 현준의 어머니는 비명을 지르며 사내들에게 매달렸으나 극악한 이들은 애원하는 어머니를 귀찮은 벌레 다루듯 사정없이 내쳤다.

"아줌마까지 죽고 싶어? 남편 죽고, 딸년 죽고 아들놈까지 한번 죽는 거 쭉 지켜봐."

"그만해요. 그만하라니까? 제발 우리가 잘못했어요. 이렇게 빌게요, 네?"

현준은 얼굴을 돌려 어머니를 바라보았다. 그녀는 피눈물도 없는 무뢰배 앞에서 무릎을 꿇고 두 손을 빌며 절규하고 있었다. 자신이 맞아 죽는 것보다 금수만도 못한 인간들 앞에 무릎을 꿇고 용서를 구하는 어머니를 바라보는 것이 더 못할 짓이었다.

"왜 저딴 놈들 앞에 무릎을 꿇어요? 당장 일어서세요!"

"현준아, 제발 빌어라. 이 어머니를 봐서라도. 나 이제 너뿐이다. 나를 봐서라도 제발 빌거라."

"싫어요. 절대 안 빌 거예요. 우리가 대체 뭘 잘못했어요? 더 때려, 이 새끼들아. 깡패놈들이 이 정도밖에 안 돼서 밥값 하고 다니겠냐?"

어머니는 무릎으로 기어가서 깡패들의 다리를 잡고 사정없이 물어뜯었다.

"이년이 미쳤나? 안 떨어져?"

다리를 물린 깡패는 솥뚜껑 같은 손바닥으로 몇 번이고 가련한 여인의 빰을 후려치고 머리를 잡아채 흔들었다. 그러나 때리면 때릴수록 그녀는 더욱 세게 물어뜯었다. 견디다 못한 깡패가 비명을 지르자 다른 깡패놈이 여인의 옆구리를 구둣발로 걷어찼다.

"어머니!"

어머니는 비명을 삼키고는 숨을 몰아쉬며 배를 부둥켜안고 다시 기어갔다. 그러고는 자신을 걷어찬 건달의 다리를 붙들고 늑대처럼 물어뜯었다. 급습을 당한 사내는 악에 받쳐 그녀의 정수리에 대고 미친 듯 주먹을 날렸다.

"아 시발! 아줌마 죽고 싶어? 아들과 함께 세트로 보내 줘? 시발, 늙은 년이 남편 죽고 환장을 했나?"

"이놈들아, 나부터 죽여라! 우리 아들 한 번만 더 때리면 내가 가만두지 않을 거야!"

"어머니, 그만하세요! 우리 어머니 잘못되면 이 새끼들 다 찔러 버릴 거야!"

"우리 아들, 그만 때려! 그만 때리지 못해? 이 나쁜 놈들아!"

다리를 붙들고 숨을 몰아쉬는 그녀의 눈에는 본능적인 살기가 어렸다. 분노로 터진 실핏줄로 벌게진 눈동자는 새끼를 해코지하는 맹수에게 덤비는 어미 개처럼 이글거리고 있었다.

세상에서 가장 비열하고도 역겨운 풍경이 작고 초라한 한 집에서 펼쳐졌다. 하늘을 가득 메운 먹장구름들 사이에서 으르렁거리는 소리가 들려왔다. 이 더러운 세상을 얼른 집어삼키고 싶어 안달 난 것처럼 낮게 드리운 회색 구름바다는 거대한 맹수 무리처럼 거친 숨을 들이쉬었다.

"아, 뭐야? 소나기야?"

마당 한구석에 서서 고소하다는 얼굴로 담배를 피며 즐기듯 바라보던 회사 대변인은 후드득거리며 땅으로 내리꽂는 빗줄기에 두 팔을 들어 서류가방을 머리 위로 올렸다. 허연 눈자위를 드러낸 채 매타작을 하는 깡패들 뒤로 다가간 약아빠진 모도리는 팔꿈치로 툭툭 치며 귀찮은 듯 내뱉었다.

"야, 비와. 그만 가자. 사람 죽이면 귀찮아져. 야, 학생! 너 세상 무서운 줄 알아. 어쨌든 우린 전할 거 다 전했으니 간다. 네 말대로 억울하면 법대로 해. 근데 말이지, 힘없는 네가 아무리 날뛰어 봐야 이 대한민국은 정의롭지 못하단다. 계란으로 바위 치기라고나 할까? 너 세상 물 많이 먹고 철 좀 들어라. 아줌마, 아들 단속 잘해요."

하열한 인간들은 앞이 보이지 않을 정도로 쏟아지는 소나기 속에서 피투성이가 된 채 서로에게 다가가는 모자를 보며 조소를 날렸다. 이내 대문 밖으로 도망치듯 사라지는 가납사니들을 현준은 머릿속에 기억이라도 하듯 보이지 않을 때까지 노려보았다.

"괜찮니? 어디 크게 다친 곳은 없고?"

현준은 고개를 돌려 자신을 구슬프게 바라보는 어머니를 보았다. 퉁퉁 붓고 입가에 피멍이 든 그녀는 아들을 보자 희미하게 웃어 주었다. 아들은 눈앞이 흐려지고 목울대가 뜨거워졌다. 눈꼬리로 뜨거운 것이 흘러내렸지만 얼굴 위로 세차게 흐르는 빗줄기에 합류되어 보이지 않았다.

"어머니, 괜찮으세요? 전 괜찮아요. 아프신 데 없으세요? 병원 갈까요?"

"아니다. 네가 괜찮다니 이 엄만 괜찮다. 어서, 들어가자꾸나."

현준은 주먹으로 땅을 짚으며 쓰러져 자신을 향해 미소 짓는 어머니에게로 기어갔다. 땅을 짚을 때마다 몽짜들에게 연이어 걷어차인 옆구리가 쿡쿡 쑤셔 숨쉬기조차 힘이 들었다. 그러나 아프다고 엄살을 떨기 싫었다. 이 무정한 세상에서 오로지 자신만 바라보는 어머니 앞에서 약해진 모습을 보여 줄 순 없었기 때문이다.

"어머니……."

아들은 젖은 손으로 어머니 얼굴에 묻은 피를 닦았다. 어머니는 계속 웃고 있었지만 눈가의 주름 사이로 계속 무언가가 반짝거리며 흘러나오고 있었다. 그녀는 아들의 얼굴을 쓰다듬더니 와락 끌어안으며 온몸으로 절규하였다.

"현준아, 난 정말 이제 너밖에 없다. 알겠지? 너밖에 없다……."

그녀의 목소리는 너무도 작고 떨리고 있었지만 현준의 귀에는 그 어떤 소리보다도 크게 또렷하게 들렸다. 그는 말없이 고개를 끄덕이고 이를 한번 꾹 깨물고 일어섰다. 한꺼번에 맞은 곳이 쑤시고 저려 와 숨을 쉴 수 없을 정도였지만 쓰러져서는 안 되었다. 아들은 작고 가녀린 어머니를 부축해서 일으키고는 천천히 마루로 향했다. 어머니는 계속 아들을 걱정스러운 눈으로 올려다보고 있었고, 아들은 계속 괜찮다고 되뇌고 있었다.

"괜찮아요, 어머니. 전 정말 괜찮아요……. 전 괜찮으니 걱정 마세요. 제가 끝까지 어머니 지켜 드릴 거예요……."

수수께끼 상자

노란색 전화번호부를 펼친 현준은 어딘가를 열심히 찾아 몇 번이고 입으로 되뇌었다. 주황색 전화기를 들었다 놨다 몇 번이고 반복하던 그는 뒤에서 흘겨보던 여학생에게 양보를 하며 뒤로 물러났다. 새침이처럼 고개를 쳐들고 고맙다는 인사도 하지 않는 여학생이 통화를 마칠 때까지 그는 비장한 얼굴로 계속 아까 찾아본 전화번호를 잊지 않기 위해 입으로 중얼거렸다.

"쓰세요."

수화기를 내리며 만족스러운 얼굴로 여학생이 전화 부스에서 걸어 나왔다. 현준은 얼른 주머니에서 십 원짜리 동전을 있는 대로 다 꺼내 급하게 집어넣었다. 두어 번이나 동전을 떨어뜨릴 정도로 온몸이 계속 떨려 왔다. 그는 크게 한번 들숨을 마시고는 되뇌던 번호를 꾹꾹 눌렀다.

"예, DBC 방송국입니다."

"바, 방송국 맞지요?"

"네. 어디로 안내해 드릴까요?"

"뉴스 제보를 하려고 합니다."

"아, 보도국을 찾으시군요. 돌려 드릴 테니 잠시만 기다리십시오."

전화기 너머로 들리는 여인의 친절한 목소리에 현준은 점점 마음이 편안해졌다. 그러나 이내 들려오는 남자의 맑은 미성에 그의 심장이 다시 방망이질치기 시작했다.

"예, 보도국 김석수입니다. 무엇을 도와드릴까요?"

"뉴, 뉴스를 제보하려고 하는데요……. 가능한가요?"

"예, 말씀하십시오. 어떤 일을 제보하시려고 하십니까?"

"우, 우리 아버지께서 댐을 짓다 돌아가셨습니다. 그런데, 그런데……."

현준은 목구멍이 들러붙는 듯 목소리가 나오지 않았다. 심장의 강렬한 박동에 놀란 성대가 움츠려 들어서인지 아니면 용기가 상실되어서인지 알 수는 없었지만, 이상하게도 혀가 굳고 목소리가 자꾸 가늘어졌다.

"편하게 말씀하십시오. 제보자의 신원을 밝히지 않고 익명으로 나갈 테니 염려마시구요."

사내의 목소리에 현준의 마음이 또다시 편안해졌다. 이상하게도 그 목소리에는 확신을 가지고 모든 것을 던지게 하는 묘한 마력이 깃들어 있었다. 현준은 두 손으로 수화기를 꼭 쥐고 다시 한 번 정신을 가다듬었다.

"댐이라고 하셨는데, 어느 지역에 있는 댐입니까?"

"지금 화천에서 짓고 있는 소망의 댐입니다. '가성'이라는 시공업체의 소장으로 일하시는 아버지께서는 주말도 반납하시고 정말 열심히 일하고 계셨습니다. 그런데 그런데……."

"소망의 댐이라고요? 북한 수공에 대응해서 건설 중인 그 댐 말입니까?"

"네. 그 댐입니다. 주말에도 못 오시는 아버지를 뵈러 일요일에 여동생과 어머니와 함께 화천에 갔었습니다. 그런데 발파 작업으로 굴러 떨어진 암석에 그만 동생과 아버지께서……."

눈앞에 생생히 떠오르는 악몽에 현준은 눈시울이 붉어지고 입술이 떨려 왔다. 피투성이가 된 채 유언도 남기지 못하고 떠난 아버지와 여동생의 처참한 모습이 그의 가슴을 또다시 찢어 놓고 있었다.

"아, 저런……. 많이 힘드시겠습니다. 지금 힘드시면 또다시 전화를 주시겠습니까?"

희한하게도 맑고 또렷한 사내의 음성에 현준은 감정의 늪에서 빠져나와 현실을 바라볼 수 있었다. 전혀 강압적이지도 않고 위협적이지도 않은 부드러운 목소리에는 알 수 없는 강렬한 원동력이 스며 있었다.

"아닙니다. 계속 말씀드리겠습니다. 아버지와 동생의 삼우제를 지내고 오는 날, 회사에서 사람을 보내 위로금을 전달해 주러 왔더군요. 헌데, 터무니없는 금액이었습니다. 저희 아버지께서는 그 회사에서 근 30년간 성실히 일하셨습니다. 그것은 이번 장례식 때 오셨던 많은 회사 동료 분들께서도 잘 알고 계셨습니다. 그런데 사측에서는 장례식장만 잡아 주고 조문도 오지 않더군요."

"조문도 오지 않았다구요? 세상에 어떻게 그럴 수가 있죠?"

"아마 댐에 대해 나쁜 소문이 나면 좋을 게 없기 때문이었겠죠. 어머니와 전 그래도 이해하려고 노력했습니다. 헌데, 이번에 와서 푼돈 몇 푼 쥐어 주고는 아버지께서 사칙에 어긋나는 행동을 하셔서 이렇게라도 챙겨 주니 고마워해 하라고 하더군요. 당연히 전 따졌구요. 그런데 말이지요. 그 사람 깡패 둘을 미리 데리고 와서는 따지는 저와 어머니를 사정없이 구둣발로 폭행하더군요."

"예? 아니, 폭행이라구요?"

"예……."

잠시 사내는 놀란 듯 말을 하지 않았다. 아주 잠깐의 침묵 속에서 상대방의 분격한 감정 상태가 전화선을 타고 느껴지는 듯했다. 한 5, 6초 정도밖에 되지 않는 시간이었지만 현준은 이 사내가 전화를 끊어 버릴까 두려웠다. 급히 호주머니를 뒤져 동전을 찾았다.

"제 말이 믿기지 않으시겠지만 모든 게 사실입니다. 물론 취재를 하시는 것이 부담되시는 일이라는 것도 잘 알고 있습니다. 덮으시려면 덮으셔도 상관없습니다만, 언론이라는 것이 무엇입니까? 힘없는 자들을 대변해서 진실을 알리는 역할을 하는 것 아닙니까? 아마 저희 아버지 말고도 이 댐을 건설하며 억울하게 희생되신 분들이 많으실 겁니다. 전 단지 국민들이 진실을 알기만을 바랄 뿐입니다. 대한민국의 평화를 수호하는 상징인 저 댐이 국민들의 피눈물을 쥐어짜는 거라면 의미가 있겠습니까? 지금이라도 진실을 알고 적어도 저희 아버지 같은 희생자가 나오지 않도록 시공업체 측의 사과와 올바른 개선을 바랍니다."

"……."

"이만 끊겠습니다. 기자님의 양심에 맡기겠습니다."

"취재할 겁니다."

당차지만 부드럽고 맑은 사내의 목소리에 현준은 온몸이 얼어붙었다.

"취재할 겁니다. 꼭 진실을 알리겠습니다. 죄송하지만, 성함과 전화번호를 알려 주시겠습니까? 전화상 추가 인터뷰라도 해야 할 경우도 있어서요."

"전 조현준이라고 합니다. 연락처는 582-5195입니다."

"네, 어려운 결단이셨을 텐데 이렇게 연락 주셔서 감사드립니다. 아무쪼록 힘내시고 어머니 잘 보살펴 드리십시오."

"감사합니다."

현준은 상대방의 수화기가 내려질 때까지 전화를 끊지 않았다. 눈앞이 뿌예지며 답답했던 가슴이 열리는 듯 후련해졌다. 절망의 벼랑 끝에서 희망의 빛을 보았다고 생각했다. 심장에서 뜨겁게 솟아오르는 기쁨과 슬픔이 뒤범벅되어 뜨거운 주전자 뚜껑처럼 눈물을 흘릴 때마다 어깨를 들썩거리게 만들었다.

전화 부스를 나오자 땡볕에 눈이 부셨다. 여름 햇살로 인해 거의 하얗게 보이는 연한 번루빛 하늘이 그를 웃음지게 만들었다. 현준은 손등으로 눈을 쓱쓱 비벼 닦고는 괜스레 호탕하게 웃어 댔다.

"그래, 이제 다 제대로 될 거야. 암, 그럴 거라고!"

***

"무슨 전화야? 왜 그리 표정이 심각해?"

작년에 입사한 기자 임강희는 제보 내용을 적은 메모를 우울하게 바라보는 신입기자 김석수의 어깨를 툭 쳤다. 서먹한 미소를 지으며 신입기자는 황급히 메모를 접었다.

"아, 예. 아버지께서 공사장에서 일을 하다 돌아가신 아들의 제보였어요. 사측에서 제대로 된 보상을 해 주지 않고 폭행을 했다고 하네요."

"야, 그놈들 나쁜 놈들이네. 그런 거는 보도를 해야 된다. 혼을 내줘야 한다고."

"그래요?"

꼬깃꼬깃하게 접은 메모를 바지 주머니에 넣는 김석수의 손이 파르르 떨렸다. 아무것도 모르는 선배는 취재 수첩을 집어 들며 자리에서 일어났다.

"야, 석수 첫 취재겠네? 잘 해 봐라. 이거 처음부터 특종 잡는 거 아냐? 나 인터뷰가 잡혀 있어 간다."

임강희는 손목시계를 연신 들여다보며 밖으로 뛰쳐나갔다. 선배의 뒷모습을 바라보며 석수는 윗이빨로 아랫입술을 꾹 눌렀다. 그러고는 주변을 한번 살피더니 바지에 숨겨 둔 메모를 꺼내 다시 읽었다.

"'가성'이 짓는 소망의 댐이라. 아, 이거 잘못 건드렸다가 나까지 지방으로 좌천되는 거 아닐까?"

첫 취재부터 꼬이는 것에 불편했다. 명문대 국어교육과를 나온 그는 학부 때부터 사회 문제에 관심이 많아 학보사 기자로 활동했다. 수려한 외모의 소유자였던 석수는 한 번도 여자 친구를 진득하게 오래 사귀어 본 적이 없었다. 어렵고 소외된 이들과 눈을 마주치기 위해 여자 친구를 제대로 챙겨 주는 일이 그에게는 버겁게 느껴졌기 때문이었다. 교사였던 부모님은 다른 이들처럼 교사로 안정적인 일생을 살길 바랐지만 석수는 지성인으로서 소신을 택했다.

그러나 두려웠다. 자신이 열려고 하는 이 상자에는 치명적인 비밀들이 꽁꽁 숨겨 있을 것이 분명했다. 그 비밀들을 하나하나 풀어헤쳐 놓는 순간 세상은 자신을 향해 손가락질을 할 수도 있고, 찬사를 보낼 수도 있었다. 물론 지금의 위치에서 전자에 해당하는 불행한 사태를 맞이할 경우의 수가 더 컸다.

자판기에서 커피를 뽑은 석수는 담배를 들고 비상구로 향했다. 유일하게 혼자 있을 수 있는 조용한 곳이었다. 창문을 통해 숨통을 데우는 열기가 들어와 서 있기만 해도 등에서는 땀이 흘러내렸다. 한 여름에 피우는 담배맛은 꼭 곰팡이 냄새처럼 퀴퀴하고 쾌적하지 못했다. 그렇지만 재색 연기를 내뿜을 때마다 복잡한 머리가 정리가 되어, 땀을 훔쳐 가면서도 그는 비상구에서 꼭 담배를 피웠다.

세상을 죽일 듯이 내리쬐는 강렬한 햇볕에 모든 것이 녹아내릴 것 같은 현기증을 느꼈다. 담배 연기가 어우러져 바깥 풍경은 더욱 어지러워 보였다.

'기자님의 양심에 맡기겠습니다.'

모든 것을 내려놓고 그에게 절규하듯 외치는 그 젊은이의 목소리가 석수의 가슴을 답답하게 만들었다. 연거푸 두어 번 담배를 빨더니 바쁘게 달려가는 차들을 향해 쑤욱 내뿜었다.

"양심이라, 양심……. 그래 양심이 없으면 사람이 아니지."

종이컵에 담배를 비벼 끄며 석수는 비상구 문을 열고 빠른 걸음으로 사무실 자신의 책상으로 향했다. 남색 수첩을 꺼낸 그는 수화기를 들고 급하게 다이얼을 돌렸다.

"여보세요? 철민아 오랜만이지? 나 석수야. 응, 나야 잘 있지. 우리 잠깐 좀 볼 수 있을까? 뭐긴, 잘 있나 궁금해서. 네가 일하는 곳 근처에 아는 찻집 알려 주면 갈게. 아 그 다방? 알겠어. 이따 퇴근 시간에 맞추어 기다리고 있을게."

***

라면처럼 파마를 하고 빨간 립스틱을 바른 다방 주인은 꼭 가발을 뒤집어쓴 펭귄처럼 보였다. 약속 시간보다 조금 빨리 도착한 석수는 벌써 냉수만 세 컵째 들이켜고 있었다. 주문을 하지 않는 손님이 못마땅한 여자는 껌을 천박스럽게 씹어 대며 한마디 쏘았다.

"냉커피 시키실 거예요? 미리 말씀하시면 준비해 둘게요. 아니면 우리 아가씨 불러 줄까요? 심심해 보이시는데?"

"아니요, 곧 만나기로 한 사람이 올 겁니다. 그때 주문할 겁니다."

윗입술을 일그러뜨리며 다방 주인은 어이가 없다는 듯 그를 한 번 더 흘겨보았다. 석수는 순간 너무 일찍 온 게 후회되었다. 첫 취재의 인터뷰라 들뜬 마음이 그를 조금이라도 더 시원한 사무실 선풍기 앞에 앉아 있게 만들지 못했다. 연신 다방 입구로 들어오는 손님들을 고개를 빼고 쳐다보았다.

"야, 너 일찍 왔구나? 날씨 정말 덥다."

다방 문을 열자마자 철민은 석수를 보고 손을 흔들었다. 훤칠한 키에 남자답게 생긴 친구는 누가 보아도 호감형이었다. 철민을 보자 석수보다 더 반가워하는 사람은 다방 여주인이었다. 철민이 앉기도 전에 테이블로 쪼르르 달려온 주인은 물어보지도 않고 두 잔의 냉커피 주문을 억지로 확인시키고는 주방으로 걸어갔다.

"기자 일은 할 만해? 하긴 학교 다닐 때 학보사 안에서도 알아주던 너였지만."

"아직 배우는 중이야. 야, 너는 벌써 건설부 공무원 티 나는구나? 학교 다닐 때는 여자 만나느라 정신없더니."

"하하, 그래? 토목과 나왔다고 하지만 공사판 쫓아다니는 것보다 서류 보는 일이 지겨워 죽겠다. 그렇지 않아도 집에서 취직했으니 장가가라고 난리다. 일요일마다 두세 번씩 연달아 선을 봐야 하는데 정말 찻값이 아깝네."

"중매쟁이들한테 인기가 좋나 보다 너?"

유리잔에 담긴 갈색 액체가 앞에 놓이자 철민은 목이 말랐는지 벌컥벌컥 들이켰다. 냉수를 연달아 마신 석수는 차가운 냉커피가 그리 반갑지 않았다. 친구가 더위를 식히는 동안 그는 취재수첩을 폈다. 날카로운 눈매를 지닌 철민은 맞은편에 앉은 친구의 행동을 살피더니 픽 웃으며 잔을 내려놓았다.

"너 취재하러 온 거구나. 야, 정말 너 근성 있는 거 알아줘야 한다……. 뭔데?"

"대놓고 물어볼 수 없는 거라서 말이지. 너 소망의 댐 알지?"

잔을 들려는 철민의 손이 멈칫했다. 석수는 당황하는 친구에게 쑥 다가가더니 들릴 듯 말 듯 한 소리로 속삭이며 윙크를 했다.

"그냥 몇 가지만 알려 줘. 나머지는 내가 다 알아서 할게."

"야, 너……. 나도 잘 몰라. 그거 하는 애들이 따로 있다고. 건설부에서 일하면 다 그것만 하는 줄 아냐?"

"그러니까 대강만 알려 달라고. 이거 직선제 여론 누르려고 억지로 만들어 낸 공작 아냐?"

철민은 의자 등받이에 기대더니 답답한 듯 넥타이 매듭을 이리저리 흔들어 헐겁게 만들었다. 한동안 커피만 마시며 석수를 뚫어지게 쳐다보던 철민은 고개를 끄덕였다.

"만약 잘못되어도 나는 모르는 일이다, 약속해."

"약속하지. 내가 다 가지고 간다."

"좋아. 이건 말이야, 제일 높으신 분 비자금을 위해 벌인 일이야. 열두 시간 만에 서울이 물바다가 된다고? 얼토당토 않는 소리."

"그럼, 대통령 끝나고 말년에 쓸 비자금 만들려고 대국민 사기극을 벌인 거야? 직선제를 누르려고 한 게 아니고?"

철민은 대답 대신 피식 웃었다. 석수는 마치 뒤통수를 가격당한 것처럼 씁쓸한 이 상황에 어떤 말을 해야 할지 아무런 생각이 떠오르지 않았다. 빈 수첩을 들여다보며 뭐라도 써야 하는데 손이 꿈쩍도 하지 않았다.

"그뿐만 아니다. 지금 이 댐 엄청 빠른 속도로 짓고 있어. 원래 댐이라는 게 입사해서 짓기 시작해 퇴직할 때 다 마무리한다고 하거든. 그만큼 오랜 시일이 걸리는 중요한 시설물인데 올림픽 전까지 만든다고 휴일에도 쉬지 않고 공사를 진행하고 있어. 이건 안 봐도 딱 답이 나오는 거야."

"부실공사?"

"빙고! 역시 김석수. 지금 이 공사 따낸 시공업체들 정신없을 거야. 기일 내에 다 완료하지 못하면 돈을 다 받을 수 없으니까."

"그럼, 그렇게 허술한 댐을 짓느라 600억이 넘는 국민들 돈을 쏟아부었단 말이야? 그리고 만약 댐이 터지면 어쩌려고?"

철민은 무릎 위에 두 팔을 올리고는 깍지를 꼈다. 약간 거들먹거리는 모습으로 실실 웃더니 그는 음흉스럽게 속삭였다.

"그게 무슨 상관이야? 빨갱이들은 댐 터트릴 생각 아직 없을 건데. 저네들 필요해서 짓는 댐이지 남한 수공? 웃기네. 그리고 설령 댐이 터졌다고 해도 지형적 특성상 역류될 가능성도 있다고도 해. 확실한 건 아니지만. 어차피 소망의 댐은 대응댐이니 계속 비워 둘 거야."

"실향민은 평생 모은 돈까지 기부했어. 어떻게 그런 짓을 할 수 있지? 어떻게 국민을 기만할 수 있냐고?"

철민은 담배에 불을 붙여 후 하고 내뿜었다. 석수는 답답한 듯 앞에 놓인 냉커피를 한숨에 들이켰다. 이미 얼음이 다 녹은 유리잔 밖에는 차가운 물방울이 송글송글 맺혀 있다 석수의 하얀 목선 위로 뚝뚝 떨어졌다.

"정치하는 놈들이 언제는 뭐 국민들 생각했냐? 이 정권도 군대로 밀어붙여서 자리 잡은 거잖아? 야당 놈들은 다를 거 같아? 그 자리에 올라서면 다 지 뱃속만 챙기는 거야."

석수는 사우나에 들어간 것처럼 더위가 쉬 가시지 않았다. 방금 차가운 냉커피를 한잔 채 들이켰지만 온몸이 뜨겁고 목덜미가 달아올랐다.

"어디서부터 시작하면 좋을까? 시공업체에 대놓고 물어보면 상대도 안 해 줄 거고."

철민은 다리를 꼬며 담배에 불을 붙여 빨며 석수를 은근하게 바라보았다. 한동안 그렇게 친구를 지켜보던 그는 싱긋이 미소 지었다.

"기자라며? 취재 안 해? 현장에 가서 알아내야지. 아무리 윗것들 족쳐 봐야 먼지 한 톨 안 나온다. 돈 받고 일하는 인부들한테 가서 살살 달래며 물어봐. 노가다 판 인간들, 그래도 의리는 있어서 도와줄 거다."

***

"아, 좀 그만해. 왜 자꾸 죽은 사람에 대해 캐묻고 다녀?"

"소망의 댐 숨은 공로자들에 대한 보도를 하고 싶어서 그럽니다. 죄송합니다만, 조 소장님께서 어떤 분이셨는지에 대해서만 말씀 부탁드립니다."

주말에 집에 가지도 못하고 일하느라 독이 오른 크레인 기사를 달래느라 석수는 가방에서 담배 한 보루를 꺼냈다. 흙색으로 벌겋게 달아오른 인부는 젊은이가 내미는 뇌물에 눈빛이 흔들렸다.

"뭐 이런 걸."

"국민으로서 어떻게 가만히 보고 있을 수 있습니까? 받으세요."

기사는 주변을 한번 둘러보더니 얼른 집어 목에 두른 수건에 둘둘 말아 겨드랑이에 꼈다. 석수의 한쪽 입술이 둥실 위로 떠올랐다. 첫 관문은 통과한 것이었다.

"날씨도 더운데 고생 많으시지요? 전 그럼 가 보겠습니다. 다음에 또 뵐게요."

"이보게, 젊은이! 서울서 왔는데 잠시 앉았다 가."

"바쁘신데 제가 방해가 되지 않을지요?"

"뭐 주말인데 쉬엄쉬엄 일하면 되지. 여기 앉아. 어제 함바 아줌마가 몰래 숨겨 둔 소주가 있는데 한잔 해."

컨테이너로 대강 지어진 가설건물 안으로 들어간 사내는 유리컵 두 개와 주전자 하나를 들고 나왔다. 의자에 앉은 그는 한잔 따라 석수에게 내밀었다.

"사이다하고 섞은 거야. 재수 없어 소장한테 걸리면 안 되거든. 들어."

석수는 얼른 일어나 주전자를 들고 기사에게 술을 따랐다. 흐뭇한 표정으로 그를 바라보며 사내는 이미 경계를 풀고 있었다. 사내는 단숨에 잔을 비우더니 한숨을 쉬듯 날숨을 토해 내었다.

"조 소장 그 사람……. 참 사람 좋았지. 지금 저 앞에 발파 작업하는 거 보이지? 저거 때문에 죽은 거야. 안타깝게도 그때 가족들이 찾아왔는데 딸내미도 같이 바위에 깔려 죽고 말았지. 쯧쯧……. 그 사람 있을 때 일할 때는 참 신명나고 좋았는데 새로 온 저놈은 성질도 지랄 맞고. 으이구!"

석수는 얼른 사내의 잔을 채워 주었다. 가득 채워진 유리잔을 들고 기사는 껄껄 웃으며 고개를 끄덕였다. 석수는 의미심장한 미소를 지었다. 이제 두 번째 관문을 통과한 거였으니까. 그는 가방 안으로 슬그머니 손을 넣어 녹음 버튼을 눌렀다.

"근데, 어르신. 국민들 정성이 더해져서 그런지 댐을 엄청 빨리도 건설하고 있네요. 이렇게 주말까지 반납하시고 열심히 일하시니 당연한 결과라고 봅니다."

"우라질, 바위산 깨부수고 대강 공구리 쳐서 짓는 거잖아? 원래 댐이라는 게 몇십 년을 바쳐야 만들어지는 거라고 하는데, 이건 뭐 번갯불에 콩 볶아 먹는 것도 아니고."

"콘크리트 표면 착수형 댐이라고 하던데요. 모래나 자갈 같은 것도 많이 들겠네요?"

사내는 주변을 이리저리 둘러보더니 석수에게 가까이 오라는 손짓을 했다.

"내가 댐 공사판에 몇 번 있어 봐서 아는데 아무래도 불량인 거 같아."

"예? 어떻게 그럴 수 있죠? 잘 지으라고 그 성금을 모으지 않았나요?"

"육백 억을 모았다며? 근데 여기 쓰이는 지방의 작은 댐에서 쓰이는 것보다 형편없어. 필시 공사비를 중간에서 가로채거나 처음부터 적게 맞춘 거지."

"어떻게 그럴 수 있죠? 만에 하나라도 댐이 터지면요?"

사내는 석수를 순진한 어린아이처럼 쳐다보며 껄껄 웃어 댔다. 또 한 잔을 비우며 그는 젊은 기자의 어깨를 툭툭 두드렸다.

"터지긴 뭘 터져? 이 댐은 물을 채워 놓는 댐이 아니야. 텅텅 비워 놓는 장식용 댐이라고. 북한 놈들이 언제 댐을 터뜨릴지 어떻게 알어? 대강 지어 놓고 국민들 돈만 가로채는 거지. 정치하는 것들한테 한두 번 속아 봤나?"

"그럼 댐을 건설하면서 시공업체들도 상당한 득을 봤겠군요."

"그렇지. 댐 공사 하나 얻으면 밥벌이가 좀 좋아? 서로 하려고 난리들이지."

석수는 고개를 끄덕였다. 이제 어려운 세 번째 관문만 통과하면 이 인터뷰는 매우 성공적인 결과물을 가져올 수 있었다. 그는 크레인 기사의 안색을 살피며 술을 따랐다.

"어르신, 한번 공사 현장을 쭉 둘러볼 수 있을까요? 사진을 실으면 좀 더 생생하게 조 소장님에 대한 기사를 보낼 수 있을 같아서요."

"뭐 그렇게까지 해야 하나?"

사내의 미간이 잔뜩 찌푸려지자 석수는 침을 꼴깍 삼켰다. 여기서 멈출 수도 있었지만 주말까지 버려 가며 화천으로 온 시간들을 헛되이 쓰고 싶지 않았다. 석수는 환하게 웃으며 고개를 저었다.

"아이, 뭐 부담되시면 그냥 인터뷰 글만 싣겠습니다. 제 아버님 같은 분이시라 너무 마음이 아파서요. 국민들에게 얼마나 고생하시며 댐 건설에 최선을 다하시는지 꼭 보여 주고 싶어서 그럽니다."

사내는 잠시 고민하는 듯 말이 없었다. 잔을 들고 땅바닥만 쳐다보던 그는 입술을 꾹 다물었다. 석수에게는 그 몇십 초간의 시간이 몇 시간처럼 느껴졌다. 사진을 찍지 못하면 어떻게 자료를 확보해야 하는지 머릿속에서 온갖 생각들이 돌아다녔다.

크레인 기사는 두툼한 손바닥으로 무릎을 탁 쳤다.

"좋아! 뭐 까짓 거 좋은 일 하는 데 제대로 해야지? 내 크레인에 타!"

***

서울로 향하며 석수는 몇 번이고 비닐봉지에 얼굴을 처박아야 했다. 뜨거운 여름에 얻어 마신 소주는 자꾸 배 속을 괴롭히며 돌아다녔다. 신물만 토해 내며 손수건으로 입을 닦자 옆 좌석에 앉은 아가씨는 눈살을 찌푸리며 몸을 돌렸다.

석수는 차창을 열어 시원하게 저녁 바람을 들이마셨다. 여름의 초저녁 향기는 그지없이 청량하고 달달했다. 아청색에서 짙은 남빛으로 물들어 가는 하늘이 기분 좋게 눈으로 들어왔다. 그는 가방을 열어 녹음기와 사진기를 내려다보며 해쓱한 얼굴로 함박웃음을 지었다.

'됐어. 이제 마무리만 잘하면 돼.'

***

“야, 김석수! 너 이번에 제대로 한턱 쏴라.”

입사 동기 박우준이 커피를 홀짝이며 시끄럽게 떠들어 댔다. 석수는 어색하게 웃으며 담배를 물어 불을 붙였다.

“화천에서 거의 살다시피 하더니 어떤 뉴스가 나올지 궁금하다.”

“처음이라 많이 엉성할 거야. 너무 그러지 마라.”

“제대로 한 방 터트리는 거잖아. 너 정말 대단하다, 대단해. 어? 뉴스 나올 시간이다.”

우준은 얼른 휴게실로 뛰어들어 갔다. 석수는 마치 면접시험을 앞둔 것처럼 심장이 벌렁거렸다. 기사를 넘기고 그 어떤 말도 듣지 않아 우선은 안심했지만 그의 첫 취재였다. 더운 여름 내내 바위산에서 먼지 속에서 인부들과 몇 번이고 마시고 싶지 않은 소주를 마시며 고생해야 했지만 그만큼 풍요로운 결실이 있었다. 생생한 현장 사진들과 녹음테이프들과 휴가를 반납하며 도서관에서 관련 서적들을 뒤져 보며 얻은 지식들. 그는 첫 취재인 만큼 완벽한 기사를 보도하고 싶었다.

“어? 왜 그냥 지나가지? 야, 오늘 네 기사 나오는 거 맞아?”

“왜?”

“브리핑을 하지 않잖아? 이상하네. 나중에 나오나?”

석수는 배 안에서부터 스멀스멀 기어 나오는 불쾌한 느낌에 입술을 깨물었다. 직관력이 뛰어난 그의 불길한 예감은 한 번도 틀린 적이 없었다. 아까 점심시간에 직원 식당에서 자신을 한동안 뚫어지게 쳐다보는 보도국장의 눈빛이 저녁 내내 머릿속에 맴돌았다.

'잘못된 거야. 분명.'

뉴스가 시작한 지 삼십 분이 흘러갔지만 화천이나 댐 관련 보도는 아예 나오지도 않았다. 날씨 예보가 이어지고 스포츠 뉴스가 연이어 나오자 그는 온몸이 서늘해지고 꼼짝도 할 수 없었다.

"기운 내 임마. 아마 다른 날에 나오겠지."

석수는 동기의 위로를 듣는 척도 않고 자리에서 일어났다. 그러고는 무조건 보도국으로 향했다. 혼자서 머리를 굴리고 상상해 봐야 어둠 속에서 벽을 헤집고 돌아다니는 것과 다를 것이 없었기 때문이었다. 사무실에서 나오는 선배 임강희와 마주친 석수는 그의 앞을 막아섰다.

"보도가 되지 않았습니다, 선배님. 어찌된 겁니까?"

"아, 그게……."

"국장님께서 막으신 건가요? 분명 오늘 오전에는 보도될 것이라고 알고 있었습니다. 대답해 주십시오, 선배님!"

임강희는 바지에 손을 찔러 넣고 아래만 쳐다보며 한참 뒤 입을 열었다.

"석수야, 아직은 이른 것 같다. 이건 내 생각이 아니라 보도국 전체의 생각이다. 그렇게만 알아라."

석수는 온몸이 이글이글 끓어오르는 것 같았다. 입 안이 바짝 타들어 가고 주먹을 꼭 쥔 손바닥에서는 땀이 배여 나왔다. 눈자위가 뜨거워져 앞을 바라보는 것도 어지러울 지경이었다.

"넌 잘하잖아? 다른 걸 해. 그동안 좋은 공부했다고 생각하고. 나도 참 안타까워."

임강희는 후배의 어깨를 두드리며 자신이 미안한 듯 시선을 피했다. 석수는 그 어떤 말도 할 수 없었고 하기도 싫었다. 올 여름 내내 몇 달간 고생한 시간들이 필름처럼 흘러갈 뿐이었다. 역겨운 소주 냄새와 텁텁한 먼지의 맛, 살갗을 벗길 정도로 물큰했던 나지의 더위까지. 그간 그가 겪었던 모든 감각들의 기억이 한꺼번에 되살아나는 것 같았다.

동기들이 한잔 하며 기분을 풀자고 했지만 석수는 두통이 심하다고 하며 거절했다. 오늘 같은 날은 그저 혼자 방에서 깡소주를 들이키는 것이 훨씬 속편했다. 옆에서 위로하는 말들을 들어 봐야 쓰린 상처만 더 아플 뿐이었다.

슈퍼에 들러 땅콩과 소주 한 병을 산 석수는 고개를 들어 밤하늘을 올려다보았다. 짙은 남빛 하늘에 반짝거리는 별들을 보고 있으니 오늘 일어난 일들이 아무렇지도 않게 느껴졌다.

"다음 취재 때 잘 하면 되지 뭐. 좀 시간이 흐르면 다시 보도를 하면 되니까."

손에 들고 있는 소주 보따리도 괜히 궁상스러워 보였다. 이런 일로 괜히 의기소침한 스스로가 옹졸해 보여 피식 웃으며 집으로 향했다.

하얀 가로등이 훤히 비추는 익숙한 갈색 대문이 그 어느 때보다 정겹고 반가웠다. 자신이 취재한 기사 때문에 평소보다 늦게 퇴근한다고 어머니께 전화는 드렸지만 그래도 걱정하실 부모님이 떠올라 더욱 발걸음을 빨리 했다. 대문 앞에 다다라 초인종을 누르려고 하자 저음의 목소리가 그를 얼어붙게 만들었다.

"김석수 기자님? 같이 좀 가시죠?"

점잖은 목소리였지만 석수는 마른 침을 삼켰다. 삼 초도 안 되는 시간이었지만 그의 머릿속에는 온갖 장면들이 스치고 지나갔다. 학보사 시절부터 익히 들어온 운동권 학생들의 무시무시한 경험담들이 귓가를 울렸다.

"안기부에서 나왔습니다. 잠깐 이야기만 하고 보내드릴 터이니 빨리 갑시다."

"제가 뭘 잘못했다는 겁니까? 방송국으로 직접 찾아오시면 되지 이게 뭐하시는 거죠?"

"조용히 안 해? 네가 뭘 잘못했는지 정말 몰라서 물어? 가족들 앞에서 연행되기 싫으면 순순히 따라와."

재빠르고도 강한 두 팔이 그를 양옆에서 붙들었다. 큰 키의 석수였지만 단단한 근육의 두 사내가 붙드는 힘에 아무리 몸부림쳐도 꼼짝할 수 없었다. 이 와중에도 손에 붙든 소주와 안주가 담긴 검은 봉지를 놓지 않은 자신이 어이없고 우스워 보였다. 석수는 얼른 양옆에 그를 잡고 있는 사내들을 번갈아 쳐다보았다. 넥타이를 하지 않은 흰 셔츠에 검은 정장을 입은 그들은 허연 가로등 아래에서 저승사자처럼 음험해 보였다.

검은 군용 지프차에 그를 구기듯 쑤셔 넣은 그들은 차에 타자마자 그의 눈을 헝겊으로 가리고 두 손을 묶었다. 석수는 온몸이 차가운 얼음물에 담가진 것처럼 저절로 떨려 옴을 느꼈다. 위험을 의식하기도 전에 무의식적으로 그의 몸이 눈앞에 닥친 상황에 반응하고 있는 것이 신기할 정도였다. 아직까지 그의 손은 검은 봉지를 꽉 붙들고 있었다. 오른쪽에 앉은 사내가 그의 손에서 봉지를 억지로 빼앗더니 어이가 없는 듯 킥킥거렸다.

"무슨 꿀단지인가 싶었는데 소주냐? 너도 참 태평이다."

한 가지 감각을 잃어버리면 다른 감각이 더욱 예민하게 살아나듯 석수의 두 귀는 민감해진 후각과 함께 평소에 잘 들을 수 없던 다른 소리까지 찾아내고 있었다. 웅웅거리는 엔진 소리와 도로에서 들려오는 다른 차 소리들로 대충 어디쯤인지를 짐작할 뿐 도무지 알 수가 없었다. 분명한 것은 운동권 학생들이 연행되어 간다는 그 비밀의 집으로 갈 거라는 것이었다.

***

시간이 갈수록 도로의 차 소리들은 들리지 않고 지프차의 엔진 소리와 저승사자들의 이야기 소리만 들릴 뿐이었다. 밤 특유의 한기와 함께 공포가 주는 옥죄는 긴장감은 석수의 숨통을 틀어막고 있었다. 심장 저 안에서부터 사무쳐 올라오는 극렬한 냉기에 그는 숨을 헐떡였다.

"이 새끼 벌써 일도 시작 안 했는데 겁먹은 거야? 야, 이 새끼야, 그렇게 겁나면서 그 지랄을 떨었어?"

그의 옆머리를 쥐어박는 둔탁한 손놀림에 석수는 몽둥이를 얻어맞는 듯한 강렬한 자극을 느꼈다. 두려움으로 인한 몸의 진동을 억누르고자 입술을 잘근잘근 씹었지만 여전히 사시나무처럼 떨리기만 했다.

"도착했습니다."

지프차가 정지함과 동시에 기어를 꺾는 소리에 석수는 화들짝 놀라 고개를 들었다. 저승사자들은 그를 끌어내어 거칠게 밀며 어디론가 데려갔다. 퀴퀴하고 차가운 내음이 그를 맞이했다. 말로만 듣던 호랑이굴에 발을 디디며 석수는 내일 아침 길가에서 주검으로 발견될 자신의 모습을 동시에 떠올렸다.

'이게 말로만 듣던 남영동 대공분실인가?'

들어가면 병신이나 죽어서 나온다는 지상의 지옥. 석수는 자신도 모르게 뒷걸음질치고 있었지만 무지막지한 그들은 조금의 자비심도 없었다.

"이 새끼 벌써 죽고 싶어? 얼른 걸어가지 못해? 몽둥이찜질부터 해야 말을 듣겠어?"

석수는 모든 것을 내려놓아야 할 것 같다는 허탈한 두려움에 사로잡혔다. 평소 우습게 여겼던 오늘을 충실히 살라는 성현들의 말씀을 듣지 않은 것을 후회했다. 그리고 오늘 아침 일찍 좀 들어오라는 어머니 말씀을 귀찮게 흘려들은 것을 후회했다. 무엇보다 건드리지 말아야 할 금단의 영역을 범했음을 뼈에 사무치게 후회했다.

'그래, 댐 때문이야. 그놈의 망할 댐 때문에 잡혀 온 거야.'

한참을 걸었다. 대공분실에 잡혀갔다 온 이들의 말을 떠올려 보니 복도를 지나고 있는 것 같았다. 이제 곧 욕조가 설치된 심문실이 나타날 것이다. 수백 번을 피비린내가 진동하는 차가운 물에 머리를 처박으며 평생 마실 물을 코와 입으로 들이킬 것이다. 생각만 해도 목울대가 들러붙고 심장이 정신 나간 듯 뛰기 시작했다.

"들어가. 웬만하면 오늘 빨리 끝내도록 하자, 응?"

차가운 금속이 둔부에 닿자 오금이 저렸다. 눈가리개를 풀자 한꺼번에 쏟아진 하얀 불빛에 절로 고개를 숙이고 눈을 찡그렸다. 허연 백열 전구가 공중에 대롱대롱 매달려 흔들리고 있었다. 하얀 셔츠의 소맷단을 올리고 있는 한 중년의 사내가 비릿한 웃음을 지으며 그를 바라보고 있었다. 꼭 사냥한 먹이를 물어뜯기 직전의 맹수처럼 날카로운 눈매가 번들거렸다.

"김석수 기자. 올해 입사한 신입 기자라지? 명문대 학보사 출신에다 국문과 전공한 기자 출신이라. 그래, 이번 여름에 화천에서 사셨다고 들었는데 댐 구경은 잘하셨나?"

사내는 천천히 일어서더니 양복바지 주머니에 손을 찔러 넣고 다가오고 있었다. 본능적으로 석수는 그의 손톱에 곧 갈가리 찢겨져 나갈 것이라는 것을 직감하고 몸을 웅크렸다. 굶주린 들짐승은 픽 웃으며 석수의 뺨을 가볍게 몇 차례 때리며 비아냥거렸다.

"이 새끼, 겁 더럽게 많구먼? 야, 그렇게 겁나면서 설쳐 댔냐? 그래, 여기저기 똥구멍 찔러보니 먹을 만한 게 나오더냐?"

"……."

"너네 아버지 선생이시라며? 아버지께서 그렇게 가르치시든? 주제도 모르고 막 덤비며 살라고? 교육자라는 양반이 자식 교육 참 잘도 시킨다. 요즘 선생 놈들이 지 자식도 제대로 못 가르치면서 남의 새끼 가르친다고 꼴값을 떨어요."

분기가 치솟았지만 석수는 입술을 꾹 깨물며 감정을 억눌렀다. 사내는 재밌다는 듯 입꼬리를 추켜올리며 그의 뒷머리를 부여잡고 사정없이 서너 번 빰을 후려치더니 책상 위에 머리를 두어 번 처박았다. 두 빰이 얼얼함과 동시에 극심한 두통이 그를 괴롭혔다. 석수의 혓바닥 끝에 씁쓸하고도 비릿한 피 맛이 느껴졌다.

"야 이 새끼야! 기자면 기자답게 제대로 된 기사를 보도해야지, 그렇게 빨갱이 짓을 해? 네가 빨갱이야? 어디서 함부로 캐고 다니고 있어? 너네 아버지 옷 벗게 해 줘? 야, 욕조에 물 채웠지? 이 새끼 대가리 제대로 처박아!"

***

추웠다. 너무도 추웠다. 셔츠가 다 젖을 정도로 차가운 물에 머리를 담갔다 뺐다를 반복할수록 머리에서부터 심장까지 얼어붙는 듯했다. 그러나 희한하게도 의식은 말짱했다. 콧속에 더러운 물이 비집고 들어와 숨통을 막아도 그러면 그럴수록 석수의 생존 의지는 강렬해졌다. 욕조 앞에 무릎을 꿇고 헛구역질을 하는 그를 보며 저승사자들은 담배에 불을 붙이며 혀를 내둘렀다.

"저 새끼 독하네. 학보사 기자 출신이라고 하더니 역시 운동권 놈들은 다 똑같다니까? 야, 어때? 죽고 싶어? 죽고 싶냐고?"

석수는 목구멍까지 치밀어 오르는 말을 꿀꺽 삼켰다. 더러운 권력의 하수인들을 향해 알고 있는 온갖 욕들을 퍼붓고 싶었지만 그는 살아남아야겠다는 생각으로 참고 또 참았다. 입을 꾹 다물고 아무런 말도 하지 않는 그를 향해 심문실에서 처음 만난 사내가 다가오더니 앞에 쭈그리고 앉았다.

"어떡할래? 실컷 물 마셨으니 이젠 마사지 좀 해 줄까? 간만에 몸 좀 풀어 줘? 근데 말이지 이 마사지를 받다가 간혹 간당간당하게 가는 놈들이 있더란 말이지. 어때 한번 화끈하게 놀아 줄까?"

사내는 담배 연기를 석수의 면상을 향해 뿜었다. 지독한 입 냄새와 함께 퀴퀴한 연기 냄새에 석수는 고개를 돌렸다. 이제 결정을 내려야 할 단계였다. 잠시의 설욕을 품고 길게 치욕의 삶을 살 것인지, 아니면 꿋꿋한 결기를 앞세워 짧고 굵게 살다간 영웅으로 죽을 것인지를 결단 내려야 했다.

그의 젊은 심장은 정의로운 영웅으로 죽는 게 낫다고 그의 치기를 들쑤셨지만, 계산적인 이성은 앞으로 취재해야 할 수많은 기사들과 안정된 삶, 부모님을 생각나게 만들었다. 당연히 길고 가늘게 사는 비굴한 삶을 선택하는 것이 현실적이었으나 쉽게 입이 떨어지지 않았다.

"이 자식 일으켜 세워. 그리고 몽둥이 좀 가져와. 복날 개 패듯 패 버리게."

낄낄거리며 담배를 피우던 사내들이 그를 우악스럽게 일으켜 세웠다. 현준은 순간 민주화 운동을 하다가 팔과 다리에 심한 장애를 입고 결국 학업을 그만둔 동기들을 떠올렸다.

"잘못했어요. 다시는 안 그럴게요."

스스로가 부끄러웠다. 그렇지만 살아남아서 해야 할 일들이 너무도 많았다. 멀지 않은 미래를 기대하며 잠시의 치욕을 참고 견뎌야 했다.

"진즉 그랬어야지. 그래도 머리가 좋은 놈이네. 종이하고 펜 가져와."

사내들은 석수를 의자에 앉히더니 수건 하나를 던져 주었다. 수건에서 스며 나오는 세제 냄새와 포근한 감촉에 그는 살아남았다는 안도감에 마음이 편안해졌다. 그러나 이 평화로운 상태는 오래가지 않았다. 그의 앞에 하얀 종이 하나와 볼펜이 놓이자 마치 회오리 속으로 빨려 들어가듯 복잡한 감정들이 튀어나와 괴롭히기 시작했다.

"자, 내가 부르는 대로 받아 적어. 앞으로는 소망의 댐에 대해서는 취재는커녕 입에 말도 올리지 않겠습니다. 그래, 그렇지. 만약 네가 이 확인서 내용을 어기면 네 부모도 교직에서 쫓겨나고 넌 쥐도 새도 모르게 죽는 거야. 부모 가슴에 대못 박는 게 자식이 먼저 죽는 거라지? 처신 잘해라. 다 쓰고 지장 찍어."

석수는 눈가가 뜨거워지고 목구멍이 뜨거워졌다. 수화기 너머로 울부짖으며 아버지와 여동생의 억울한 죽음을 알리는 한 젊은이의 오열하는 소리가 쉴 새 없이 맴돌았다. 무엇보다 그를 가장 괴롭히는 것은 바로 이 말이었다.

'기자님의 양심에 맡기겠습니다.'

부끄러웠다. 어서 빨리 이 몸이 썩어 먼지가 되어 날아가 버렸으면

할 정도로 수치스러워 고개를 들 수 없었다. 소신 있는 기자로 남고 싶었고 약자의 정의로운 대변인이 되고 싶었던 푸른 꿈은 음습한 심문실의 하얀 등불 아래 어둠 속으로 사라져 갔다.

석수의 눈꼬리에서 뜨거운 눈물이 흘러내렸다. 볼펜은 꽉 쥐었지만 놓칠 새라 더 꽉 그러쥐었다. 글자를 쓸 때마다 예수를 팔아넘기는 유다가 된 것 같아 더 꽉 그러쥐었다. 무슨 내용을 썼는지 얼마나 썼는지 하나도 기억할 수가 없었다. 그저 눈앞이 뿌예지고 수치심과 증오로 몸이 불에 덴 것처럼 점점 뜨거워졌다.

***

어젯밤과 달리 눈은 가려졌지만 마음이 편안했다. 죽음의 공포를 맛본 그에게 이 길은 생명의 길이었지만 가슴은 천 갈래 만 갈래 찢어지는 듯 고통스러웠다. 새벽길을 달리는 지프차의 엔진 소리는 그지없이 경쾌했다. 차창 밖으로 들려오는 부지런한 새들의 천진한 지저귐에 석수의 마음은 더욱 착잡했다.

"내려. 그리고 우리 만난 적 없는 거다. 만약 입이라도 벙긋하면 알지? 앞으로 똑바로 살아! 세상물정 좀 알고."

지프차에서 끌어내려 차가운 흙바닥에 내동댕이친 그들은 도망치듯 차를 몰고 가 버렸다. 석수는 새벽의 냉기에 온몸이 쑤셔 왔다. 벌벌 떨리는 두 손과 두 발로 억지로 몸을 일으켜 세웠다. 아청빛 새벽하늘 저 너머로 아침노을 속에서 새로운 태양이 떠오르고 있었다.

'죽고 싶다.'

너무도 밝고 깨끗한 빛 앞에서 그는 자괴감에 얼굴을 들지 못했다. 최소한의 동아줄이라고 믿었던 양심마저 버렸다는 가책에 흔들리기 시작했다. 힘 앞에 무기력하게 무너진 스스로가 한심하고 불쌍해서 견딜 수 없었다. 석수는 두 손으로 얼굴을 가리고 담벼락에 머리를 박으며 오열하고 말았다.

"빌어먹을 이 한심한 놈아! 차라리 죽어라, 죽어!"

2장

30년, 그 허망한 시간 속에서

처참한 현실

“제대로 짓지 못했으면 보수라도 제대로 해야지. 이게 무슨 짓거리야?”

밀양시청 건설과 김 과장은 오늘도 조용한 하루를 마무리하긴 글렀다고 생각했다. 대낮부터 술 냄새 풍기며 거의 매일 쳐들어오는 가납사니 때문에 골치가 아플 지경이었다. 생판 아무것도 모르는 무지렁이라면 살살 달래서 보내겠지만 이건 전문가 빰칠 정도로 이야기 자락을 늘어놓으니 뭐라고 대거리하기도 벅찬 상대였다.

“조현준 씨, 제발 그만 좀 해라이. 와 맨날 우리한테 와서 따지노? 산외면 거기에 수자원관리소가 있으니 직접 가서 따지라고. 그라고 다리나 잘 보수하지 와 당신하고 상관없는 댐 가지고 난리고?”

“거기 가서 따지면 뭐합니까? 여기로 가라고 하던데?”

“요즘은 바쁘다고 안 하나? 제발 이렇게 빌 테니께 어서 가라고. 업무 방해죄로 신고해서 쫓아내기 전에 냉큼! 험한 꼴 당하고 싶나?”

산발이 된 머리로 낯빛이 홍시가 된 사내는 벌러덩 사무실 바닥에 드러누워 버렸다. 김 과장은 슬슬 한계에 부딪히기 시작했다. 험한 공사 현장 돌아다니다 이제야 깨끗한 사무실에서 팔자 고치나 싶었는데 귀신처럼 들러붙은 이 화상 때문에 차라리 공사 현장이 그리웠다.

“좋은 말로 할 때 어서 가라고. 안 그럼 확 그냥 쫓아내 버릴 끼니까!”

“세상에 공무원이 그런 소리 하면 됩니까? 이보시오, 밀양 시민들!

여기 국민을 개똥으로 아는 형편없는 공무원이 있습니다!"

"맨날 와서 똑같은 소리만 하는데 방법이 없잖아? 그리고 보니까 알아서 댐 관리 잘 하더만. 자꾸 딴지 걸지 말고 하던 일이나 제대로 하소."

시체처럼 널브러져 있던 사내는 김 과장의 말에 눈을 희번덕거리며 벌떡 일어났다. 키 크고 덩치 좋은 그가 일어서니 갑자기 사무실에 산 하나가 생겨난 것 같은 착각이 들어 사람들은 위축이 되었다.

"잘해? 뭘 잘해? 에폭시로 땜빵이나 하면 그게 잘하는 건가? 보아하니 녹조 때문에 담수에도 문제가 많으니 뭐니 하며 말이 많은데 댐 보수라도 제대로 해야 하는 거 아닙니까? 연간 40억 적자라고 하는 소문도 있던데 차라리 댐을 해체하는 게 낫겠네."

"이 사람이 미쳤나? 멀쩡한 댐을 와 해체하노? 거기에 캠핑장도 있고 생태공원도 있다 아이가. 돈 벌어다 주는 이뿐이를 와 없애란 말이고? 진짜로 미친 기네."

"아, 돈 벌라고 그깟 쓰레기 댐 없애지도 못하고 40억이나 들이부으면서 끼고 사는 거야? 이거 세금 낭비 아닌가? 국민의 혈세를 갖고 대충 땜빵이나 하면서 돈 벌 궁리하다니. 공무원의 자세가 안 되어 있구먼."

아픈 곳을 건드리는 말에 김 과장은 인내의 한계치에 도달하고 말았다. 검은 뿔테 안경을 추켜올리며 그는 소매를 걷어붙이고 사내에게로 다가갔다.

"하, 진짜 돌아뿌겠네. 도저히 안 되겠다. 야들아, 내 좀 거들어라."

김 과장은 이를 악물고 사내의 한쪽 팔을 낚아챘다. 김 과장을 따라 남자 직원들도 달려들어 불청객을 에워싸고 입구 쪽으로 끌고 가기 시작했다. 그러나 술에 취해 고성방가를 하며 허우적거리는 장신의 성인 남자를 쫓아내기란 쉬운 일이 아니었다.

"놔, 놓으라고! 너네들이 뭐가 잘못한 게 있으니까 이러는 거지? 내가 아니라도 언젠가 다른 사람들이 밝혀낼 거다!"

고래고래 소리를 지르는 사내는 발을 헛디뎌 휘청거리며 뒤로 나동그라졌다. 덕분에 수월하게 골칫덩어리를 제거한 건설과 공무원들은 후련한 듯 옷매무새를 매만지며 악담을 퍼부었다.

"다시는 오지 마이소! 여기가 무슨 스트레스 푸는 동네북인 줄 아소? 한 번만 더 그랬다가는 과장님 말씀대로 업무방해죄로 확 집어넣어 버릴 테니까 다시는 이쪽으로 쳐다도 보지 마소!"

"불쌍해서 상종해 줬더만 갈수록 도가 지나치네. 마 그러고 살라면 딴 동네로 가 보이소. 이젠 거지 같은 꼬라지 꿈에 볼까 무섭다. 가서 다리나 제대로 고치라이."

건물 밖에 널브러진 사내를 업신여기며 쳐다보던 김 과장은 시청으로 걸어 들어오며 겁을 먹은 시민들을 보자 억지 미소를 지으며 안내하기 시작했다.

"아, 신경 쓰지 마이소. 저 맨날 와서 진상부리는 웃긴 인간입니더. 무엇을 도와드릴까예?"

바닥에 나부라진 사내는 비틀거리며 일어섰다. 술기운 때문인지 씩씩거리며 숨을 몰아쉬고 있었다. 눈에 눈물이 그렁그렁 맺힌 걸 보니 아직 분이 풀리지 않은 듯했다. 나뭇가지에 한댕거리며 붙어 있는 가을 낙엽처럼 사내는 흔들흔들하며 서 있었다. 뒤돌아서려던 그는 억울함이 치밀어 오르는지 시청 건물을 노려보며 삿대질을 해 댔다.

"야 이 도둑놈들아! 공무원이 철밥통이라고? 지랄들 하고 있네. 국민 혈세 쪽쪽 빨아먹으면서 너네들이 할 줄 아는 게 뭐가 있냐? 쓸모없고 담수 기능도 제대로 못 하는 댐 없애 버리라는데 무슨 말들이 그리 많어? 에잇!"

생각 같아서는 당장 다시 쳐들어가고 싶었지만 사내는 서슬 퍼렇게 자신을 현관문 안에서 노려보고 있는 김 과장을 보며 마음을 고쳐먹었다. 마치 고릴라처럼 큰 거구를 좌우로 건들거리며 걸어가는 사내를 흘겨보며 김 과장은 고개를 내저었다.

"문디 새끼, 물귀신은 뭐하노? 저런 놈 잡아가지 않고? 야, 국전저수지 거게 물에 빠져 죽은 사람 없나?"

"글씨요. 내가 듣기론 없는 거 같은데요?"

김 과장은 아쉽다는 듯 한숨을 내쉬며 제자리로 돌아갔다.

"진짜 아깝네. 저런 술주정뱅이가 없어져야 이 우리 시가 잘 돌아가는 긴데. 최희철이는 와 저런 놈을 데리고 와서 사람 환장하게 만들어 삐노?"

***

늦여름도 거의 지나갈 무렵의 아랑댐은 늘 그렇듯 실박하고도 단아

한 경관을 뽐내며 서 있었다. 나지막한 산들에 둘러싸인 연연한 여인의 자태와 같은 인공호수는 전혀 인위적인 장식이 느껴지지 않아 바라만 보아도 절로 마음이 평온해지도록 만들었다. 반쯤 물에 잠긴 산등성이와 호수에서 불어오는 상쾌하고 물비린내가 약간 섞인 듯한 바람 내음에 절로 얼굴에 미소를 머금을 수 있었다. 선상 캠핑장이 떠 있는 색다른 장관을 보여 주는 이 인공호수는 댐과 더불어 봄과 가을만 되면 많은 관광객들이 모여들었는데, 특히 푸르디푸른 하늘빛을 그대로 투영한 천청색 수면의 아름다움에 찾는 이들은 절로 포즈를 잡고 사진기를 꺼내 들기 바빴다.

"자기, 여기 서 봐라. 그래 그림 딱 나오네. 자, 하나 둘……. 아, 잠깐 아저씨 뭔교?"

아랑호 기념비 앞에서 끌어안으며 휴대폰으로 사진을 찍으려던 두 남녀는 자신들 뒤에서 얼쩡거리는 중년의 사내를 보자 화들짝 놀랐다. 한쪽 손에는 소주병을 들고 빨대를 꽂아 쪽쪽 마시는 그 모습에 여자는 겁을 먹고 애인 뒤로 숨어 버렸다.

"아저씨, 좀 비켜 주이소. 사진 찍고 있다 아인교?"

"뭣 땜에 저 쓰레기 댐을 배경으로 사진 찍고 있는 거요?"

"예? 이 사람이……."

여자는 무서운 듯 애인의 팔을 잡아당겼다.

"자기야, 어서 가자. 괜히 봉변당해. 응?"

"으유, 씨. 니미럴. 기분 다 잡쳤네."

마지못해 여자의 손에 끌려가며 남자는 연신 고개를 돌려 사내를 노려보았다. 그러나 울타리 난간에 팔을 올리고 계속 소주를 빨아 마시는 사내는 괘념치 않았다. 오로지 그의 시선은 '아랑다목적댐'이라고 하는 거대한 장식물에 꽂혀 있을 뿐이었다.

"아, 니 대체 와 그라노? 이게 몇 번째인지 아나?"

단정한 정장 차림의 한 사내가 다가왔다. 푸근한 인상의 사람 좋아 보이는 동기였다. 술을 마시던 사내는 그저 픽 웃으며 소주병을 내밀었다.

"희철이 왔네? 김 과장이 또 전화했냐?"

"이번이 거의 마지막이라고 생각하라 했제? 와 그리 사람 말을 안 듣노? 댐이 후지든 말든 니가 신경 쓸 건 국전 저수지와 그 시설물이지, 와 허구헌 날 거기 가서 난리를 부리노?"

"그럼 에폭시로 땜빵하다 저 댐 펑 하고 무너지면 그때 누가 책임지라고? 그리고 저 고물에 들어가는 돈이 한 해에 40억이라고 한단다. 말이 되냐? 국민 혈세 아까운 줄 알아야지. 이건 아니다 싶어 나라도 가서 따져야지, 원!"

"댐이 터지든 말든 니는 니 일이나 잘 하세요. 저 댐은 수자원공사 측에서 알아서 하는 거지 니가 관리하는 게 아니라고!"

"그놈들이 언제 제대로 일하는 거 봤냐? 대한민국에 제대로 지어진 댐이 몇 개나 있다고 그래?"

희철은 화를 참지 못한 듯 허리에 두 손을 올리고 동기를 원망스러운 눈초리로 올려다보았다. 친구한테 미안한지 사내는 계속 앞만 바라보며 빨대만 씹어 대었다.

"현준아, 다시 한 번 더 그러면 나도 못 막아 준다. 이제 식구들하고 알콩달콩 살 생각을 해야지. 다 잊고 그냥 평범하게 살아, 엉?"

현준은 거의 울먹이다시피 하는 희철의 말에 뒤돌아보며 장난기 가득한 얼굴을 한 채 팔꿈치로 동기를 툭툭 치기만 했다. 답답한 듯 날숨을 내쉬던 희철은 세워 놓은 스쿠터로 향하다가 다시 되돌아와서 품에서 봉투 하나를 내밀었다.

"이게 뭐야?"

"간만에 머리도 좀 다듬고 서울에 가서 제수씨께 맛난 거 사드리라. 주말 부부도 아니고 몇 달에 한 번씩 본다는 게 말이 되나?"

"됐다. 가져가. 하천 관리 공무원이 무슨 돈이 있다고?"

희철은 현준의 뒷주머니에 억지로 봉투를 푹 찔러 놓고는 도망치듯 잽싸게 달려가 버렸다. 현준은 얼른 쫓아갔지만 희철은 스쿠터를 타고 출발하고 있었다.

"야, 너 죽고 싶어?"

"뇌물이다, 뇌물! 지발 사고 치지 말라고!"

봉투와 멀어져 가는 친구의 모습을 번갈아보며 현준은 냉소를 지었다. 거의 다 빈 소주병을 주변에 아무렇게나 던져 버리고는 봉투를 주머니에 구겨 넣고 다시 한 번 아랑댐과 아랑호를 쳐다보았다.

"잘 있어라. 또 오마!"

***

- 작년에 3차 공사가 끝난 소망의 댐 관리 실태가 엉망이라고 합니다. 국민성금까지 모아 건설된 댐이 허술하게 방치되고 있는 실상을 JBC에서 보도해 드립니다.

현준은 구운 오징어 다리를 북북 찢어 우걱거리며 구멍가게 텔레비전을 쳐다보았다. 가게 주인인 노파는 파리채로 가끔 달려드는 파리나 벌레들을 쫓으며 대낮부터 평상에 앉아 술을 마시는 사내를 한심하게 쳐다보고 있었다. 현준이 주인을 보며 윙크를 하자 노파는 입술을 일그러뜨리며 고개를 홱 돌려버렸다.

"우라질 댐. 그래 엉망으로 지은 거 이제 알았냐? 치, 순 날강도 같은 놈들……."

종이컵에 소주를 붓고 있던 그의 손이 멈칫했다. 보라색 구두를 신은 날씬한 여인의 다리가 시야에 들어왔다. 익숙한 화장품 냄새에 현준은 희미한 미소를 머금었다. 고개를 드니 늘 그렇듯 화사하게 치장한 아내 경숙이 뿌루퉁한 얼굴로 내려다보고 있었다.

"아직도 저놈의 댐 때문에 여기서 처박혀 주접을 떨고 있는 거야?"

"오랜만이네. 잘 지냈지?"

"하도 안 와서 내가 찾아왔다. 사무실 아가씨가 그러더라. 여기 오면 만날 수 있다고."

경숙은 커다란 숄더백에서 누런 서류 봉투 하나를 내밀었다. 엉겁결에 받은 서류를 보며 현준은 불길한 예감에 열어 보지도 않고 아내를 쳐다보았다.

"이혼 서류야. 이번에 지연이가 결혼하게 되었어. 신랑 직장도 안정적이고 집안도 소박해. 다음 주에 상견례를 하는데 그 봉투 안에 메모지를 넣어 놨으니 거기 적힌 장소랑 시간에 맞추어 오면 돼. 안 오면 더 좋겠지만 그래도 양가 부모가 있는 게 훨씬 낫겠지? 이발도 제대로 하고 괜찮은 정장이라도 빌려서 입고 사람 몰골처럼 해서 와. 사돈댁한테 책잡히기 싫으니까."

"자, 잠깐……. 지연이 결혼이라니? 그리고 이혼? 어떻게 나한테 한마디 상의도 없이……."

"상의? 하, 웃기셔. 상의 안 하는 게 지연이랑 나를 도와주는 거야."

"어떻게 나한테 이럴 수가 있어? 내가 누구 때문에 여기에서 이러고 있는데?"

경숙의 눈빛이 살기를 띠었다. 남편의 고지식함으로 10년 넘게 힘들게 살아온 시간들을 떠올리자 그녀는 저만치 묻어 두었던 서운한 감정들을 봇물처럼 쏟아 내었다.

"당신이 양심이 있는 사람이야? 시키는 대로만 하면 출세할 수 있는 쉬운 길을 마다하고, 결국 지연이와 나를 구렁텅이로 내몰았잖아? 당신 교수 만들려고 나하고 우리 친정이 얼마나 고생한 줄 알아? 말이 좋아 교수지 계약직 보따리 장사 신세 면치 못했잖아? 그래, 말이 나왔으니 따져 보자. 나는 마누라이니 당연히 고생한다고 쳐. 우리 지연이가 무슨 죄야? 걔한테 미안하지도 않아?"

"다 인정해. 인정한다고! 그래서 내가 이 시골에 처박혀 되지도 않는 다리나 고치고 있잖아?"

"인정한다? 하! 듣다 듣다 별 웃긴 소리 다 들어 보겠네."

경숙은 매몰차게 뒤돌아섰다. 고운 정보다 미운 정이 더 쌓인 남편과의 인연을 정리하며 그녀는 또각또각 경쾌한 구두 소리를 내며 걸어가고 있었다. 현준은 아무렇지도 않게 오랜 인연을 정리하려는 그녀의 비정함에 두 주먹을 꾹 쥐고 부르르 떨었다.

한참을 걸어가던 그녀는 고개를 돌려 미소를 지었다. 순간 현준은 일말의 희망이라도 본 듯 가슴을 졸이며 아내의 입만 바라보았다.

"상견례 잊지 마. 그날이라도 제대로 아버지 구실 좀 하라고."

"이럴 수는 없어! 어떻게 나한테 한마디 상의도 없이……."

현준은 아직도 떨리는 손으로 휴대폰의 주소록에서 '이쁜 지연'을 찾아 통화 버튼을 눌렀다. 요즘 유행하는 발라드풍의 가요가 컬러링으로 흘러나오기 시작했다. 현준은 딸을 만나기라도 한 것처럼 컬러링을 들으며 함박웃음을 지었다. 거의 기본 한 소절이 지나고 또 반복된 멜로디가 나왔지만 상대방은 전화를 받지 않았다. 다급해진 그는 종료 버튼을 누르고 다시 통화 버튼을 눌렀다.

이번에도 한참 동안 컬러링이 흘러나왔지만 상대방은 전화를 받지 않았다. 현준은 초조해하며 다시 한 번 통화 버튼을 눌렀다. 한 7초 정도 지났을 무렵, 짜증스럽게 한 여자가 전화를 받았다.

"업무 시간에는 전화하시지 말라고 했잖아요?"

"아, 지연아. 아빠다. 잘 있지?"

통명스러운 딸의 목소리에도 현준은 팔불출처럼 히죽 웃고 있었다.

평상에 소주와 오징어를 늘어놓고 엉거주춤 서서 전화를 하는 그를 보며 노파는 한심한 듯 혀를 찼다.

"애비 노릇 못 하니 자식들도 대접을 안 해 주는구먼. 쯧쯧. 그러게 젊을 때 잘해야지……. 저러다 늙어서 기저귀 갈아 줄 사람이나 있을지 모르겠구먼."

한참 동안 딸은 아무 말이 없었다. 현준은 다급한 듯 두 손으로 전화기를 붙들었다.

"지연아, 지연아? 전화 끊은 거니?"

"업무 중이라고 했잖아요. 그리고 용건 있으시면 되도록 문자로 남겨 주세요. 제가 알아서 연락드릴게요."

"미안하다, 지연아. 엄마한테 얘기 들었는데 너 결혼한다며? 어떻게 상견례까지 하는데 아빠는 모를 수 있니? 너무 서운하구나."

"서운해요? 서운하시다구요? 지금 그걸 말이라고 하세요?"

"지연아……."

딸의 목소리가 흥분한 듯 떨리고 있었다. 현준은 그녀의 이야기를 듣지 않아도 왜 그렇게 화가 났는지 알 수 있었다. 스스로가 정한 정의를 위해 가족을 희생시킨 못난 가장으로서 입이 열 개라도 할 말이 없다는 것을 잘 알고 있었다.

"몇 번을 말씀드려도 모르시는 거 같으니 잘 들으세요! 전 아버지를 증오해요. 아버지 때문에 전 피아노까지 그만두어야 했다구요. 제가 얼마나 음대에 가고 싶어 했는지 잘 아시죠? 제가 피아노를 그만둘 때 친구들이 얼마나 안타까워했는지 알아요? 그리고 제가 10년 넘게 갈

이 한 피아노를 팔 때 제 마음이 얼마나 아팠는지 아세요? 음대는커녕 대학 문도 못 밟아 보고 이렇게 장난 전화나 받으며 혹시라도 짤릴까 눈치 보며 일하고 있다구요. 아버지의 그 잘난 자존심 때문에요!"

"미안하다, 지연아. 지연아, 지연아? 전화가 끊겼나?"

휴대폰은 이미 통화 종료 상태라고 알려 주고 있었다. 현준의 눈에서는 통한의 눈물이 끊임없이 흘러나왔다. 지나간 15년간의 세월이 커다란 태산처럼 그의 심장을 짓누르고 비틀었다.

"미안해, 정말 미안해……. 내가 죄인이다……."

뼈아픈 후회

"이 조교, 이게 2002년도 내 강의실 시간표인가? 아, 그래. 수고했어."

현준은 전화를 끊고 책상 위에 올려진 전공강의와 교양강의 시간표를 눈으로 대강 훑고는 내려놓았다. 연구실 창 밖에서는 자신들의 동아리에 신입생을 유치하기 위한 선배들의 경쟁이 치열했다. 대학 교정은 늘 그렇듯 바깥세상과는 달리 유쾌하고 청초한 분위기를 자아내었다. 현준은 만족한 표정으로 머그잔을 들고 창밖을 내다보았다.

청바지를 입은 어린 신입생들을 보고 있으니 예전 자신의 모습이 떠올라 그는 가슴이 아려 왔다. 정신적으로 육체적으로 견디기 힘들었던 과거의 시간들이 하나둘씩 그를 찾아와 색다른 감회에 젖게 만들었다.

스스로가 자랑스러웠다. 불의의 사고로 아버지와 여동생을 잃고 현준은 파출부로 고생하는 어머니를 위해 이를 악물고 아르바이트와 병행하며 공부에 전념했다. 시간강사를 하며 박사학위를 받느라 아내가 고생이 많았지만 후덕한 장인의 배려로 그는 마음 편히 공부에 집중할 수 있었다. 비록 계약직이지만 해외에서 유학한 많은 경쟁자를 제치고 경기도의 조그마한 사립대학의 교수직을 쟁취했을 때 그는 눈물을 흘리며 아버지와 여동생을 떠올렸다.

- 띠링 띠링!

오후 정적을 깨는 전화벨 소리에 그는 살짝 눈살을 찌푸렸다. 오로지 자신을 위한 황금시간을 방해받은 신임 교수는 머그잔을 내려놓고 수화기를 들었다.

"네, 조현준입니다."

"어, 현준이, 아니지 조 교수! 요즘 할만 해?"

카랑카랑하고 힘이 넘치는 지도교수의 목소리가 수화기에서 흘러나왔다. 짜증이 가득한 현준의 얼굴은 약간의 긴장감이 묻어 있었지만 밝게 웃고 있었다.

"아, 교수님. 안녕하십니까? 그렇지 않아도 찾아뵙고 인사 올릴 생각이었습니다."

"뭐 학회 때 보아도 질릴 만큼 보는 데, 인사는 무슨. 참, 자네 올해가 마지막 해지? 재계약 심사는 언제인가? 논문은 잘 쓰고 있고?"

"글쎄요. 아마 1학기가 끝나면 슬슬 이야기가 나오지 않을까 싶습니다. 논문은 크든 작든 틈틈이 쓰고 있습니다. 다 점수에 반영이 된다고 해서요."

"역시 잘하고 있군. 내가 전화한 건 자네한테 좋은 제안을 하고 싶어서네. 국토해양부에 내 제자가 있어서 댐 공사 때 참여할 좋은 엔지니어를 추천해 달라고 해서 내가 자네를 이야기했네. 어떤가, 해 보지 않을 텐가? 곧 계약기간도 끝나면 또 다른 곳에 어플라이해야 할 텐데 이참에 참여해서 페이는 말할 것도 없고 훌륭한 커리어도 만들고 좋은 인맥들을 알고. 이번 일이 끝나면 내가 국립대 몇 군데에 자네를 추천할 생각이야. 해 보지 않을 텐가?"

현준은 자리에서 벌떡 일어서서 몇 번이고 허리를 굽혀 인사를 했다.

"정말 감사드립니다, 교수님! 꼭 해 보고 싶습니다!"

"하하! 내 그럴 줄 알았어. 이번에 잘해서 그간 고생한 보람에 결실을 얻도록 해 보게. 내일 내 연구실로 오게. 내가 대강 이야기를 해 줄 테니. 그럼 내일 보세."

수화기를 내려놓고 현준은 두 주먹을 쥐고 위로 쳐올렸다. 마음 같아서는 소리를 지으며 기쁨을 만끽하고 싶었지만 그럴 수 없어 입으로만 '오케이'를 조용히 연발하며 허공에 몇 번이고 핵주먹을 날렸다.

'이제 탄탄대로다! 조현준, 넌 이제 제대로 출세한 거야!'

***

"하필 여기야? 왜 하필 여기지?"

바닥을 드러낸 채 물이 하나도 없는 희한한 댐을 내려다보며 현준은 담배에 불을 붙였다. 희멀건 저 고물을 다시 보게 되리라고는 꿈에도 생각해 본 적이 없었다.

참으로 검질긴 인연이었다. 잊으려고 앞만 달려왔건만 떡하니 과거의 괴물이 자신을 붙들고 있었다. 주말에 지도교수 연구실 문을 열기 전까지 현준의 머릿속은 미래에 대한 황홀한 계획들로 가득했다. 교수 사모님 소리를 들으며 자가용을 몰고 다니는 아내, 한국대 음대에 다니며 뭇 사내들의 마음을 설레게 하는 멋진 딸. 장밋빛 앞날에 대한 망상이 온 마음과 몸을 사로잡고 있었다.

"소망의 댐 2차 공사에 자네가 적임자라고 했네. 지금 많은 예산을 들여 댐을 더 높이 증축할 예정이라고 하네. 이미 지어진 댐이니 조금만 더 손을 보면 될 거야. 번거로운 환경단체 잡소리들을 자네의 해박한 지식으로 싸그리 잠재워 주기만 해도 국토해양부에서 그에 상응한 적절한 상을 줄 거야."

지도교수의 말에 그는 찬물을 뒤집어쓴 듯 뒷덜미가 싸한 씁쓸한 기분을 맛보아야 했다. 다시는 듣고 싶지 않은 그 단어가 귀에 꽂히자마자 그는 들고 있던 커피잔을 놓쳐 셔츠에 흘리고 말았다. 아무것도 모르는 지도교수는 그의 추천에 흥분한 애제자가 너무 기뻐 실수한 거라고 보며 흡족한 웃음을 지을 뿐이었다.

"우라질……. 이쪽 보고 오줌도 누지 않았는데……. 근데 이거 뭐야?

여러 사람 목숨 잡아먹고 지은 게 고작 이 정도야? 이렇게 엉성하게 지어 놓고 내던져 놓은 거냐?"

담배 연기를 내뿜으며 흐린 하늘만 바라보는 현준의 눈에 눈물이 맺혔다. 순박한 아버지의 모습과 해맑은 여동생의 미소가 하얀 연기 속에 떠올랐다. 사랑하는 두 사람을 잃고 3년간 그는 매일 똑같은 악몽에 시달려야 했다. 그들의 억울한 사연이 방송을 통해 보도되기를 간절히 바라며 매일 저녁 뉴스를 시청했지만 여름 내내 댐에 대한 뉴스는 나오지도 않았다. 배신감과 허탈함이 뒤섞인 어린 청년의 마음은 어느새 죽은 아버지와 여동생에 대한 죄책감으로 바뀌어 갔다. 대학을 졸업하고 학과 조교로 임명되어 대학원을 다니면서 조금씩 아픈 기억들을 잊기 시작한 어느 순간 그는 편안하게 잠을 잘 수 있었다.

"아이고, 조현준 박사님이십니까?"

현준은 자신에게 다가오는 댐 관리자를 보고는 손등으로 눈을 비벼 닦았다. 중년의 남성은 작고 깡말랐지만 매우 기민하고 재빨라 보였다. 그의 뒤로 두어 사람 정도가 뒤따르고 있었는데 정부에서 보낸 사람이라는 말에 다들 현준을 존경의 눈빛으로 우러러보고 있었다. 맨 앞에 선 중년 남성은 허리를 굽실거리며 현준에게 악수를 청했다.

"저는 이 댐 관리소장인 이경돈이라고 합니다. 잘 부탁드립니다."

"제가 잘 부탁드려야지요."

"제 뒤에 있는 김 대리가 아마 박사님을 모시고 다닐 겁니다. 이미 알고 오셨겠지만 북한에서 자꾸 방류를 해서 댐 높이를 더 높일 예정입니다."

"지금 당장 한번 둘러볼 수 있을까요? 일정이 바빠서요."

급히 서두르는 현준의 말에 이경돈의 얼굴이 어색하게 일그러졌다. 그는 팍팍하고 고지식한 이들을 제일 경멸했다. 점심으로 고기나 구워 먹으며 소주나 한잔 들이킬 계획이었던 그는 입맛을 다시며 마지못해 고개를 끄덕였다.

"뭐 그리 하십시오……. 근데 뭐 둘러봐도 별 게 없을 텐데요?"

"하하, 형식적인 겁니다. 서울에 올라가서 보고를 해야 하는데 눈도장이라도 찍고 왔다는 티라도 내야지요?"

"그러십시오. 김 대리, 박사님 잘 모셔. 알았지?"

이 소장 뒤에 있는 거쿨지고 사람 좋아 보이는 삼십 대 중반의 한 사내가 나와 고개를 숙였다. 조현준은 씁쓸해하는 이 소장의 눈치를 살피며 얼른 김 대리에게 질문을 던졌다.

"댐 마루는 한번 쭉 둘러봤습니다. 아스팔트로 매끈하게 잘 포장되어 있더군요. 댐 연안 쪽을 좀 보고 싶은데 가능할까요? 보아하니 지금 거의 물이 없는 거 같습니다만."

"한동안 비가 오지 않아서 그럴 겁니다. 제가 안내해 드리겠습니다."

거벼운 발걸음으로 김 대리를 따르는 굴통이 같은 위인을 보며 이 소장은 냉소를 지었다.

"지랄이네. 뭐 지가 대단하다고 댐을 둘러봐? 몇십 년 된 이 고물 보수공사 하러 왔으면 주제에 맞게 놀 것이지 설쳐대기는. 모난 돌이 정 맞는다고 아무렴 저리 설치다 봉변당하지."

***

"저거 뭡니까?"

현준은 댐 바깥 사력부 아래에 움푹 팬 운동장만한 물웅덩이를 보며 달려갔다. 한동안 비가 오래도록 내리지 않아 댐이 거의 바닥을 드러낸지라 댐 하단에는 흙들이 말라 있었기에 물이 고인 웅덩이는 쉽게 눈에 들어왔다. 1미터 간격의 세 개의 물웅덩이에서는 물이 샘물처럼 솟아오르고 있었다.

"아, 그거요. 오래되었습니다. 아마 지하수가 침투한 것 같습니다."

"아니 원인을 알면서도 가만히 계셨던 겁니까? 저건 댐 안쪽 물이 수압에 의해 흘러나온 겁니다."

"당연히 상부에 보고를 했지만 천덕꾸러기 댐에 관심 가지는 사람들이 있습니까? 이제 와서 대통령 비자금 조성하려고 쇼했다는 거 삼척동자도 다 아는데 북한이 수공을 할 우려도 없고. 몇 년째 버려둔 댐이라는 거 대한민국 국민들이라면 다 알지요."

"이미 댐을 지은 것 아닙니까? 이왕 지었으면 쓸모가 있게 만들었어야죠. 이 댐은 석괴댐이라고 들었는데 아닙니까? 사력댐도 아닌데 어떻게 이렇게 싱크홀이 생길 수 있단 말입니까? 분명 공사 과정에 문제가 있었던 건 아닐까 싶군요."

난처한 표정의 김 대리는 입술만 깨물며 대답을 하지 못하고 있었다. 현준은 갑자기 댐 사면을 올려다보았다. 칠팔부 능선 정도에 모래와 자갈들이 뜯겨져 나와 밟으면 무너져 내릴 정도로 훼손되어 있었다. 입을 벌린 채 황당한 얼굴로 둘러보는 그를 향해 김 대리는 이해할 수 없다는 듯 쳐다보았다.

"이미 알고 오신 것 아닙니까? 사실 이 댐 북한에서 수공을 하기도 전에 남한에 비가 많이 내리면 저절로 붕괴될 처지에 있습니다. 이럴 거였으면 뭣 때문에 엄청난 돈 들여 만들었냐고 화천군민들이 다 이야기하고 있지요. 그래서 지금 댐 높인다는 핑계대고 보수공사하려는 것 아닙니까? 정말 모르고 오신 겁니까?"

김 대리의 말에 현준의 얼굴은 벌겋게 상기되었다. 수많은 돈과 시간을 퍼부은 결실이 고작 이거라는 생각에 그는 그동안 인내한 세월이 떠올라 격분하여 가슴이 터질 것 같았다.

그러나 아버지와 여동생의 죽음을 허망하게 만들 수는 없었다. 이제라도 그의 손으로 모든 것을 바로잡아야 했다. 사랑하는 이들의 죽음을 값지게 하기 위해서 최선을 다해 이 만신창이가 된 천덕꾸러기를 쓸 만한 물건으로 바꿔 놓아야 했다.

"생각보다 상황이 심각하네요. 제 차로 가서 카메라를 가져오겠습니다. 댐 안쪽과 바깥쪽 사력부를 다시 면밀하게 살펴봐야겠습니다. 그리고 1차 공사의 모든 시공 서류와 최근의 업무 일지까지 다 가져다주십시오. 이 상태로 공사를 진행하면 큰일 납니다."

***

"대체 그동안 뭘 한 거야? 이런 쳐 죽일 새끼들!"

화가 난 현준은 서류철을 책상에 탕탕 내리쳤다. 모든 것이 엉망진창이었다. 그래도 그는 10년 넘게 조그마한 희망을 품고 있었다. 수많은 희생을 거름으로 삼은 만큼 그래도 쓸 만했다고 말이다.

하지만 노트북 모니터 속의 사진들이 보여 주는 현실은 기대와 다름을 여실히 말해 주고 있었다. 다 떨어져 나가 몇 번의 충격만으로도 붕괴될 위험 직전의 사면, 거미줄처럼 복잡하게 얽힌 미로 같은 땜질한 댐 안쪽 벽면, 그리고 무엇보다 그를 더 분노하게 만든 것은 방금 던져 버린 시공 서류와 설계도였다.

부실공사 중에서도 최악의 부실공사였다. 국내의 내로라하는 건설업체들이 참여했다고 감히 말할 수 없을 정도로 최악의 결과물이었다. 만약 이 처참한 현실을 대한민국에 드러낸다면 정치적 비자금 조성의 진실을 알게 되어 실망한 국민들은 두 번째로 그들의 생명을 기만한 농간꾼들에게 더 큰 분노를 느낄 것이 분명했다.

-띠링, 띠링!

정적을 깨우는 휴대폰 벨 소리에 현준은 두 손으로 머리를 감싼 채 쳐다보지도 않았다. 모든 것이 허탈하고 귀찮았다. 창창한 탄탄대로고 뭐고 다 집어치우고 이 일에서 멀리 벗어나고 싶을 뿐이었다.

일고여덟 번 정도 울리던 벨 소리는 더는 들리지 않았고 대신 문자 도착 알림음이 들려왔다. 현준은 더듬거리며 한 손을 뻗어 휴대폰 폴더를 열었다.

- 내일 환경단체와의 2차 청문회가 오전 아홉 시에 시작됩니다. 박사님께서 알아서 잘 대처해 주시리라 믿고 있겠습니다.

"이런 개새끼들!"

현준은 폴더를 접어 책상 위로 툭 던져 버렸다. 갑자기 초저녁부터 괴롭히던 두통이 더욱 심해지고 어지러워 헛구역질까지 했다. 그는 힘없이 일어나 연구실 창가로 다가가 담배를 입에 물었다. 시커먼 밤의 커튼을 노랗게 비추는 캠퍼스 가로등들이 마치 별처럼 청아하게 반짝거리고 있었다. 속이 편치 않은 그는 창문을 열어 시원한 밤공기를 들이마셨다.

"후우, 살 것 같다……."

봄이었다. 아직 목덜미를 움츠리게 할 정도로 약한 한기가 느껴졌지만 알싸한 풀내음과 꽃내음은 봄이 왔음을 알려 주고 있었다. 현준은 눈을 감고 두어 번 담배를 깊이 빨았다.

내일 청문회에 참석하기가 죽기보다 싫었다. 지금이라도 지도교수에게 전화를 걸어 백배 사죄하며 못 하겠다고 말하고 싶었다. 이제껏 자신만 바라보는 어머니 말씀만 들으며 그는 되도록 복잡한 일에 연루되는 것을 피하며 어리석지 않게 살아왔다.

한번 눈 감으면 그만이었다. 딱 한 번, 양심의 소리를 저버리고 눈 감으면 그만이었다. 그렇게 하고 아무렇지도 않은 듯 앞만 보고 달리면 그만이었다. 남들 살 듯 그렇게 살고 죽으면 되는 일이었다.

그러나 이상하게도 죽은 재희의 얼굴이 자꾸 떠올랐다. 꽃도 피워 보지 못하고 숨을 멈춘 가련한 소녀, 하나뿐인 혈육이었던 그녀의 순진하고도 실박한 미소가 자꾸 그를 괴롭혔다.

현준은 반도 피지 못하고 담배를 급히 비벼 껐다. 그러고는 창틀에 몸을 기댄 채 최대한 깊이 숨을 들이마셨다. 더 이상 들어갈 틈도 없을 만큼 폐부를 가득 채운 산뜻한 공기를 한꺼번에 쏟아 내자 온갖 더럽고 추잡스러운 것들이 다 씻겨 나가는 듯 개운했다.

"그래, 까짓 거 마음 가는대로 하자. 사람 사는 거 한 번뿐인데 하고 싶은 대로 하고 살아야지!"

***

청문회장은 아침부터 혼란스러웠다. 환경단체들과 시민단체들이 피켓을 들고 나와 시위를 하고 있었다. 국토해양부 관련자들과 2차 공사에 참여할 전문가들이 차에서 내리자마자 그들은 먹이 냄새를 맡은 개미떼처럼 몰려가 발악하듯 소리를 질러 댔다.

"소망의 댐 2차 공사를 당장 중단하라!"

"국민을 기만한 권력의 상징인 소망의 댐을 즉각 해체하라!"

"부실공사 한 업체들은 대국민 사과를 하고 관련자들을 법의 심판대에 서게 하라!"

한 걸음도 나가기 힘든 상황에서 경호원들이 현관에서 뛰어나와 사람들을 길을 가르듯 갈라놓기 시작했다. 아우성을 치는 인파 사이에서 고위 공직자들은 옷매무새를 어루만지며 눈살을 찌푸렸다.

"이런 거머리 같은 것들, 할 일 없는 백수들과 여편네들 죄다 몰려왔구먼."

"뭐 이런 일 한두 번 겪어? 신경 쓰지 말고 들어나 가세."

현관으로 들어선 공직자들은 밖에서 소리치는 이들을 경멸스럽게 바라보며 청문회장으로 걸어가기 시작했다.

“쓸모도 없는 댐, 취하기도 아까운 계륵이나 마찬가지인데 이번에 돈 부으면 사천억짜리 댐으로 둔갑을 하는 거네. 이런 걸 보고 환골탈태라고 하나?”

“팔자를 바꾼다고 해야겠지. 이참에 제대로 먹기 좋은 떡으로 만들어 놓고 돈이나 벌어다 줄 관광지로 개발해야지 뭐.”

“그렇지. 뭐니 뭐니 해도 돈 벌어야지. 돈이 최고 아닌가? 하하!”

현준은 배정된 자리에 앉아 계속 물만 들이켰다. 앞에 놓인 물병을 다 비운 그는 다시 한 병을 요청했다. 정해진 시간보다 한 시간이나 먼저 도착한 그는 밤을 꼴딱 새운 사람 같지 않게 안색이 편안해 보였다. 이미 마음을 정한 이상 실행에 옮기면 그만이었다.

“어, 빨리 왔네. 그래 답변 준비 잘 했어?”

지도교수가 다가와 어깨를 두드렸다. 깜짝 놀란 제자는 마음속의 생각을 들킨 것처럼 심장이 두근거리고 등줄기가 서늘해졌다.

“교, 교수님! 여긴 어쩐 일이십니까?”

“자네가 이런 경험 한 번도 해 보지 못한 듯해서 내가 응원 왔다네. 환경단체니 시민단체니 하며 눈을 부라리고 따지더라도 준비해 온 대로 편안하게 이야기만 하면 되네. 알겠나?”

“예…….”

방청석으로 걸어가며 뒤를 돌아보며 웃는 스승을 제자는 제대로 쳐다볼 수 없었다. 차라리 지도교수가 오지 않았더라면 간밤에 결정한 것들을 허심탄회하게 이야기할 수 있을 것이었다. 마치 중요한 면접시험을 앞둔 수험생처럼 계속 심장이 뛰고 입이 바짝바짝 타들어 갔다. 그는 다시 새로 받은 물병의 뚜껑을 열고 들이켰다.

"그래서 댐을 해체해야 한다는 게 아닙니까? 이 사진을 보십시오. 이건 화천군민께서 얼마 전에 찍어서 보내 주신 사진들입니다. 커다랗게 물웅덩이가 생긴 것을 보십시오. 또, 댐 안쪽 사면에 이렇게 방수제로 어지럽게 땜질을 한 것이 보이십니까? 딱 봐도 부실공사입니다. 10년 가까이 걸리는 공사를 단 2년 만에 해치웠으니 어찌 온전하겠습니까? 소망의 댐은 거의 비어 있습니다. 이런 쓸모도 없는 댐, 생태계를 위해서도 당장 해체하십시오. 또다시 국민의 혈세를 쓰레기통에 갖다 부을 수 없습니다! 한번 대답해 보십시오, 정책국장님. 저 댐을 꼭 다시 재보수해야 합니까? 도대체 이번에는 어디로 돈을 빼돌리시려는 겁니까?"

통통한 얼굴의 중년 여성이 새빨갛게 칠한 입술을 연신 쩍쩍 벌려대며 사진이 붙은 패널을 손으로 탕탕 쳤다. 머리가 벗겨진 수자원정책국장은 빙그레 웃으며 물을 한 모금 들이켰다. 입맛을 쩝쩝 다시며 자세를 고친 그는 자못 거만한 표정으로 입을 열었다.

"그래서 다시 보강공사를 해서 댐을 더 높이는 것이 아닙니까? 작년에 북한에서 방류된 물이 소망의 댐에 가득 찬 것을 벌써 잊으셨습니까? 국민의 안위를 위해 댐을 더 튼튼히 만든다고 하는데 뭐가 잘못된 겁니까?"

"댐을 튼튼히 만드는 게 중요한 게 아니라 왜 쓸데없이 많은 돈이 들어가냐는 겁니다. 콘크리트로 막을 씌우는데 천오백억이라니요? 이게 말이 됩니까?"

"전 댐 전문가가 아닙니다. 전문가들이 충분히 검토해서 내린 공사 견적에 맞게 예산을 책정한 건데 무엇이 잘못되었다는 겁니까? 저도 한번 따져 보겠습니다. 만약 북한에서 댐을 무작위로 방류해서 소망의 댐이 월류하면 환경단체와 시민단체에서 책임지실 겁니까? 한번 대답해 보십시오!"

정책국장의 말에 환경단체 대표는 화가 나 자리에서 벌떡 일어섰다.

"양심이 있어야지, 참으로 뻔뻔하시네요. 15년 전에 코 묻은 돈까지 갈취해서 만든 댐 꼬락서니가 이렇습니다. 이번에는 또 얼마나 나눠 먹기를 하실 요량이십니까? 월류하면 책임을 질 거냐구요? 이런 걸 보고 적반하장이라고 하는 겁니다!"

흥분한 여자를 진정시키느라 다른 사람들이 안간힘을 쓰고 있었다. 꾀자기 같은 공직자는 냉소를 띠며 마른 몸을 욜랑욜랑 좌우로 흔들어 대고 있었다. 그때 옆에 있던 수자원정책과장이 두 손을 맞대며 속삭거렸다.

"참으로 멋지게 잘하셨습니다. 한방 먹이니 난리네요."

"저깟 놈들이 대들어서 어쩔 건데? 아무것도 모르는 무식한 것들이 정부가 하는 것마다 딴지를 거는 게 어디 하루 이틀 일인가?"

"맞습니다. 보기만 해도 속이 후련합니다."

그때 환경단체 여자 대표 옆에 앉아 있던 한 남자가 좌중을 한번 둘러보더니 한 사람을 지목하며 입을 열었다.

"수자원 정책국장님께서는 말 그대로 정책을 담당하시니 전문가분께 여쭤 보겠습니다. 조현준 박사님? 경력을 보니 댐 수리공학을 전공하신 분이신데 이번 2차 공사 설계를 맡고 계시는군요. 박사님, 이 댐 계속 놔둬도 되는 겁니까?"

모두가 현준을 쳐다보았다. 자신에게 집중되는 이목에 현준은 절로 온몸이 쪼그라들어 가는 것 같았다. 얼굴이 벌게진 채 아무 말도 못하고 있는 그에게 남자는 다시 물었다.

"박사님, 소망의 댐은 현재 방치되어 매우 훼손되어 있습니다. 지하수가 댐 벽에 침투해서 물웅덩이가 생기고 벽에 균열이 간 것을 보셨지 않습니까? 이 보고서에 의하면 현장도 다녀오셨다고 하네요. 말씀해 보십시오. 댐 2차 공사 강행해야 합니까?"

현준은 두 눈을 감고 숨을 크게 들이마셨다. 두 가지 선택이 그의 머릿속을 자꾸 헤집고 돌아다녔다. 청문회장에 도착할 때까지는 명확했던 그의 선택이 지도교수와 현장 분위기에 의해 흐트러지고 있었다. 장밋빛 미래를 향한 질주와 배신자로 낙인찍히는 고통의 길을 두고 어떤 선택을 해야 할지 여전히 헷갈렸다.

"박사님, 박사님께서도 가족이 있으시겠지요? 저 댐을 처음 준공하기 시작했을 때 아마 대학생이셨으리라 봅니다. 의식이 있는 대학생이셨다면 소망의 댐 건설이 정부의 대국민 사기극이라는 것을 알고 계셨겠군요? 또다시 국민을 기만하는 일에 동참을 하셔야겠습니까?"

현준의 눈앞에 동생과 아버지의 처참한 모습과 빗속에서 어머니와 끌어안고 오열하던 그 시간들이 겹쳐졌다. 그리고 택도 없는 위로금을 주며 자신을 마구 짓밟던 용역 깡패들도 떠올랐다. 그의 두근거리던 심장이 점점 차분해졌다. 실타래처럼 엉킨 그의 머릿속이 조금씩 정리되기 시작했다. 현준은 눈을 떴다.

"댐 공사를 중지해야 합니다. 저 댐은 더 이상의 보강공사가 의미가 없습니다. 시공 서류와 설계도를 살펴보니 불량 재료와 사석으로 이루어진 댐을 건설하였고 내진 설계도 제대로 되어 있지 않았습니다. 기초공사가 잘못된 상태에서 높이를 올려 본들 더 큰 위험만 초래할 뿐입니다. 댐을 해체하고 북한의 방류에 대비한 새로운 수로를 만들고 물막이벽을 설치하는 것이 훨씬 경제적입니다."

잠시 청문회장은 숨소리조차 들리지 않았다. 그러나 여기저기서 혼란과 분노의 불꽃이 이글이글 타오르고 있었다. 현준은 반사적으로 지도교수를 바라보았다. 스승의 얼굴이 벌겋게 일그러지고 있었는데 그의 눈은 이렇게 말하고 있는 듯했다.

'네가 감히 나한테 이럴 수 있어? 배은망덕한 놈 같으니!'

현준은 고개를 숙이고 책상 위에 놓인 질문지를 내려다보았다. 주변의 공기가 조금씩 거세지고 있었다. 방청석에서 일어나기 시작한 회오리가 순식간에 청문회장을 집어삼키기 시작했다.

"저 새끼 돌았나? 교수라는 놈이 어디서 되지도 않는 말을 지껄이는 거야?"

"저놈 당장 끌어내! 일 잘 하라고 뽑아 줬더니, 뭐? 댐을 해체해? 야, 이 똘아이 새끼야, 죽고 싶어?"

"거봐, 내 이럴 줄 알았어. 당신들 부끄러운 줄 알아. 어디서 눈 가리고 아웅이야? 저 전문가가 그러잖아? 그 댐 부실공사 한 거 분명하다고!"

"이제라도 진실이 드러나서 다행입니다. 기자분들 아까 발언 똑똑히 녹음하고 기록하셨지요? 내일자 신문 1면에 실으셔야 합니다!"

"신문 1면 좋아하시네. 너네들 다 빨갱이 놈들인 거 알아. 야당에서 쥐여 주는 뒷돈 받아 처먹으면서 맨날천날 애국자인 척 데모하면서 국민들 혼란에 빠뜨리는 거 모르는 줄 알아? 저런 것들 다 깜빵에 쳐 넣어야 돼!"

"당신들 말조심해! 방금 그 말, 여기 있는 사람들 다 들었어. 명예훼손죄에 모욕죄로 고소하겠어!"

"빨갱이년이 지랄하네. 해라 해. 바로 콩밥 먹여 줄 테니까."

그때 모지락스러운 손이 현준의 멱살을 잡아 올렸다. 수자원정책과장 옆에 있던 공무원이 그를 죽일 듯이 내려다보았다.

"야, 이 새끼야, 너 죽고 싶냐? 너네 지도교수가 추천해 줘서 믿고 있었더니 감히 뒤통수를 때려? 너 교수 짓도 못 하게 한번 맛 좀 볼래?"

현준은 공무원의 협박 따위는 두렵지 않았다. 오로지 자신을 노려보고는 청문회장을 빠져나가는 지도교수의 뒷모습만 바라보고 있었다. 사내가 자신의 귀에 대고 사정없이 고함을 지르고 있었지만 하나도 들리지 않았다. 그저 메아리처럼 윙윙거릴 뿐 그는 지도교수가 열고 나간 문을 계속 바라보고 있었다.

***

“교수님, 퇴근하세요?”

조교가 연구실 문을 잠그는 현준을 보며 인사를 했다. 그는 예의상 미소를 지으며 고개만 끄덕일 뿐이었다. 그저께 난리를 겪고 난 뒤로 현준은 사람들 보기가 두려워졌다. 본능적으로 인적이 드문 곳만 찾으며 자기 자신을 숨기고 싶었다.

“근데 교수님 왜 그리 안색이 안 좋으세요? 어디 편찮으신 건가요?”

“아니야. 좀 피곤해서 그런 거니 신경 쓰지 말고 정리하고 어서 퇴근해.”

피하듯 조교와 인사를 마무리하고 그는 얼른 승강기로 향했다. 승강기 문 앞에는 학생 두 명이 서서 이야기를 하고 있었다. 현준은 잠시 망설이다 계단 쪽으로 걸어갔다.

5층에서 걸어 내려오니 숨이 좀 찼다. 평상시 운동을 자주 하는 편도 아니고 승강기를 애용하던 그에겐 그 정도만으로도 벅찬 운동이었다. 현준은 잠시 숨을 고른 뒤, 차 키를 꺼냈다.

“조현준 교수님이십니까?”

검은 양복을 입은 사내 둘이 조금 위압적인 얼굴로 그의 뒤에 서 있었다. 현준은 뒤로 두어 걸음 물러서며 차문 손잡이에 손을 갖다 댔다.

“누, 누구십니까? 대체 왜 이러시는 거죠?”

“아, 겁먹지 마십시오. 저희들은 국토해양부에서 보낸 사람들입니다.”

"그저께 청문회 일로 그러시는 거라면 저는 관두겠습니다. 전 소신껏 말했을 뿐입니다. 저는 그 일을 하기에 적임자가 아니니 다른 분을 찾아보십시오."

현준은 황급히 차 키로 문을 열었다. 갑자기 억센 팔이 그를 세게 돌려세웠다.

"이러시면 곤란할 건데요? 여기서 강의 그만두고 싶으십니까?"

"뭐라고요? 지금 협박하시는 겁니까? 경찰 부르겠습니다. 아, 기자도 불러야겠군요."

좀 더 나이를 먹은 사내가 현준을 겁박하던 사내를 달래며 뒤로 물러서게 했다.

"죄송합니다. 이 친구가 성질이 급해서. 차관님께서 보자고 하십니다. 잠시 들렀다 가십시오. 그 어떤 신변의 위험이 없을 것이니 안심하십시오. 정 불안하시면 경찰을 부르시던가요."

차분하게 말하고 있었지만 그자의 목소리에는 사람을 꼼짝 못 하게 하는 힘이 깃들어 있었다. 사실 자신을 겁박한 사내의 말도 일리는 있었다. 그렇게 난장판을 만들어 놓았으니 어느 정도 수습을 하는 것이 도리일 듯싶었다.

현준은 차 문을 닫고 돌아섰다.

"좋습니다. 가겠습니다."

***

차 안에서 보는 가로등 아래의 벚꽃들이 청초하고 멋스러웠다. 현준은 밤에 벚꽃을 보는 것이 처음이었다. 동기들이랑 술을 마시며 달밤의 벚꽃을 보러 가자고 그리 약속했지만 한 번도 지킨 적이 없었다. 그러나 지금 현준은 이상하게 노란 가로등 아래서 간댕거리는 꽃들이 무섭게 느껴졌다.

"여기입니다. 아직 저녁 식사를 하지 않으셨지요? 차관님께서 아마 주문을 하셨을 겁니다."

차에서 내리니 고급 일식집 앞이었다. 잡지나 인터넷에서나 보는 주로 고위 관계자나 재계의 명사들이 자주 찾는다는 매우 고가의 요리점이었다. 사내들 뒤를 따라 현준은 내키지 않는 발걸음을 떼었다.

식당에 들어서자 여자 매니저가 그들을 안내하였다. 한참 동안 통로를 따라 걷다가 가장 끝 방에 다다른 여자는 상냥하게 문을 두드렸다.

"오셨습니다."

"아, 들어오시라고 해."

매니저가 문을 열자 중후한 중년 사내가 앉아 있었다. 현준은 밖에 벗어 놓은 그자의 고급 수제 구두를 내려다보았다. 기성 매장에서는 결코 구입할 수 없는 좋은 가죽 재질로 만들어진 수제화였다.

"어서 오십시오, 조 박사님. 자네들은 건넛방에서 식사를 하고 있게나. 바쁘신데 오시라고 해서 정말 죄송합니다, 박사님. 박기환 차관이라고 합니다. 시장하실 테니 어서 앉으십시오."

차관은 일어서서 깍듯하게 현준을 맞았다. 현준은 그를 보자 마치 차가운 로마 장군을 빚은 차가운 석고상이 떠올랐다. 운동으로 다져진 듯한 탄탄하지만 보기 좋게 마른 체구, 날카로운 눈매와 더불어 우뚝 솟은 콧날이 고집스럽고 의지가 강한 그의 성격을 그대로 보여 주고 있었다.

"먼저 한잔 받으십시오. 이 집 데운 정종이 맛이 기가 막힙니다."

술을 따르는 박기환은 형식적인 미소를 짓고 있었지만 그 눈은 연신 현준을 살피고 있었다. 현준 또한 술을 따르려고 했지만 그는 마다했다.

"오늘은 제가 대접하는 자리입니다. 마음 편하게 드십시오. 이 전복초밥과 갈치회를 한번 드셔 보십시오. 방금 제주도에서 가져온 거라 비리지 않고 싱싱합니다."

상 위에는 평소에 구경조차 할 수 없는 산해진미들이 정갈하게 차려져 있었다. 현준은 순간 이 사내와 이 일식집이 기가 막힐 정도로 잘 어울린다고 생각했다. 흐트러짐 없는 그의 슈트가 깔끔한 성격의 소유자임을 나타내 주고 있었고, 동그랗고도 말끔하게 정리된 손톱이 평생 험한 일을 해 본 적이 없는 그의 인생사를 반영해 주고 있었다.

"무슨 일로……."

"성격이 시원하시군요, 박사님. 바로 본론을 말씀드리겠습니다. 청문회장에서 말씀하신 내용을 기자 회견을 통해 번복해 주십시오."

"예? 어떻게 그런 말씀을 하십니까? 전 학자로서의 양심을 걸고 소신을 말했던 겁니다."

박기환은 술잔을 들고 향을 맡으며 비릿한 웃음을 살짝 머금었다.

"너무 세상을 원리원칙대로 살아오신 듯합니다. 사실 박사님보다 더 좋은 경력을 지닌 엔지니어들도 많았지만 저희 쪽에 자문 역할을 해 주시는 박사님의 지도교수님께서 추천해 주셨기에 믿고 일을 맡긴 거였습니다. 우선 언론은 막아 놓았지만 금세 또 봇물 터지 듯 시끄러워 질 겁니다. 박사님, 이번 일만 잘해 주시면 국립대 정교수직은 문제없도록 해 드리겠습니다. 아울러 국토해양부 자문위원으로도 발촉해 드리지요."

현준은 떨리는 손으로 잔을 들이켰다. 차관의 말대로라면 자신의 미래는 확실하게 보장되는 것이었다. 2년마다 계약직 교수 이력서를 내지 않아도 되고 보따리 장사를 하며 강의하러 돌아다니지 않아도 되었다. 딸과 아내의 안락한 삶을 위한 완벽한 선택이었다. 눈 한번 딱 감고 양심의 소리를 저버리면 그만이었다. 그 한번으로 꽃길만 걸을 수 있었다.

"홀어머니 밑에서도 학업을 포기하지 않고 장학생으로 공부하셨다고 들었습니다. 저도 매우 힘들게 고학하며 학업을 마친 사람입니다. 다들 부모 잘 만나 비비는 언덕에서 컸지만 저는 그러지 못했지요. 그래서 더욱 박사님께 기회를 드리고 싶습니다. 이렇게 좋은 기회, 흔하지 않습니다."

박기환은 승냥이처럼 눈앞의 먹잇감을 노려보며 술잔을 기울였다. 상대의 흔들리는 눈빛에서 그는 벌써 승리의 축가를 마음속으로 외치고 있었고, 내일 열 기자회견을 어떻게 준비해야 할지 머릿속으로 기획하고 있었다. 그는 술잔을 내려놓으며 여유롭게 눈앞의 도미회를 집어 들었다.

"그래서 더더욱 안 되겠습니다."

박기환의 젓가락 끝이 파르르 떨렸다. 그는 순간적으로 현준을 죽일 듯이 노려보았다. 현준은 모든 것을 초월한 듯한 얼굴로 그를 지긋이 바라보고 있었다.

"저희 아버지께서는 소망의 댐 1차 공사 때 참여하신 공사 관리소장이셨습니다. 아버지를 보러 공사장에 왔던 제 여동생을 구하시려다가 돌아가셨구요. 그 이후로 전 어머니와 모든 것을 마음에 묻고 앞만 보며 살기로 약속하고 열심히 달려왔습니다. 그런데 신기하게도 시간은 저를 그곳으로 또 이끌더군요. 사실 차관님 말씀대로 눈 한번 감으면 그만입니다. 하지만 그렇게 허망하게 돌아가신 아버지와 여동생의 죽음을 헛되이 하기 싫습니다. 이번에 화천을 다녀오고 나서 밤새 잠을 자지 못했습니다. 아버지의 피와 땀으로 지어진 그 댐이 그렇게 방치된 것을 보고 화가 나고 슬퍼서였습니다. 다시는 그런 불행을 또 다른 가족들에게 겪게 하기는 싫습니다. 저를 생각해 주신 것은 감사하나 거절하겠습니다."

박기환은 주먹으로 상을 내리쳤다. 그의 힘을 감당할 수 없었는지 술주전자가 엎어져 나뒹구는 바람에 방 안에 정종 향이 가득 퍼져 갔다. 그의 눈은 극렬한 분노로 이글거렸다.

"당신, 앞으로 대학 근처에 얼씬도 못 하게 할 수 있어. 아니, 이 바닥에서 영원히 발도 못 디디게 할 거야. 또 한 번 기회를 주었는데도 감히 차 버려? 그래, 당신이 그리 양심적으로 나온다 해도 공사는 다른 사람에 의해 진행될 거야. 그러면 그때 당신은 뼈저리게 후회하겠지? 내가 왜 그랬을까, 왜 그리 바보처럼 굴었을까? 조현준, 당신 실수하는 거야."

현준은 자리에서 일어서서 가방을 집어 들었다. 공손하게 박기환에게 고개를 숙여 인사를 하고는 조용히 문을 열고 밖으로 향했다. 순간 온몸이 속박에서 풀려난 듯 둥실 떠오르는 것 같았다. 뒤로 흘끔 쳐다보니 박기환이 여전히 그를 노려보고 있었다.

현준은 갑자기 아내가 끓인 된장찌개가 그리웠다. 동시에 그의 발길도 빨라졌다. 달리듯 일식집을 빠져나온 그는 얼른 휴대폰을 꺼내 아내에게 전화를 걸었다.

"지연이 왔어? 미안해, 갑자기 일이 생겨서. 배고플 텐데 먼저 먹고 있어. 알았지?"

"건방진 놈……."

박기환은 몇 번이고 탕탕 주먹을 내리쳤다. 깜짝 놀라 방 안에 달려 들어온 수하들은 어찌 해야 할지 몰라 그를 멀뚱히 쳐다보고 있었다. 아무것도 모르는 이들에게 가납사니처럼 버럭 고함을 지르며 그는 한 팔로 상을 쓸어버렸다. 비싼 산해진미가 방 안 여기저기 흩어졌다.

"저 새끼 강단에 서지 못하게 해. 신문에 제보해서 저 자식 생매장시키란 말이야! 그리고 석 교수에게 연락해서 당장 내 앞에 와서 빌라고 해. 뭐해, 멀뚱히 서서!"

***

평소보다 두 시간이나 일찍 출근한 그는 간밤에 한숨도 잘 수 없었다. 대담한 결단을 내린 만큼 가져가야 할 마음의 부담 또한 상당했기 때문이었다. 앞으로 펼쳐질 모습들에 대해 어떻게 대처해야 할지 밤새 고민했지만 딱히 생각이 떠오르지 않았다.

연구실이 있는 건물 앞에 주차하고 그는 있는 힘껏 들숨을 마셨다. 밤새 내린 비로 산뜻한 공기 속에는 봄의 풋내가 그대로 녹아들어 있었다.

"그래, 뭐 잘되겠지. 나 말고 다른 적임자가 알아서 할 거야."

현준은 승강기에서 내리자마자 안주머니에서 요란하게 울려 대는 휴대폰 소리에 멈춰 섰다. 발신 번호를 확인하지 않아도 누가 전화를 했을지 짐작된 그는 금세 얼굴이 굳어졌다. 벨소리는 집요하게 울려 댔지만 받지 않았다. 어떤 말을 들을지 이미 알고 있는 그는 통화해도 별 의미가 없다고 생각했다.

"조 교수, 좀 받아. 이른 아침부터 무슨 전화가 시끄럽게 울려?"

복도를 지나가던 같은 과 교수가 눈살을 찌푸리며 그를 쳐다봤다. 현준은 사과하고 황급히 전화를 받으며 연구실로 빠르게 향했다.

"왜 그리 전화를 안 받아?"

"죄송합니다, 교수님. 방금 차에서 내렸습니다."

"오늘 강의 마치면 몇 시쯤 되나?"

"오후 전공 강의 하나만 하면 되니 아마 세 시쯤 될 것 같습니다."

"마치자마자 당장 달려와. 그렇지 않으면 앞으로 너 안 볼 거다."

매정하게 전화가 끊겨 버렸다. 지도교수가 화가 많이 났다는 것은 흥분하지 않고 감정을 꾹꾹 누르는 그 목소리에서 알 수 있었다. 이미 어제 일로 연락이 갔을 거고 지난번 청문회 이후 그가 겪었을 봉욕도 충분히 상상할 수 있었다.

현준은 가방을 내려놓고 노트북을 부팅시키자마자 담배를 꺼내 물었다. 창밖에 벚꽃들이 소곳한 모습으로 바람에 넘실거리고 있었다. 올봄처럼 이렇게 꽃구경을 하면서 흥취가 느껴지지 않는 것은 처음이었다. 오늘따라 쓴 담배맛에 그는 두어 번 빨고는 금세 비벼 껐다.

"가서 죽어라 빌어야지, 영감님 화 누그러뜨리려면 한 세 시간 정도 무릎 꿇어야겠지. 아, 니미럴……."

***

늘 고향으로 향하는 듯한 정겨운 이 길이 오늘따라 낯설게 느껴졌다. 오랜만에 들른 모교의 봄꽃들은 늘 그렇듯 화사하고 고왔다. 꽃을 배경으로 연신 휴대폰이나 디지털 카메라로 사진을 찍는 여학생들은 봄이라는 미약에 들떠 마냥 좋은 듯 웃고 있었다. 현준은 그렇게 맘 편히 웃을 수 있는 그들이 오늘따라 부러웠다.

지도교수 연구실이 있는 공대 건물로 향하며 걸음을 뗄 때마다 한숨이 쏟아졌다. 어떤 말을 해야 할지 전혀 머릿속에 떠오르지 않았다. 지도교수가 쉽게 화를 풀지는 않을 것이 분명했다.

지도교수 연구실이 오늘따라 문이 열려 있었다. 평소처럼 고상한 클래식 음악도 흘러나오지 않고 적막했다. 현준은 스멀거리는 기분 나쁜 느낌이 배 속에서 목구멍으로 치밀고 올라와 그의 뇌까지 잠식하는 것을 느꼈다. 손잡이를 잡고 들어서니 먼저 온 선배와 동기들이 그를 노려보았다.

"왔구먼, 앉아."

현준은 냉랭한 목소리로 자신을 쳐다보지도 않고 찻잔을 드는 지도교수를 보며 풀썩 주저앉았다. 옆자리에 앉아 있는 태석이 한심한 듯 그를 흘깃 보고는 눈길을 돌렸다.

"조현준, 대체 무슨 일을 저지른 거야?"

"아, 교수님 그게 말입니다……."

"국토해양부 차관이 나한테 어젯밤에 전화해서 뭐라고 한 줄 알아? 넌 차려 주는 밥상도 제대로 못 챙겨 먹는 거냐? 어떻게 일을 이 지경으로 만들어 놔?"

"교수님께서도 잘 아시지 않습니까? 전 제 아버지와 여동생을 그 댐으로 인해 잃었습니다. 헌데, 어찌 거짓말을 할 수 있겠습니까?"

"야 이 자식아, 내가 박기환이한테 얼마나 사정해서 어제 그 자리를 만든 줄 알아? 그 교활한 놈이 널 완전히 매장시켜 버린다고 해서 내가 불쌍한 놈이니 한 번만 더 기회를 달라고 한 거란 말이다. 근데 네 발로 차 버려? 어떻게 네가 그럴 수가 있나?"

"전 학자로서의 양심을 버릴 수 없었습니다. 제가 현장에 가서 보니 그 댐은 엉망에다가 내진 설계도 제대로 되어 있지 않았습니다. 오히려 북한의 수공을 막으려고 하다 더 큰 참사가 일어날 수 있는 흉물을 어찌 그대로 놔두란 말입니까? 저도 밤새 고민하고 또 했습니다. 일이 이렇게 된 것에 대해 저도 송구스럽게 생각합니다. 제가 책임질 수 있는 일은 책임을 지겠습니다. 제발 제 입장을 이해해 주십시오!"

지도교수 옆에 앉아 있던 선배 하나가 가소로운 듯 웃으며 삿대질을 하며 비아냥거렸다.

"야, 이놈아! 네가 잘 나서 교수님께서 그 댐을 맡기신 줄 알아? 네가 교수님 밑에서 학위 받은 놈들 중에 제일 빌빌거려서 도와주신 거야. 정부에서 하라는 대로 말하고 하면 모든 게 쉽게 끝날 문제를 어렵게 배배 꼬이게 만들어? 너 정말 제정신이야?"

"영수 선배! 그런 말씀 마세요. 어떻게 그런 형편없는 댐을 안전하다고 국민들 앞에서 거짓말 한단 말입니까? 선배께서 가서 보셨어도 저와 똑같이 고민하셨을 겁니다."

"형편없다고? 너 완전 미쳤구나? 제정신이냐? 그 댐 1차 공사 때 누가 설계한 건 줄 알고 지껄이는 거야? 교수님께서 직접 설계를 하고 자문까지 하셨다고. 헌데 뭐가 어쩌고 어째? 이 자식이 어디 터진 입이라고 함부로 나불어?"

선배의 말에 현준은 마치 벼락을 맞은 듯 순간 멍해졌다. 알아서는 안 될 진실을 알게 된 지금 그 어떤 말도 떠오르지 않았다. 자신이 폄하한 그 대상의 창조주가 그가 그토록 존경하던 스승이었단 사실을 받아들이기가 쉽지 않았다. 눈앞이 하얘지고 온몸이 오한이 든 듯 으슬으슬 떨려 왔다.

"영수 말이 맞다. 그 댐 첫 공사 내가 맡은 거다. 네 말대로라면 난 쓰레기 댐을 만든 이 나라의 역적이로구나. 그래, 나까지 한번 기자 불러서 비판해 보지 그러냐?"

"교수님, 어찌……."

"지금이라도 어제 결정을 번복해. 그럼 내가 다시 널 살려 줄 수 있다. 오늘도 이것을 거절한다면 너와 나의 관계는 끝일 뿐만 아니라 이 바닥에서 넌 이단자로 몰려 어디서도 환영받지 못할 거다. 너도 알겠지? 대한민국 구석구석에 내 입김이 불지 않는 곳이 없다는 걸 말이다."

지도교수가 비아냥거리며 그를 쳐다보고 있었다. 현준은 눈가가 뜨거워지며 앞이 부옇게 흐려졌다. 가장 존경하고 믿었던 이에게 배신을 당해 가슴이 찢겨 나간 제자는 비틀거리며 일어섰다.

"오늘 이 말씀은 안 들은 걸로 하겠습니다. 교수님, 늘 건강하십시오."

모든 것이 와르르 무너지는 기분이었다. 가장 힘들고 어려운 시절, 그는 한줄기 빛을 보며 참고 또 참았다. 그 빛은 그에게 그래도 이 세상은 살 만하며 내가 노력한 만큼 행복할 수 있다는 희망을 가져다주었다.

그러나 알고 보니 그 빛은 자신을 위장하는 독이었다. 최대한 자신을 화려하게 단장하여 적을 유인하는 독버섯과 같은 위험한 독이었다. 현준은 오늘 그 아름다움 뒤에 감춰진 추악하고 흉물스러운 본체를 알게 되었고 그 독에 치명적인 상처를 입었다.

"이 새끼가! 죽고 싶어? 내가 널 가만둘 줄 알어?"

극렬한 분노에 휘감긴 스승이 달려와 나가려는 제자를 돌려세우더니 멱살을 그러쥐고 사정없이 흔들어 댔다. 이미 검붉게 변한 그의 얼굴을 보며 주변의 그 누구도 감히 나서지 못하고 눈치만 보고 있었다.

"당장 번복해! 그렇지 않으면 앞으로 이 토목 바닥에서 밥 벌어먹고 살지 못하게 만들 거다. 어서 번복하라고, 이 새끼야!"

현준의 눈꼬리에서 굵디굵은 물방울이 끊임없이 흘러내렸다. 여태껏 믿어 온 진실이 산산조각 나는 가장 실망스럽고도 슬픈 순간이었다.

"이 자식이 그래도! 말해, 어서 말해! 당장 그렇게 한다고 빌란 말이야!"

스승의 손이 울고 있는 제자의 두 뺨을 사정없이 갈겼다. 현준의 두 뺨이 금세 벌겋게 부풀어 올랐다. 그러나 그는 계속 울며 스승을 바라보고만 있었다.

"교수님, 고정하십시오! 야, 어서 꺼져. 꼴도 보기 싫으니까!"

선배와 동기들이 몰려들어 지도교수를 그에게서 떼어놓으며 진정시키고는 현준을 떠밀며 연구실 밖으로 내쫓았다. 쾅 하고 닫히는 문소리와 함께 현준은 그에게 미약하게나마 열려 있던 문 하나가 완전히 닫혔다는 것을 깨달았다. 저 어둡고도 차가운 바닥 아래로 추락하는 스스로를 그제야 제대로 바라보았다.

"끝난 건가? 이제 다 끝난 건가?"

현준은 차가운 시멘트에 나부라져 있는 자신을 이리저리 훑으며 다시 굳게 닫힌 연구실의 문을 하염없이 바라보았다. 닫힌 문은 마치 봉인된 것처럼 이제 다시 열리지 않을 것 같았다. 이제 기회란 말은 그에게 찾아오지 않을 듯싶었다.

"미친 놈, 미친 놈……. 그래, 잘했다, 아주 잘했어."

현준은 바닥을 짚고 일어서며 천천히 계단으로 향했다. 강의를 마치고 걸어가는 학생들은 그를 미심쩍은 눈초리로 내려다보며 수군거렸다. 터벅터벅 걸어가는 그 뒷모습을 보며 남학생 둘이 비소를 지으며 고개를 흔들었다.

"혹시 석 교수한테 논문 부탁하러 온 학위 못 딴 공무원인가? 쯧쯧, 지금이 어떤 세상인데 청탁을 해?"

"아, 석 교수가 대학원생들한테 돈 받고 논문 써 주라고 한다던데 정말인가 보네?"

"금액을 적게 준다고 했나 봐? 그러니 저리 쫓겨나지. 쯧쯧……. 참 대한민국 최고 대학에서 이런 일이 일어나는데 다른 곳은 오죽하겠냐? 학자라는 놈들이 돈지랄을 떨다니……. 말세다, 말세야."

정의는 항상 외면당한다

"석수, 요즘 잘 나가네? 오늘도 멋지게 한번 진행해 봐."

PD가 자신에게 오늘 브리핑할 자료들을 넘겨주었다. 석수는 DBC 방송국의 잘나가는 메인 앵커였다. 수려한 외모와 더불어 반듯해 보이는 이미지, 날카로운 직관력과 깔끔한 진행 능력으로 그는 저녁 9시 뉴스의 간판스타로 자리를 굳힌 지 오래였다.

늘 그렇듯 여유롭게 커피를 마시며 브리핑할 자료를 눈으로 훑던 그는 화들짝 놀라 자료를 눈앞에 갖다 대었다.

- 소망의 댐 3차 공사 시작.

24년 전 대공분실 심문실과 차가운 욕조 속의 물고문이 떠올랐다. 갑자기 눈앞이 빙빙 돌고 숨을 쉴 수가 없었다. 석수는 넥타이를 손으로 잡아당겨 헐겁게 만들고는 뒤로 기대어 눈을 감았다.

참으로 기분 나쁜 재회였다. 다시는 입에도 올리지 않을 거란 그 단어를 공식적인 자리에서 언급한다는 것 자체가 우스운 일이었다. 얄망궂은 운명의 장난에 마치 꼭두각시가 된 것 같은 더러운 기분이었다.

뉴스를 진행하는 동안에도 그의 머릿속에는 내내 24년 전의 그 심문실이 자꾸 떠올랐다. 퇴근해서 집에서 아내가 차려 주는 밥을 먹으면서도, 잠자리에 들면서도, 그는 의지와 달리 머릿속을 가득 채우는 그 음흉스러운 기억의 사슬에 꽁꽁 묶여 있었다.

그렇게 하루가 지나고 일주일이 지나고 보름이 지나갔다. 요즘 들어 낯빛이 어두운 그를 걱정스럽게 쳐다보던 보도국장이 다가왔다.

"어이, 요즘 무슨 일 있어? 얼굴이 꼭 아픈 사람 같아. 무슨 고민이야, 석수?"

"아, 아닙니다."

"우리 DBC의 최고 스타인 자네가 이러고 있는데 어찌 걱정을 안 할 수 있어? 나한테는 다 털어놔 봐. 내가 상담도 잘해 주거든?"

석수는 입술을 잘근잘근 씹으며 보도국장을 한참 동안 쳐다보았다. 얼굴에 살집이 두둑한 그는 성격이 시원스럽기로 소문난 사람이었다.

기자 시절, 선배 기자로서 후배들을 잘 챙겨 주던 그가 보도국장이 된 것은 어찌 보면 당연한 일이었다. 소처럼 커다랗고 순한 눈을 들여다보며 석수는 조심스럽게 입을 열었다.

"제 첫 취재가 소망의 댐 1차 공사 부실시공이었습니다. 당연히 보도되지는 않았지요. 그리고 안기부 대공분실에서 배 터지게 물을 마시고 입도 뻥긋하지 않겠다는 각서를 쓰고 나왔죠. 그런데 제 입으로 어제 이 댐의 준공 보도를 했으니 웃기지 않아요?"

"그랬어? 아, 어떻게 기자한테까지 그것들이……. 자네 기분이 나쁠 만도 하구먼."

"왜 이리 마음이 찝찝한지 이유를 알 수 없었어요. 그런데 시간이 지날수록 그 이유가 명확해지더군요. 선배, 저 다시 이 댐에 대해 취재를 해야 할 것 같아요. 지금이라도 진실을 밝혀야 하지 않겠어요? 국민들의 믿음을 배신하면서까지 저 댐을 공사해야 할 이유가 있는지 모르겠어요. 지금이라도 막아야 해요."

순간 보도국장의 얼굴에 묘한 빛이 서렸다. 윗입술이 약간 실룩거렸지만 꾹 다물며 표정관리를 했다. 잠시였지만 사람 좋아 보이는 선한 그 얼굴은 사냥감이 방심하는 순간만 노리는 살쾡이처럼 날카로웠다. 그러나 석수는 그 찰나의 순간을 감지하지 못했다. 안과 밖이 다른 야누스의 두 얼굴을 앞에 두고도 그는 전혀 눈치 채지 못했다.

"석수야, 웬만하면 덮어라. 지금 정부에서 대대적으로 예산을 지원하는 것은 다 저네들끼리 나눠 먹겠다고 이미 판을 다 짜 놓은 거야. 거기에 대기업과 정부 각계 인사들이 개입되지 않은 거 같냐? 그냥 덮어

라. 그리고 넌 간판스타야. 왜 네 손으로 네가 그동안 쌓아 온 것들을 허물려고 그러는 거야?"

"아직까지 마음이 좋지 않아요. 내게 처음으로 전화 제보를 했던 그 어린 대학생의 울먹이는 목소리를 잊을 수가 없어요. 선배, 못 본 척하려고 해도 쉽지가 않네요."

"아이고, 그래도 아서라. 괜히 그러다 여러 사람 다친다. 알겠지?"

보도국장은 석수의 어깨를 두드리며 자리를 떴다. 그러나 연신 뒤돌아보며 노려보는 그 모습은 필시 후배의 선택이 못마땅한 것이 분명해 보였다. 사무실 문을 닫으며 불편한 심기를 다잡지 못한 그는 바지에 손을 찔러 넣으며 얼굴을 심하게 일그러뜨렸다.

"미친 놈, 프로그램뿐 아니라 방송사 말아먹으려고 작정한 거야? 스타 앵커라고 치켜세워 줬더니 눈에 뵈는 게 없구먼."

***

"목 기자, 한번 해 볼 텐가?"

작년에 입사한 신입인 목영현 기자는 석수의 제안에 딱히 말을 하지 못했다. DBC 메인 앵커이자 선배 기자의 제의에 응하고 싶었지만 위험한 변수가 너무 많았다. 마치 터지기 직전의 오물을 가득 담은 허술한 비닐봉지에 손대는 것 같은 상쾌하지 않은 기분에 그는 자신도 모르게 입을 모으고 좌우로 계속 움직이고 있었다.

"부담이 된다면 안 해도 좋아. 하지만 이미 내가 24년 전에 기본적인 틀을 다 취재한 일이고 확실한 정황이나 증거만 잡으면 되는 거야. 어때, 그래도 하기가 부담스러운가?"

"하고야 싶죠. 그런데 정부가 하는 일에 괜히 손댔다가 지방으로 끌려가는 기자들이 어디 한둘이었나요? 저 곧 결혼한다구요."

"좋아, 그럼 내가 다 책임지겠네. 만약 보도국장 방송사 대표가 태클을 건다면 자네 이름은 빼지. 그러나 반응이 좋다면 모든 공은 자네에게 돌릴 거야."

"저한테 다요?"

"응, 단독 특종으로 말이야."

목 기자는 손톱으로 무릎을 탁탁 치며 빰을 부풀렸다 홀쭉하게 만들었다를 반복했다. 석수의 입가에 회심의 미소가 잠시 나타났다 사라졌다. 상대의 심리를 절묘하게 잡아채는 묘수는 그를 따라갈 기자가 없었다. 목영현은 두 손으로 무릎을 탁 치며 자리에서 벌떡 일어섰다.

"좋습니다! 까짓 거 죽기 아니면 까무러치기겠죠. 맨날 사고 현장만 쫓아다니며 피범벅이 된 영상이나 보도하는 게 신물 날 정도였는데 한번 징하게 해 보죠 뭐."

***

모든 것은 은밀하게 진행되었다. 절대 그 누구도 눈치 채서는 안 되었다. 1차 공사와 2차 공사에 참여한 이들을 만나는 일들은 출퇴근 전

후 시간이어야 해서 목 기자와 석수는 본업과 부업을 하는 사람들처럼 하루가 모자랄 지경이었다. 아내는 새벽에 출근해서 자정이 넘어 귀가하는 남편을 보며 혹시 여자가 생겼냐고 눈을 부라리며 따졌지만 석수는 대꾸할 기력이 없어 그대로 이부자리에 쓰러졌다. 마치 무언가에 홀린 사람처럼 그는 정신없이 그 일에 매달리고 잠을 자면서도 그 일만 생각했다.

다행히 일의 진전은 있었다. 협조하는 이들이 많지는 않았지만 그래도 퇴직한 이들이 더러 있어 인터뷰는 쉽게 진행되었고 생각보다 유효한 자료를 수집할 수 있는 행운도 있었다. 처음에는 늑장 부리며 미적대던 목 기자도 언제부턴가 석수보다 더 의욕적으로 이 일에 집중하고 있었다.

어느 날, 저녁을 먹으며 목영현은 주변을 한번 둘러보더니 봉투 하나를 내밀었다. 석수 또한 살포시 무릎 위에 내려 봉투를 열어 보니 비디오테이프가 들어 있었다.

"선배님, 제가 우연히 찾아보니 2002년도에 댐 2차 공사에 대한 청문회 영상이 있더라구요. 자료실 저 구석에 처박혀 있는 걸 발견했지 뭐에요? 야, 보니까 난리가 났더군요. 어떤 전문가가 댐 해체해야 한다고 해서 청문회장이 뒤집어졌더군요."

"그래? 그런 일이 있었어?"

"아마 방송에 내보내지 말라고 엄포를 놨나 봐요. 야, 그 박사 누군지 모르겠는데 간이 보통 큰 사람이 아닌 거 같더군요. 그 사람을 찾아보니 그 바닥에서는 찾을 수가 없던데요? 그 일로 영원히 퇴출당한 게 아닌가 싶어요."

석수는 집에 오자마자 서재에서 문제의 테이프를 틀었다. 막으려는 자와 밝히려는 자와의 싸움으로 엉망이 된 청문회장은 한마디로 난장판이었다. 테이프를 플레이한 지 한 45분 정도 되었을 무렵 40대 정도 되어 보이는 한 남자가 환경단체 측의 질문에 한동안 길게 뜸을 들이더니 청천벽력과 같은 말로 청문회장 한가운데 폭탄을 투하하자 석수는 들고 있던 담배를 떨어뜨릴 뻔했다.

"댐 공사는 중지되어야 합니다. 더 이상의 보강공사는 의미가 없습니다."

잊을 수 없는 음성이었다. 약간 목소리가 더 굵직하게 변하긴 했지만 24년간 그의 마음에 무거운 멍에를 지우게 한 그 슬픈 메아리였다. 석수는 다시 앞으로 돌리더니 그 엔지니어의 명패를 보고는 입을 벌리고 한동안 멍하게 앉아 있었다.

- 댐 수리공학 엔지니어 조현준 박사

석수는 갑자기 목울대가 조여오고 눈시울이 뜨거워졌다. 억지로 침을 삼키며 목구멍을 쑤시는 슬픔과 회한을 꾹꾹 누르고 있었지만 이내 그의 눈꼬리에서 뜨거운 눈물이 뚝뚝 떨어지기 시작했다.

"이럴 수가, 아 어떻게 이럴 수가……."

모든 것을 내려놓은 표정으로 청문회장에 앉아 있는 그를 석수는 더는 볼 수가 없었다. 모니터를 끄고 석수는 안경을 벗고 두 손으로 얼굴을 가렸다. 손바닥 안에 물기가 흥건하게 묻어났다.

"미안합니다, 정말 미안합니다……."

***

- 띠링 띠링!

오늘 저녁에 나갈 멘트를 정리하고 있던 석수는 걸려 오는 전화를 받지 않고 맞은편에 앉아 있는 후배에게 눈짓을 했다. 귀찮은 듯 전화를 대신 받은 후배는 휘둥그레진 눈으로 석수를 빤히 바라보았다.

"선배님, 사장님이신데요?"

"뭐? DBC 대표 이사님이시라고?"

"네."

석수는 잠시 망설이다 얼른 수화기를 들었다. 걸걸한 사내의 음성이 수화기 저편에서 흘러나왔다.

"김석수입니다."

"김석수 앵커, 바쁜데 미안합니다. 뉴스 끝나고 퇴근하기 전에 나한테 좀 들러 줬으면 합니다."

용건만 간단히 말하고 전화를 바로 끊자 석수의 마음이 불안해졌다. 분명 모든 일들은 비공개적으로 은밀하게 진행하고 있었다. 목영현 빼고는 댐에 대한 부실공사 취재를 아는 사람은 없었기에 그는 얼른 밖으로 나가 휴대폰으로 목 기자를 찾았다. 동기들이랑 술을 마시고 있던 목영현은 약간 혀가 꼬인 목소리로 전화를 받았다.

"목 기자, 혹시 우리 취재 건 누구한테 얘기하지 않았지?"

"당연하지요, 누구한테 이야기한다고요? 야, 건배하지 마, 내가 전화 끊고 해."

"알았네. 술김에 실수하지 말고."

"걱정일랑 붙들어 매십시오. 제가 여간내기인 줄 아십니까? 야, 건배하지 말라니까, 이 자식들이!"

석수는 통화를 마치자 잠시 마음이 편안해졌지만 뉴스를 진행하는 내내 불길한 예감을 떨칠 수가 없었다. 집중을 할 수 없으니 자꾸 말이 헛 나와 담당 PD한테 몇 번이고 주의를 들어야 했다. 같이 진행하는 여자 앵커도 불안한 얼굴로 석수를 계속 살피고 있었다.

뉴스를 마친 그는 곧바로 정리를 하고 사장실로 향했다. 시무식이나 송년회 할 때에나 얼굴을 볼 수 있던 그 높은 양반을 개인적으로 만나게 될 줄은 상상도 해 본 적이 없었다.

사장실로 들어가자 날씬한 몸매의 여비서가 그를 안내하기 위해 앞장섰다. 형식적으로 석수는 옷매무새를 매만지며 인사말을 머릿속으로 몇 번이고 되뇌었다. 회전의자에 앉아 텔레비전을 보고 있던 사장은 석수가 들어서자 반가운 얼굴로 일어서 다가왔다.

"아, 어서 오게. 우리 간판스타! 서로 바쁘다 보니 얼굴 볼 시간이 없지? 자, 어서 앉게나. 차 좀 준비하게 김 비서."

엉거주춤하게 소파에 앉은 김석수는 사장의 얼굴을 이상하게도 떳떳하게 바라볼 수가 없었다. 두 손을 깍지 낀 채 테이블만 바라보고 있던 그에게 사장은 껄껄 웃으며 담배에 불을 붙였다.

"뭘 그렇게 겁을 먹고 있나? 잘못한 게 있어?"

"사장님, 무슨 일로 저를 보자고 하셨는지……."

사장은 그저 희미하게 웃으며 담배를 빨고 있었다. 여비서가 차를 가져와 테이블에 놓고 나갈 때까지 사장은 아무런 말도 하지 않고 담배만 피우고 있었다. 먼저 이야기를 꺼낼까 싶었지만 그렇게 하다가 괜히 불안한 마음줄을 드러내기는 싫었다.

석수는 찻잔을 들어 커피 향을 맡았다. 항상 고소하고도 달콤한 그 향내에 흐트러졌던 집중력이 모아졌었지만 오늘은 이상하게 그의 두근거리는 심장을 더욱 자극하고 있었다.

"이런 말 하기가 좀 그런데, 이보게 뉴스 그만하게나."

"예?"

"우리 방송국을 떠나 줬으면 하네."

"사장님, 그게 무슨 말씀이신지……."

경악한 석수는 하마터면 찻잔을 떨어뜨릴 뻔했지만 가까스로 차 받침대에 올려놓았다. 담배를 비벼 끄며 사장은 그를 쳐다보지도 않고 자리에서 일어서서 방 안을 천천히 걸어 다녔다.

"왜 그런 쓸데없는 짓을 했나? 우리 방송국은 공영방송을 하는 곳이야. 절대 국가의 통치 이념에 위배되는 방송을 해서는 안 되는 의무를 갖고 있어. 헌데, 자네는 그 기본 원리를 흔드는 일을 몰래 벌이고 있지 않나?"

"언론이 하는 일이 무엇입니까? 힘없는 자들을 가장 두려워하고 힘 있는 자들이 두려워하는 마인드로 진실을 캐내야 하는 것이 아닙니까? 이건 몇십 년 동안 국민들을 기만하는 가장 큰 악행 중 하나입니다. 절대 은폐하는 일에 동참할 수 없습니다."

격앙된 표정으로 석수를 내려다보던 사장의 얼굴에 살기가 잠깐 스쳤다. 잠시 동안의 정적이 흐르는 동안 두 사람은 그렇게 물러섬이 없이 노려보고 있었다. 야경이 화려한 여의도를 내려다보며 사장은 한숨을 쉬었다.

"조용히 마무리해 주게. 후임자는 곧 내가 알아서 할 테니. 그동안 우리 방송국을 위해 최선을 다해 주어서 고맙네. 내 퇴직금은 후히 처리하도록 할 것이니 너무 걱정 말게나."

석수는 벌떡 일어나 사장 앞으로 한두어 걸음 다가갔다. 표정의 변화는 없었지만 그의 두 주먹은 꼭 쥐어져 있고 온몸을 휘감은 분노로 부들부들 떨고 있었다.

"돈 한 푼 안 주셔도 됩니다. 전 이곳에서 최선을 다했다고 생각하지 않습니다. 최선을 다했다면 이렇게 제 양심이 저리고 아프지 않을 테니까요. 24년 전의 그날 이후 전 한 번도 떳떳하게 일한 적이 없습니다. 더러운 동조자라는 죄의식에 사로잡혀 한 번도 제가 진행한 뉴스를 모니터링한 적도 없습니다. 전 떠나지만 죽을 때까지 진실을 꼭 밝혀 국민을 기만한 죄인들을 심판대에 올릴 것입니다!"

다시 되돌아가다

"어머니, 저 왔어요."

마치 광장에 서 있는 동상처럼 노파는 꼼짝도 하지 않았다. 보라색 면티와 검은 치마를 입은 그녀는 짧은 커트 머리에 제법 잔설이 내려앉아 하얗고 주름진 얼굴이 더욱 연약해 보였다. 공허한 눈빛으로 햇살이 들어오는 창가를 망부석처럼 바라보던 작은 여인은 아들의 목소리가 들리지 않는 듯 미동도 하지 않았다.

"아들이 왔는데 좀 보셔요. 오늘은 주전부리 좀 갖고 왔어요."

현준은 휠체어 앞에 웅크리고 앉아 피목 같은 작은 두 손을 포근하게 움켜잡았다. 축 늘어져 있던 여인의 입술이 생기 돋는 꽃잎처럼 미소를 머금으며 까칠한 중년 남성의 얼굴을 사랑스럽게 쓰다듬었다.

"현준이 왔구나. 뭘 이렇게 많이 사 왔어? 지난번에 갖다 준 과자도 그대로인데."

"제발 좀 드세요. 요즘은 가슴이 안 아프세요?"

"괜찮다. 난 너만 보면 다 괜찮아."

현준은 어느새 너무도 작아진 어머니를 보자 목이 메여 두어 번 헛기침을 했다. 남편과 딸을 잃고 온갖 험한 일을 하며 자신을 뒷바라지한 그녀는 30년 전부터 이미 여자로서의 기본적인 권리조차 다 포기한 가련한 사람이었다. 한 번도 밖에 나가 돈을 벌어 본 적이 없던 현모양처인 그녀는 하나뿐인 아들을 위해 가사도우미, 건물 청소부, 식당

조리원으로 일하며 말 그대로 앞만 보고 거칠게 살아왔다.

처음 대학에 계약직 교수로 들어갔을 때 기뻐하던 그녀는 아들이 나락으로 떨어지는 것을 보고 더는 버티지 못하고 쓰러져 버렸다. 모지락스러운 현실 속에서 그녀는 어머니라는 버팀목을 의지하기는 버거웠던 것이다.

아내와 딸조차 힘든 삶 앞에서 비정한 모습을 감추지 못했다. 병든 어머니는 가족들에게 짐이자 외면하고 싶은 책임감이었다.

"지연이가 시집간대요. 잘됐지요?"

"그래? 사위될 사람은 봤고?"

현준은 꾸러미에서 과자를 꺼내 어머니 입에 넣어 주었다. 주름진 입을 오물거리며 과자를 받아먹는 그녀의 모습을 보고 있으니 아내와 딸로부터 받은 상처가 조금씩 잊혀 가는 것 같았다.

"든든하던데요? 나중에 지연이 결혼식 때 모시러 올 테니 예쁘게 단장하시고 저랑 같이 가요."

현준은 아기처럼 천진하게 고개를 끄덕이는 그녀를 보자 가슴이 아팠다. 분명 눈살을 찌푸리고 자신을 노려볼 아내의 모습이 떠올랐지만 그는 어머니를 모시고 가고 싶었다. 그렇게라도 그녀에게 웃을 수 있는 일상의 행복을 주고 싶었다.

"현준아, 많이 힘드니? 왜 이리 말랐어?"

어머니는 아들의 얼굴을 두 손으로 감싸 안으며 걱정스럽게 내려다보았다. 현준의 눈꼬리에서 눈물이 떨어지기 시작했다. 소리 내어 울지 않았지만 어머니는 아들의 눈물을 살뜰히 닦아 주며 계속 그렇게 얼굴을 쓰다듬고 있었다.

"힘들지? 괜찮다. 이 어미한테는 다 보여 줘도 괜찮아. 난 너만 이렇게 있으면 된단다. 어떤 모습이든 넌 내게 항상 자랑스럽고 착한 하나뿐인 아들이야."

***

"보도국장님, 방금 들어온 제보인데 한번 취재해 보는 게 어떨까 싶습니다."

현 기자가 김석수에게 메모 한 장을 내밀었다. JBC 방송국을 대표하는 메인 앵커이자 보도국장인 김석수는 종이에 적힌 내용을 뚫어지게 쳐다보았다.

- 7월 30일에 옥천단층대에서 일어난 진도 5.0 지진으로 소망의 댐 안쪽 사면 하단부에 균열이 몇 군데 발견.

"화천군민이 제보한 건가?"

"예, 겁이 나서 못 살겠다고 하시면서 지금 위락지나 조성할 때가 아닌 것 같다고 하셨습니다. 이 댐 올해 3차 공사가 끝난 댐 아닙니까? 하긴 댐 자체 보강보다 주변 위락지 조성에 떼돈을 들였다는 건 알만한 사람은 다 알지만, 겨우 5.0밖에 되지 않는 지진에 댐체에 균열이 생긴다는 것은 좀 미심쩍은데요?"

"소망의 댐에 DEMS(지진 감시 시스템)이 있지 않나?"

"혹시나 해서 수자원공사에 전화해서 물어보니 국내의 아홉 개 댐에

DEMS가 있다고 하더라구요. 사실 국내 댐들은 일본처럼 지진이 빈번하게 일어나지 않아 대부분 내진 설계에 있어 많이 모자라지요. 어떻게 할까요, 국장님? 한번 제대로 취재해 볼까요? 당연히 국교부(국토교통부)에서 가만히 있지 않겠죠?"

"우선 생각 좀 해 보자고. 가 봐."

김석수는 다시 한 번 메모를 들여다보았다. 그가 뚫어지게 보고 있는 것은 소망의 댐이라는 대명사였다. 마치 다시는 보고 싶지 않은 옛 연인을 만난 듯한 씁쓸한 기분이었다. 그는 담배와 라이터를 들고 사무실 밖으로 나왔다.

건물 뒤편 공터에는 여직원들의 눈을 피해 흡연을 즐기는 남자 직원들이 낄낄거리며 담배를 피우고 있었다. 김석수는 남자들의 유일한 안식처에서 가장 구석진 자리로 걸어가 담배에 불을 붙였다. 이상하게도 유쾌하지 못한 기분과 달리 담배맛이 구수하게 입 안을 착 감돌았다.

가을이 다 되어 가는 하늘은 약간 희끄무레한 바탕에 실구름이 드문드문 떠다니고 있었다. 올 여름은 유난히 더워서 그런지 아직 오후 공기는 뜨거운 열기를 머금고 있어 조금만 서 있어도 약간 후덥지근해졌다.

김석수는 호주머니에서 다시 메모를 꺼내 들여다보았다. 한쪽 입술을 추켜올리며 그는 한 손으로 메모를 구겨 다시 호주머니에 넣었다.

한동안 억지로 잊고 지냈던 5년 전 아픈 기억이 그의 가슴을 때리고 또 때렸다. 몽타주처럼 다시 떠오르고 울컥하는 몇 장면들이 눈앞을 스치고 지나갔다. 담배를 쥔 그의 하얀 손가락이 미약하게 떨리고 있었다.

"다시 봐도 못나고 못났네. 잊을 만하니 나타난 이유가 뭐냐?"

***

"아, 비가 떨어지네. 담배 좀 맘 편하게 피우려고 했더만. 국장님! 안 들어가세요? 소나기라서 엄청 퍼붓네요."

금세 하늘이 어두워지고 후드득 소리를 내며 비가 쏟아지기 시작했다. 담배를 피우던 직원들이 뛰어갔지만 석수는 그대로 비를 맞으며 다 젖은 담배를 뻐끔거리고 있었다. 한동안 비가 내리지 않아 혼탁했던 대기는 엄청나게 쏟아붓는 비로 조금씩 깨끗함을 찾아 가고 있었다. 석수는 기분 좋게 허공을 올려다보았다. 안경과 얼굴 위로 떨어지는 빗줄기 속에서 마치 정화 의식을 행하듯 상쾌해졌다.

"그래, 돌아서 오는 인연은 다 이유가 있다고 그러지. 이제 때가 된 거야."

"아니, 어디서 그렇게 젖으셨습니까? 감기 걸리시겠어요, 국장님."

현 기자가 등받이에 올려 둔 수건을 갖고 와 급히 석수의 얼굴과 젖은 셔츠를 닦아 주었다. 그러나 정작 당사자는 손을 내저으며 아까 건네받은 쪽지를 도로 현 기자에게 건넸다.

"제대로 한번 캐 봐. 절대 물러서지 않는다는 각오로. 뉴스 제목은

이게 어떨까? '내진 설계가 제대로 되지 않은 위험한 소망의 댐'. 한 번에 귀에 딱 꽂히지 않아?"

***

8시 뉴스가 채 끝나기 전에 담당 PD가 전화 한 통을 받더니 난감한 표정으로 일어서서 이리저리 서성였다. 데스크 앞에 있던 석수의 입가에 희미한 미소가 걸쳐졌다. 잠시 뒤, 이어폰으로 담당 PD의 흥분한 음성이 들려왔다.

"난리 났어요. 지금 국교부에서 방송 내보낸 거 어떻게 수습 안 하면 알아서 하라고 하네요."

그러나 JBC 뉴스 메인 앵커는 더욱 여유로운 얼굴로 웃음까지 머금으며 진행하고 있었다. 보도국 직원들은 모두 불안한 얼굴로 석수만 쳐다보고 있었다. 뉴스가 끝나자 안절부절못하던 담당 PD가 다가왔다.

"국교부 차관한테서 또 전화 왔어요. 뭐라고 할까요?"

"나 바꿔 줘."

석수는 수화기를 들고는 평소와 다름없이 편안하게 말했다.

"김석수입니다."

"야, 너 죽고 싶어? 아까 그 엉터리 뉴스는 뭐야? 당장 내일 해명하는 뉴스 보내라고. JBC 내가 문 닫게 할 수도 있어."

"저를 죽이신다고, 그럼 살인 협박입니까? 그리고 방송국 문을 닫게 하신다, 권력남용이시군요. 언론의 주임무는 진실을 밝히는 겁니다. 저희들은 원칙대로 일했을 뿐인데 왜 따지시는지 모르겠습니다."

"너, 정말! 그래, 세무조사 한번 들어가서 다 뒤집어 줘?"

"아, 정말 무서워서 오금이 저리군요. 그렇게 국교부가 대단한 곳이었습니까? 해 보실 테면 해 보십시오. 그러나 조그만 종편 채널 뉴스에 벌벌 떨며 국세청 앞세워 되지도 않는 세무조사 시키실 시간에 전국에 있는 댐들 내진 설계 상황이나 점검하십시오. 보니 엉망진창이더군요. 그럼 저는 이만."

전화를 끊자 주변이 조용했다. 보도국 직원들이 황망한 얼굴로 그만 바라보고 있었다. 석수는 브리핑 자료를 정리하며 평소와 똑같이 말했다.

"뭐합니까? 정리하고 내일 브리핑할 자료 점검해야죠?"

모두가 다 나가자 회의실에 혼자 남은 석수는 기지개를 펴고 등받이에 몸을 기댔다. 오늘처럼 시간이 안 가는 하루는 처음이었다. 간밤에 꼬박 잠을 설친 그는 하루 종일 시계만 쳐다보았다. 오랜 세월 동안 미뤄 두었던 숙제를 오늘 해치운 묘한 기쁨과 어떻게 될지 모르는 앞날에 대한 두려움이 묘한 감정의 선들을 만들어 내고 있었다. 석수는 휴대폰을 꺼내 아내에게 전화했다.

"어, 그래? 오늘 저녁에는 맥주와 안주거리 좀 준비해 줘. 한잔 하고 푹 자야겠어."

"왜 무슨 기분 좋은 일 있어요? 한동안 안 마시던 술을 다 찾고?"

갑자기 회의실 문이 왈칵 열리며 현 기자가 뛰어들어 왔다. 심상치 않은 표정을 보고 석수는 아내와의 통화를 마무리했다.

“통화 중이신데 죄송합니다. 방금 수자원정책국에서 흘러나온 정보인데 북한 금수산댐이 심상치 않다고 합니다.”

“그건 또 무슨 소리야?”

“그 댐 내진 설계가 전혀 안 되어 있지 않습니까? 거기다 핵실험이다 뭐다 하면서 지반을 자극하는 바람에 위태위태한데 요즘 계속 내리는 폭우 때문에 안전 수위보다 2미터나 상승되었다고 합니다. 잘못해서 그 댐 터지면 고스란히 소망의 댐으로 쓸려 내려올 건데 큰일 아닙니까? 취재하면서 보니 보통 문제가 아니더라구요.”

“도화 업체에 항공사진 알아봤어?”

“이 팀장한테 연락해 봤는데 사진 보는 게 문제가 아니라 분석하는 데 시일이 걸린다고 합니다. 어떻게 할까요? 시간이 걸리더라도 사진 분석해 볼까요?”

예감이 좋지 않았다. 학보사 시절까지 다 합해 30년이 넘는 기자 생활로 생긴 본능적인 직감은 한 번도 틀린 적이 없었다. 가슴 한편에서 스멀거리며 올라오는 긴장감은 태풍이 몰아치기 직전에 느끼는 고요한 불안감 그것이었다.

석수는 자리에서 일어나더니 팔짱을 끼고 한참 동안 왔다 갔다 했다. 현 기자는 더는 아무 말도 하지 않고 그의 동태만 살피고 있었다.

“수자원정책국에 다시 한 번 물어 봐. 지금 당장!”

현 기자는 휴대폰을 꺼냈다. 스피커폰에서는 한참 동안 통화음이 울리고 나서야 귀찮은 듯 담당자가 전화를 받았다.

"네, 수자원정책국입니다."

"네, JBC 현철민 기자입니다. 방금 북한 금수산댐의 수위가 많이 높아졌다는 소리를 들었는데 확인 부탁드려도 되겠습니까?"

"예? 누, 누가 그런 말을 합디까?"

"누가 제보한 내용입니다. 사실 확인 부탁드립니다."

"잠시만 기다리세요."

퉁명스럽게 말하며 잠시 통화 대기음이 들렸다. 10초 정도의 시간이 지루하고도 길게 느껴졌다. 잠시 뒤 전화를 다시 받은 담당자는 짜증이 가득한 목소리로 말했다.

"그런 사실 없습니다. 어디서 그런 허위 제보를 들으셨는지 모르지만 아니랍니다."

"아닌 겁니까, 아니라고 들은 겁니까?"

"아니라고 하지 않습니까? 자꾸 이런 허위 내용을 가지고 전화하지 마십시오!"

딸깍 전화가 끊기는 소리와 함께 석수와 현 기자는 서로 마주보았다. 두 사람은 아무 말도 하지 않았지만 눈빛으로 서로의 생각이 같음을 확인하고 있었다.

"이상하지?"

"그렇습니다. 흥분하며 벌컥 화를 내는 것도 그렇고. 평소와 다르군요."

석수는 턱을 괴고 회의장 창밖의 야경을 한참 동안 내려다보았다. 현 기자는 휴대폰을 만지작거리며 국장의 뒷모습만 바라보고 있었다.

곧 중대한 결정이 떨어질 것이라는 설렘과 두려움으로 가슴이 두방망이질 쳤다. JBC에 입사해서 4년 동안 김석수 밑에서 일하며 그의 행동과 습관을 봐 온 탓에 직접 말을 듣지 않아도 다 알 정도였다. 기자들을 철저하게 훈련시키며 언론인으로서 자긍심과 책임감을 갖고 달리는 그는 말보다 행동이 우선이었다. 어떤 기자는 사람 피곤하게 일만 벌인다고 투덜거렸지만 갈수록 늘어 가는 시청자들의 응원에 JBC 사장은 정부의 욕을 얻어먹으면서도 보도국장을 바꾸지 못했다.

20분 정도 야경을 내려다보던 석수는 환하게 웃으며 두 손을 소리가 날 정도로 맞잡으며 기분 좋게 미소 지었다. 그러나 현 기자는 그 행동 다음에 이어질 그의 말을 이미 알고 있기에 함께 웃을 수가 없었다.

"나 그동안 안 쓴 휴가 좀 써야겠어. 현 기자, 자네 나와 함께 화천에 내려가자. 촬영은 박 기자가 어떨까? 그리고 말이지 박 기자 입단속 단단히 시키도록 하게. 미리 알려지면 아예 취재도 시작 못 하니 말이야."

***

"하긴 애비 노릇 제대로 한 게 하나도 없지. 어떤 욕을 해도 당연한 거야."

곰팡이가 핀 벽지로 둘러싸인 작은 월세방은 작은 창 때문에 더욱 어두워 보였다. 속옷 바람으로 깡소주를 들이키는 현준은 휴대폰 속의 가족사진을 허망한 눈빛으로 바라보았다.

"지연아, 그렇다고 이 애비 너무 미워하지는 마라. 네가 그렇게 가고 싶던 음대를 포기하도록 만든 게 얼마나 마음 아팠는지 아냐? 20년 가까이 곁에 두던 피아노를 팔고 단칸방으로 이사 가기 전날 네가 울던 거 아직까지 기억난다. 정말 미안하다, 미안해."

유리컵에 소주를 따라 마시는 걸로도 성에 차지 않았는지 현준은 병째 벌컥벌컥 들이켰다. 쓴맛이 입 안을 감돌아 당장이라도 내뱉고 싶었지만 도저히 취하지 않고는 잠들 수 없을 것 같았다.

미안하고도 미안했다. 자신의 고집 때문에 하루아침에 소박한 행복이 산산조각이 나 버렸다. 그나마 아들을 바라보고 사시던 어머니마저 쓰러지고 가족들은 자꾸 아래만 내려다보며 견뎌야 했다. 꿈도 내일도 감히 떠올릴 수 없는 현실 속에서 가족이란 의미조차 퇴색되어 갔다. 굶지 않기 위해 돈을 벌고 온갖 수모를 당하느라 가족들을 살피고 돌아볼 여유는 그에게 남아 있지 않았다.

얼큰하게 온몸으로 퍼져 가는 취기와 함께 외로움이 골수로 파고들었다. 아무 소리도 들리지 않는 작은 월세방은 자신의 숨소리 외에는 그 어떤 소리도 들리지 않았다. 현준은 그 무거운 고요함을 견딜 수 없어 얼른 텔레비전을 틀었다.

- 보시는 바와 같이 국내에 아홉 개밖에 없다는 DEMS, 실시간 지진 감시 시스템이 있어도 별 도움을 받지 못하는 소망의 댐입니다. 지난번에 보고해 드린 것처럼 이미 옥천지향사에서 일어난 5.0 강도의 지진에도 균열이 생길 정도로 허술한 댐이라는 것이 드러났는데, 곧 붕괴될지도 모르는 북한 금수산댐의 월류를 어떻게 막아낼 수 있을지

의문이 들지 않을 수 없습니다.

술병을 들려는 순간 현준은 반사적으로 멈칫했다. 그러나 이내 쓴웃음을 지으며 반도 남지 않은 술을 한꺼번에 목구멍으로 부었다.

- 소망의 댐은 처음부터 제대로 내진 설계를 하지 않은데다 불량한 재료로 만든 사석 댐입니다. 이미 앞서 보도해 드린 바와 같이 그동안 3차에 걸친 공사 기간 또한 오천억 가까이를 들인 댐 치고는 부실한 결과물이라 할 수 있습니다. 이미 2차 공사를 하기 전 많은 균열과 지하수 침투로 인한 물웅덩이가 발견되었지만 그에 대한 적절한 조치를 취하지도 않고 두 번의 보강공사를 실시했습니다. 그러나 보강공사라고 하지만 그 또한 제대로 이루어지지 않았습니다. 이 댐 안쪽 사면의 균열이 바로 그 증거인데요, 단순하게 방수성 물질로 때우며 콘크리트로 덮어 감추었을 뿐 근본적인 문제를 해결하지 않아 생긴 것들입니다. 현재 한반도에는 예년과 다르게 많은 양의 폭우가 연일 이어지고 있습니다. 현재 북한 금수산댐의 수위가 상당한 수치에 오른 이상 방류나 댐의 붕괴에 대해 현실적인 조치가 필요한 시점입니다. 거기다 연이은 폭우로 같은 북한강 수계의 소양강댐, 의암댐, 청평댐, 팔당댐에서 불가피하게 수문을 열어야 할 시점이라 서울과 경기 지역의 일부적인 침수 피해가 예상되고 있어 많은 우려가 되지만 수자원정책국에서는 별다른 문제가 없다는 입장입니다.

현준은 손가락질을 하며 고개를 끄덕였다.

"그러게, 내가 뭐랬어. 댐을 해체해야 한다고 그렇게 주장했는데. 두 번의 보강공사를 하는 동안 제대로 된 물막이벽이라도 설치했겠다. 꼴좋다, 그렇게 잘난 척들 하더만. 박기환 이 새끼, 이거 보고 있는지 모르겠구먼."

- 내진 설계 부분에 대해서도 한반도 전역의 댐들이 다 적합한 평가를 받기에는 부족하다는 것이 일부 전문가들의 주장입니다. 현재 대한민국에 건설된 댐들은 대다수 1970년대 경제 개발과 더불어 지어진 댐들이 대부분입니다. 당시 지진이 거의 없었던 우리나라에서는 내진 설계 기준은 진도 6.0에 맞추어 설정했기 때문에 요즘 들어 빈번한 지진의 행태로 볼 때 턱없이 부족한 설정 기준이라고 하겠습니다. 북한의 수공에 대비하여 만든 대응댐인 소망의 댐이 만약 금수산댐에서 쏟아진 물들을 받아 낼 수가 없다면 대체 무엇 때문에 그 많은 혈세를 들여 건설을 강행했는지 이유를 묻지 않을 수 없습니다. 소망의 댐을 건설하기 위해 국민들이 성금을 모으기 시작한 지 어언 30년이 다 되어 갑니다. 코 묻은 돈까지 모아 만든 이 댐이 국민들의 안위를 지킬 수 없다면 그 존재 가치에 대해 의문을 제기해야 할 시점입니다. 이상 화천에서 JBC 뉴스 김석수였습니다.

"그러니까 내 말이 그 말이야. 돈 쳐들어 만든 게 저 모양 저 꼬라지이면 뭣 땜에 떠억 하니 세워 놓냐고. 차라리 다 허물어 버리지."

기자가 하는 말에 연일 맞장구치던 현준은 갑자기 맥이 빠진 듯 축 늘어졌다.

“무슨 상관이야, 저 재수 없는 물건 때문에 이 모양, 이 꼬라지가 되었는데…….”

그는 다른 채널로 바꾼 뒤 이부자리로 리모컨을 던져 버리고는 벌러덩 누워 버렸다. 한꺼번에 마신 술이 갑자기 물큰하게 취하는 듯 천장이 빙글빙글 돌고 공중에 붕 뜬 것처럼 몽롱해졌다. 텔레비전에서는 연속극에 출연한 여배우들이 시끄럽게 수다를 떨어 댔다.

“현실이나 텔레비전 속이나 여편네들 시끄럽긴 마찬가지구먼. 우라질!”

그는 눈을 감고 거칠게 날숨과 들숨을 반복해서 내쉬었다. 콧구멍에서는 달달한 술 냄새가 쏟아져 나왔다. 옆에 누가 있으면 숨에 섞여 나오는 술 향에 절로 취할 정도였다. 현준은 러닝을 들춰 배를 벅벅 긁으면서 억지로 외면하려는 듯 중얼거렸다.

“그러게 처음 지을 때 제대로 지어야지 계속 콘크리트로 땜빵만 하면 뭐해? 나중에 함 봐라. 버티다 버티다 안 되어서 온통 물바다로 만들어 버릴 테니까. 우라질 놈들, 그러고 나서 죄송하다고 굽실거리면 뭐해? 이미 몇백 명이 수장되고 다치고 나서 미안하다고 하면 단가? 천벌 받을 것들.”

그간의 세월이 마치 필름처럼 눈앞을 스치고 지나갔다. 까르르 웃으며 자신을 놀리던 고운 여동생의 미소, 처참하게 바위에 깔려 죽은 아버지의 주검, 쏟아지는 비를 맞으며 어머니와 끌어안고 오열하던 그 여름의 가슴 아픈 저녁, 지도교수에게 뺨을 얻어맞으며 처량하게 연구실에서 쫓겨나던 그 억울한 봄날의 오후, 시민단체에게 돈을 받고 거짓 증언을 하여 2차 공사를 방해한 부패한 계약직 교수로 신문 1면에 실린 자신의 얼굴, 생활비가 없어 전세로 살던 집에서 쫓겨나 단칸방으로 이사하며 하나뿐인 피아노를 팔자 자신을 죽일 듯이 노려보던 딸의 노여운 얼굴, 강단에 서지도 번듯한 회사에 들어가지도 못해 지방에 있는 공사 현장에서 일하는 후배나 동기들에게 전화하라며 악다구니를 쓰던 아내의 얼굴.

한마디로 악몽이었다. 최선을 다해 살아온 오십 평생의 세월이 떠오르기도 싫을 만큼 끔찍한 악몽이었다. 현준은 더 이상은 가슴 아파 견딜 수 없어 눈을 번쩍 떴다. 하얀 백열등이 자꾸 껌뻑거리며 천장에서 그를 내려다보고 있었다. 그의 깊이 팬 눈주름 사이로 눈물이 흘러내려 귀 안으로 흘렀다.

"젠장, 그동안 뭘 하고 살았던 거야? 대체 넌 뭘 하고 살았던 거냐고, 조현준. 이 한심한 종자야!"

조그만 창밖에서 들려오던 풀벌레 소리는 어느새 빗소리에 묻혀 들리지 않았다. 작고 허름한 단칸방에서 들려오는 중년 사내의 흐느끼는 소리 또한 시원한 빗소리에 가려 들리지 않았다. 그렇게 가을비는 무정하고도 고맙게 내려 아프고 쓰린 상처와 기억들을 모두 감추려 하고 있었다.

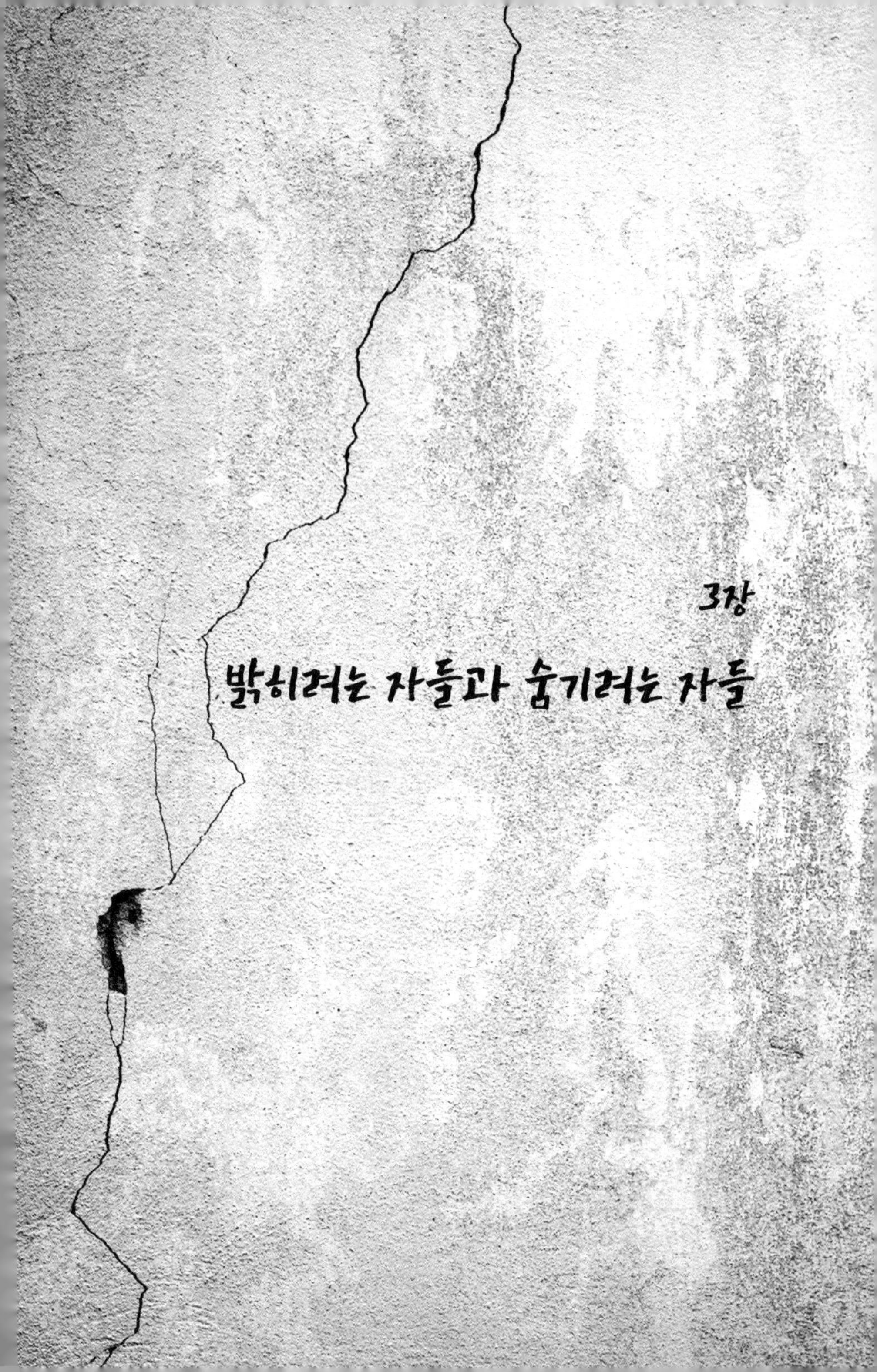

3장

밝히려는 자들과 숨기려는 자들

다가오는 그림자

- 연일 계속된 폭우로 인해 북한강 수계에 있는 소양강댐, 의암댐, 청평댐, 팔당댐에서 수문을 열어 수도권에서의 침수 상황이 점점 악화되고 있습니다. 이미 서울의 잠수교는 잠겨 그 모습을 감춘 지 세 시간이나 지난 상태입니다. 경기도와 서울의 저지대에서는 침수가 발행하여 많은 이들이 불편을 겪고 있으며, 곧 수확을 앞둔 논을 바라보는 농부의 눈에서는 애통함이 느껴집니다. 비가 그치지 않고 계속 된다면 앞으로 상상하기 힘든 최악의 상황이 벌어질 것이라는 것이 전문가들의 견해입니다.

거실로 깎은 과일을 들고 오는 지연은 곧 시부모님이 될 노부부를 보며 빙그레 웃었다. 아량 넓고 평범한 원호의 가족을 볼 때마다 지연은 빨리 저들의 일원이 되고 싶다는 강렬한 열망에 휩싸였다. 지연은 포크로 사과를 찍어 원호의 아버지에게 건넸다.

"아버님, 사과 좀 드셔 보셔요. 아삭거리는 게 참 달아요."

"그래, 고맙다. 너도 먹거라. 그나저나 비가 계속 내려서 큰일이로구먼. 언제부턴가 여름보다는 가을에 자꾸 비가 쏟아지네."

"갈수록 한반도에 봄과 가을이 짧아지고 여름과 겨울만 남게 된다고 하더니 정말인가 봐요? 저길 보세요. 살림살이하고 가축들이 둥둥 떠내려가네요."

"1년 농사 다 지어서 하루아침에 다 잃어버리는구나. 어쩌면 좋냐, 저걸."

지연은 아버지와 대화를 하는 미래의 남편을 황홀한 눈빛으로 바라보았다. 언제보아도 듬직하고 믿음직스러운 사람이었다. 우연히 119대원들의 송년회에서 만난 그들은 지연이 먼저 원호에게 반해 다가간 인연이었다. 큰 키에 서글서글한 성품을 지닌 산업잠수사인 그는 부끄러워하면서도 자신에게 다가오는 여자를 부담스러워하지 않고 있는 그대로 받아들이고 사랑해 줬다. 이제 곧 3년간의 연애를 끝내고 새로운 출발을 앞둔 그녀는 매일 아침 원호에게 어떻게 하면 잘해 줄 것인지에 대해 생각하는 것으로 하루를 시작하는 것이 제일 행복하고 가슴 설레는 일이었다.

"정말 큰일이에요. 원래 가을장마라고 했지만 이렇게 비가 오래도록 쏟아지는 건 처음이에요. 이건 뭐 거의 일주일에 사오일 비가 내리고 이틀 정도 햇빛이 겨우 날 지경이니. 저지대에 사는 사람들이 무슨 고생이래요?"

"그나저나 농사도 농사지만 곧 추석인데 큰일이로구나. 명절 앞두고 이런 재해가 자꾸 생기면 다들 고향에 가는 것이 얼마나 마음에 부담이 되겠니?"

"저것 보세요, 사람들이 집에 물이 들어와 실내체육관이나 학교에서 담요 깔고 자고 있네요. 저 무슨 고생이에요? 대체 정부는 뭘 하고 있는지 원."

"맨날천날 국민 혈세로 받아먹으면서 제대로 일은 안 하고 저네들끼리 치고 박고 싸운다고 난리니 저 모양이지 않겠냐? 우린 아파트에 살아서 다행이지만 단독주택에 사는 사람들은 걱정되겠구나."

지연은 원호와 그의 아버지 말에 텔레비전 속의 장면들을 유심히 살펴보았다. 수확을 앞두고 물에 잠긴 논을 바라보며 말없이 담배를 피우며 침통해하는 농부들, 가게 안에 들어온 물을 퍼내느라 여념이 없는 상점주인, 실내체육관에서 어린아이들을 달래며 잠을 청하는 젊은 엄마. 모두들 삶의 보금자리를 하루아침에 잃어버리고 어두운 얼굴로 비참한 현실과 마주하고 있었다.

하지만 지연은 인정하고 싶지 않았다. 원호를 바라보며 그녀는 스스로에게 세뇌하듯 되뇌고 또 되뇌었다.

'난 저들과 달라. 난 행복하게 저 사람과 즐겁게 살 거야. 저렇게 고통스럽게 눈물짓지 않을 거라고.'

***

"아니 이것 보세요! 대체 정부는 뭘 하고 있는 겁니까? 이런 위기 사항에 대응하는 매뉴얼도 없나요? 아니 재난안전처 홈페이지에 가 보니 높은 곳에 올라가라? 그럼 저지대에 사는 사람들은 어쩌라고요?"

"지금 대책을 마련 중이니 조금만 기다려 주십……."

"뭘 기다려요? 지금 댐들도 한계가 와서 수문을 열기 시작했잖아요? 아니 수문을 열면 다 잠길 거라는 건 생각도 못 하셨나? 국민 세금 받아 처먹고 대체 뭘 하는지 원. 당신이 집 밖에서 노숙해 봐!"

"죄송합니다, 잠시만……."

"으이구, 우라질 놈들! 다 쓸모없는 것들이야!"

전화가 끊기자 재난안전처 직원은 금세 얼굴이 벌게졌다. 신경질적으로 수화기를 탁 내려놓자 또 다른 전화기들이 울려 댔다. 직원은 한두어 번 한숨을 내쉬더니 오만상을 찡그리며 전화를 받았다.

"예, 재난안전처입니다."

"저는 아파트에 사는데요 물이 들어와서 승강기도 못 타고 다들 비상구를 이용하고 있습니다. 팔십이 넘은 노모께서 병원에 가셔야 하는데 14층에서 어떻게 걸어서 내려갑니까? 대체 뭘 합니까? 기자들이 오히려 보도하느라 부지런을 떠는데 공무원이란 사람들은 뭘 하냔 말입니다!"

"죄송합니다. 지금 대처 방안을……."

"야, 물에 다 잠기고 나서야 해결하나요? 당신들 공무원들 국민들 피 빨아먹는 거머리들이야. 세금 내라고 독촉하며 집까지 가압류시켜 가며 받아 처먹으면서 대체 하는 게 뭐야?"

"정말 죄송합니다. 저희들도……."

"됐고, 당장 우리 아파트 옥상으로 헬기 보내요. 모친께서 병원에 가셔야 하는데 꼼짝달싹도 못 하고 있어요."

"아, 그건 119 구급대로……."

"뭐야? 이것들이 정말! 국민을 개똥으로 보나? 야, 이 쓰레기 같은 것들아, 맨날 싸우고 지랄들 떨지 말고 일이나 똑바로 해! 다 뒤집어 버리기 전에. 알았어?"

이번 전화도 끊겨졌다. 여직원은 다른 직원들이 쳐다볼 정도로 수화기를 쾅 하고 내려놓더니 자리에서 벌떡 일어났다.

"과장님, 정말 무슨 대책이라도 세워야지 큰일 나겠어요. 국민들 화가 나서 지금 제정신이 아니에요."

그러나 과장은 여유롭게 커피를 홀짝이며 얼굴이 벌게져서 자신에게 따지는 여직원을 가소롭다는 듯 쳐다보았다.

"야, 홍수 나면 당연히 집이 잠기지, 그럼 집이 떠다니냐? 그리고 꼭 이럴 때마다 전화질해서 사람 기분 더럽게 하는 것들이 있어요. 대강 받고 대충 둘러대."

"그것도 한두 번이죠. 그리고 지금 수문까지……."

과장은 커피잔을 내려놓으며 여직원을 노려보았다.

"미쳤어? 청와대에서 아무 말이 없는데 뭐라고 할까? 당장 구하러 간다고 할까? 아니면 구호품 푼다고 할까? 가만있어, 상부의 지시가 내려오기 전까지는. 아무리 잘해도 말이지, 나중에 아쉬운 소리 들으며 좌천된다고. 그저 우리는 위에서 하라면 하고 죽으라면 죽는 시늉만 하면 돼. 알겠어?"

***

- 지금 이러한 위기 상황에서도 아무런 대응 방안을 내놓지 못한 채 폭우에 수문을 연 국교부의 처사와 무능한 재난안전처를 비난하는 글이 홈페이지에 폭주해 두 기관의 홈페이지가 완전 다운되어 접

속 불능 상태입니다. 저지대는 거의 모두 잠긴 상태고 지금 일반 단독 주택에 살고 있는 사람들의 피해 상황도 속출하는 가운데 정부는 아무런 대응도 하지 않고 지켜보기만 하고 있습니다. 대체 언제까지 정부의 지시를 기다려야 하는지 모르겠습니다. 대한민국이 모두 물에 잠기고 나야 사후약방문을 내놓을까요? JBC 뉴스 김이영이었습니다.

터미널 대합실에서 뉴스를 듣던 한 사내가 버럭 소리를 질렀다.

"때려죽일 것들. 국민들은 물에 빠져 죽든 말든 상관없다는 거야?"

옆에 앉아 있던 사람이 사내의 휴대폰을 들여다보더니 고개를 끄덕였다.

"천벌 받을 것들. 저네들은 핵전쟁이 나면 지하벙커로 기어들어 간다고 하잖아요? 국민들은 죽든 말든 저네들만 살면 된다 이거지. 어디 한번 정부청사와 청와대부터 잠겼으면 좋겠네요."

"이렇게 비가 오는데 수문을 열면 어떡하냐구요? 대체 생각들이 있는 건지 없는 건지."

"댐이 무너질 거 같으니 수문을 열었다고 하지만, 국민들이 대피할 수 있도록 조치를 취해야지요. 미국 같은 나라는 강에 비행기가 떨어져도 30분도 안 돼서 전원 구조한다고 합디다."

"때려죽일 것들. 세금 다 받아 처먹고 딴짓거리나 하고 있으니 이 모양, 이 꼬라지죠."

"그래 놓고는 인터넷에 조금이라도 불만을 나타내는 댓글을 올리면 금세 지워 버리지 뭡니까? 저네들이 똑바로 하고나 그 지랄병을 떨던지 원."

"한심한 것들, 국민들이 다 뒤집어 놓아야 정신 차린다니까요."

"그나저나 얼마 전 JBC 뉴스에서 김석수가 소망의 댐이 부실하다고 하던데 북한에 있는 댐들이 터지면 어떻게 되는 건가요?"

"그 댐만 그런 게 아니라 다른 댐들도 턱없이 약하게 지어 놨데요. 인간들이 국민 세금으로 제대로 일하지는 않고 뒤로 저네들 아가리로 싸그리 다 쳐 넣으니 부실하게 지어 놓은 거죠."

"큰일이네요. 올 가을에는 왜 이리 비가 퍼붓는지 모르겠네."

터미널에서 승차를 기다리는 승객들은 모두 격앙된 표정으로 모니터를 쳐다보고 있었다. 그 누구도 정부를 두둔하는 이가 없었다. 오래도록 묵어 온 불만과 공포의 감정들이 한꺼번에 쏟아져 나왔다. 하라는 대로 하며 착실하게 세금 내며 살아온 그들이 왜 이런 부당한 처사를 받아야 하는지 이해할 수가 없었다.

대한민국에 쏟아지는 비만큼이나 사람들의 희망과 즐거움도 씻겨 내려가는 것 같았다. 하루하루 버티며 정직하고 성실하게 살면 국가가 이 모든 행복을 보호해 줄 것이라는 기대는 점점 사그라졌다. 거대한 수마의 그림자를 앞두고 국민들의 안위보다 자기들의 이권을 먼저 챙기는 정치가들은 언제 그칠지 모르는 폭우보다 상대 당에게 선점권을 뺏기지 않으려는 권모술수가 더 중요했다.

비는 계속 내렸다. 언제 그칠지 짐작도 할 수 없을 정도로 지겹도록 내렸다. 조금만 강줄기가 거대한 바다가 되듯 국민들은 언제 흉물스러운 수마가 그들을 덮칠지 모른다는 두려움 속에서 오늘도 차가운 체육관 바닥 위에서 눈을 뜬 채 밤을 지새우고 있었다.

***

"국토교통부 장관께서 기다리고 계십니다."

"들어오시라고 하세요."

청와대 집무실 공기는 산만하고도 무거웠다. 방 안을 초조한 듯 거니는 대통령과 소파에 앉아 불안하게 쳐다보는 국무총리가 박기환이 들어서자마자 인사도 받기 전에 질문부터 퍼부었다.

"이걸 어쩌면 좋습니까? 이렇게 비가 오는데 수문까지 열었으니 지금 피해가 속출하고 있습니다."

"대통령님 그게……."

"지금 제대로 적절한 조치를 취한 것이 맞습니까? 이미 잠수교는 잠긴 지 오래고 다른 다리들도 통제를 해야 할 지경입니다. 폭우 때문에 수량도 늘어난 데다가 수문까지 열어 이런 사단이 난 게 아닙니까? 국민들이 지금 청와대 홈페이지에도 한꺼번에 찾아와 서버가 다운되었어요. 대체 이런 식으로 주먹구구식으로 일을 처리하셔야 되겠습니까?"

박기환은 어금니를 꽉 깨물며 자신에게 눈을 부라리며 따지는 신임 국무총리를 노려보았다.

'대통령의 선거운동 때 만사 제치고 따라다닌 덕에 감투를 꿰어 찬 주제에 거들먹거리기는.'

"아, 어서 말씀해 보세요. 이러다가 청와대도 물에 잠길 지경입니다."

"아 그만하세요, 이 총리. 장관께서도 다른 일로도 바쁘시겠지만 이번 홍수 건은 특별히 신경을 써 주십시오. 그리고 얼마 전에 JBC라는 방송사에서 희한한 뉴스를 보도하던데 그게 무슨 말입니까? 댐이 부실공사 되어 여기저기 갈라지고 있다면서요?"

댐과 관련한 이야기가 대통령의 입에서 나오자 박기환은 자기가 서 있는 곳이 청와대 집무실이라는 것을 깜빡 잊은 채 과민하게 반응하고 말았다.

"왜 그런 헛소문에 괜한 신경을 쓰십니까? 이미 30년이 넘었지만 끄떡없는 댐입니다."

"박 장관, 지금 저한테 화를 내시는 겁니까? 대통령으로서 국민의 안위를 생각해야 하는 것은 당연한 일이 아닙니까?"

"아, 제가 요즘 그 댐 때문에 여러 전화를 받느라 예민해져서. 정말 죄송합니다! 그 댐에 대한 이야기는 유언비어입니다. 그리고 항상 여름이 끝나면 가을장마라고 할 만큼 일시적인 다우 상태가 유지되지 않았습니까? 이번 경우도 그렇다고 하니 너무 염려하지 않으셔도 됩니다."

"계속되는 폭우 때문에 나라가 어수선합니다. 제대로 이번 재난을 막아내지 못한다면 언론과 국민으로부터 더 큰 지탄을 받을 겁니다. 어서 해결해 주세요."

"예, 알겠습니다."

코가 바닥에 닿을 정도로 인사를 한 박기환은 구두소리도 나지 않을 정도로 제겨 걸으며 집무실을 나왔다. 나오자마자 넥타이를 신경질적으로 잡아당기며 대기하고 있던 비서에게 소리를 질렀다.

"당장 큰 언론사를 중심으로 폭우에 대한 뉴스 좀 그만 내보내라고 압박을 해. 그리고 가성과 다람 측 관계자에게 연락해서 나 좀 보자고 해. 골치 아픈 문제, 빨리 해결해야지. 이러다 까딱 잘못하면 어이없이 우리만 다 뒤집어쓰겠어."

***

"장관님, 한잔 받으시지요."

가성 건설의 대표이사가 박기환에게 무릎을 꿇고 술을 따르며 히죽거렸다. 옆에 앉아 있던 다람 토목의 대표이사 또한 눈치를 보더니 배실배실 웃어 가며 어색한 분위기를 띄우기 시작했다.

"참으로 오랜만에 뵙습니다, 장관님. 자제분께서 얼마 전에 이태리 유학에서 돌아오셨다고 들었습니다. 곧 독주회를 해야 할 텐데 저희들이 100프로 후원하겠습니다."

"말씀만으로도 감사드립니다. 오늘 바쁘신 두 분을 보자고 한 이유는 소망의 댐 관련한 골치 아픈 뉴스 때문입니다. JBC 뉴스 들으셨습니까?"

가성 건설의 대표이사가 눈살을 찌푸리며 고개를 끄덕였다.

"들었습니다. 그런 쳐 죽일 놈들이 어디에 있습니까? 멀쩡한 댐 보고 부실공사다 뭐다 하며 괜히 선동질을 하다니요."

"뭐 사실 그 뉴스가 틀린 뉴스는 아니지 않습니까?"

박기환은 비릿하게 웃으며 초장을 찍은 도미회를 입에 우겨넣었다. 장관의 말에 머쓱해진 가성의 이사는 어색한 듯 술만 들이켰다.

"사실 그 댐을 얼토당토않게 빨리 완공한 것도 맞고 부실공사 한 것도 맞습니다. 뭐 솔직히 대통령 비자금 위해 댐 건설비 모아 사기 친 거 아닙니까? 지금 3차 공사를 거의 다 끝낸 것도 결국 토목회사들 먹여 살리기 위해 억지로 만든 일거리구요. 근데 그 쥐새끼 같은 기자 놈들이 냄새를 맡았단 말입니다."

다람의 이사가 눈빛을 반짝이며 안경을 추켜올렸다.

"저희들이 어떻게 하면 되겠습니까?"

"아, 다람이랑은 말이 잘 통하는군요. 언론을 통제하고 막아야 합니다. 수단과 방법을 가리지 않고 말이지요. 지금 연일 계속되는 폭우와 침수 뉴스도 되도록 분량을 줄이고 댐이란 글자가 뉴스로 나오지 않도록 단속 좀 하시란 말입니다. 아시겠습니까? 저 혼자 언론을 길들이는 것도 한계가 있어요. 광고를 뺀다든가 어쩐다 뭐 좋은 방법들 많지 않습니까?"

가성과 다람의 대표이사는 고개를 끄덕이며 미묘한 시선을 서로 주고받았다. 박기환은 그제야 만족스러운 얼굴로 술잔을 들었다.

"자, 오랜만에 건배해 볼까요? 완벽한 감추기를 위하여!"

***

"이게 뭐야?"

강의실에서 친구들과 담소를 나누던 한 대학생이 휴대폰으로 친구의 SNS에 공유된 내용을 보고 눈이 휘둥그레졌다. 옆에 앉은 친구가 다가와 휴대폰 속의 글을 보고는 깜짝 놀라 소리쳤다.

"북한의 수공? 이거 무슨 소리야?"

"몰라. 지금 북한의 금수산댐 수위가 엄청나서 곧 붕괴될 지경인데 요즘 폭우가 빈번하니까 기상 상태를 이용해서 남한에 수공을 가할지도 모른다고 하네."

다른 의자에 앉아 있던 한 여학생은 자신의 휴대폰을 보여 주며 다가왔다.

"그래? 이런 영상도 실시간 검색어에 오르고 있는데? '대지진으로 인한 댐의 붕괴'. 그리고 연이어 소망의 댐 부실공사 내용도 나오고. 그렇지 않아도 김석수가 얼마 전 지진으로 인해 균열 생긴 소망의 댐을 보여 주었잖아?"

"뭔가 심상치 않는 건 분명하다. 어제 내가 한 이웃 블로그 포스팅을 봤는데 다음이나 네이버에 소망의 댐 관련 글이나 북한 수공에 대한 글이 올라오면 바로 자삭이 된다고 하더라? 이거 검열하는 거 아니야?"

"지금이 무슨 쌍팔년도야? 기사를 검열하게? 이 21세기에 독재 정권에서나 하는 짓거리를 한단 말이야? 정말 어이없다."

***

"아줌마, 왜 라면 세 개나 가져가요? 여기 적힌 거 안 보여요? 1인당 한 개씩이라고요."

"뭐 잡은 놈이 임자지, 별꼴이네?"

"뭐에요?"

대형 마트의 라면 코너에서는 오전 개장 시간부터 시끄러운 잡음이 들려왔다. 사나워 보이는 중년의 여자 둘이 라면을 붙들고 다투고 있자 직원들이 달려와 달래기 시작했다.

"무슨 일이십니까? 다른 손님들께서도 계시니 소란을 피우시면 안 됩니다."

"아니, 이 아줌마가 내가 라면 몇 개 더 집었다고 난리잖아? 그리고 라면 좀 더 갖다 놓지 왜 이리 간당간당하게 물건을 들여놓고 그래?"

"지금 여기저기서 라면을 사재기하느라 일시적으로 품귀 현상이 일어나서 그렇습니다. 곧 저희들이 더 입고시킬 예정이니 여기 적힌 대로 한 개씩만 가져가시기 바랍니다."

점원의 말에 여자의 숨소리가 거칠어지더니 삿대질을 하며 버럭 고함을 질러 댔다.

"아니, 손님이 왕이라더니 무슨 배급 주는 것도 아니고 뭐야? 내 돈으로 살만큼 사겠다는데 뭐 이런 경우가 다 있어? 내가 민원 넣을 거니 그리 알아요. 알았어?"

끝까지 부여잡은 라면을 내려놓지 않는 여인을 앞에 두고 진땀을 흘리는 마트 직원들을 보며 쇼핑 온 다른 여자들이 혀를 차며 고개를 내저었다.

"난리네, 난리. 지금 생수랑 건빵도 동이 났다면서요?"

"곧 있으면 대형 홍수가 들이닥친다고 하니 사람들이 불안해서 그러죠. 인터넷에 군대 비상 식품도 품절 상태래요."

"어머나 웬일이야? 정말 물난리가 나긴 나나 보네요. 어쩌면 좋아? 우리 집은 저층이라 곧 물에 잠길 텐데."

***

- 한반도를 강타한 폭우와 북한강 수계의 댐들이 방출한 수량으로 인해 지금 한강의 대다수 대교가 침수되어 교통에 혼잡을 겪고 있습니다. 이미 한강대교, 한남대교, 잠실대교는 통제에 들어갔으며, 이에 따라 대중교통 상황도 불편을 겪고 있습니다. 또한, 폭우로 인한 불안심리로 마트에 라면, 생수, 일회용품 등의 사재기로 인해 품귀 현상까지 벌어지고 있습니다.

휴대폰으로 미디어뉴스를 본 지연은 걱정스러운 얼굴로 어딘가로 전화를 걸었다.

"오빠, 방금 뉴스 봤어? 지금 한강에 있는 다리들이 계속 통제에 들어가나 봐. 오늘 우리 데이트 약속은 없던 걸로 해야겠네?"

"안타깝네. 오빠는 우리 지연이 얼굴 안 보면 잠이 안 오는데. 산업잠수사니 웨트슈트 입고 산소통 메고 그냥 헤엄쳐서 보러 갈까?"

"아이 뭐야. 애도 아니고."

지연은 퇴근 전 화장실에서 약혼자와 통화를 하며 부끄러운 듯 한 손으로 뺨을 부여잡고 있었다.

"참, 이번 상견례 때 아버님 오실 수 있으시지?"

원호의 말에 갑자기 지연의 얼굴이 어두워졌다.

"뭐 알아서 오시겠지. 걱정 마. 엄마가 다 얘기하셨데."

"정말 보고 싶다. 우리 지연이 누굴 닮아 그렇게 이쁜지."

지연은 애인의 입에서 떠올리기도 싫은 이가 자꾸 나오자 미간에 깊은 주름이 잡혔다.

"오빠, 나 퇴근 준비해야겠어. 까딱 잘못하면 붙들리거든. 나중에 집에 가서 또 통화해요."

"그래."

짜증스럽게 휴대폰을 호주머니에 쑤셔 넣은 지연은 한동안 그렇게 입술을 깨물고 서 있었다. 원호가 아버지 이야기를 할 때마다 그녀는 부끄럽고 괜히 주눅이 들었다. 모든 것을 망쳐 버린 아버지, 자신의 희망을 앗아간 아버지, 다시는 보고 싶지 않은 아버지라고 말하고 싶었지만 식을 올릴 때까지는 참으라고 당부하는 어머니의 말에 그녀는 목구멍으로 그 말들이 치솟을 때마다 입을 꾹 다물었다.

"정말 인생에 도움이 안 되는 존재야. 아, 빨리 식 올렸으면 좋겠어."

얄궂은 운명의 장난

그저 나이프로 고기를 써는 소리와 쩝쩝거리는 소리만 룸 안에 가득했다. 붉은 테이블보가 깔린 고급 레스토랑의 긴 테이블 위에서는 어색한 침묵이 흐르고 있었다. 물주전자를 가져온 웨이터는 이상한 듯 손님들의 눈치만 살피며 빈 유리잔에 물을 채우고 있었다.

현준은 계속 고기를 씹었지만 아무 맛도 느낄 수가 없었다. 간간히 사돈이 될 부부가 뭐라고 말을 건넸지만 쓸데없는 소리는 되도록 하지 말라던 딸의 으름장이 생각나 간단하게만 대답하고 입을 다물었다. 보다 못한 원호가 웃으며 테이블 가장 자리에 있는 버터와 롤빵을 현준 앞에 가져다 놓았다.

"빵 좀 드셔 보셔요. 이 집은 빵을 직접 구워서 맛이 좋더라구요."

"아, 고맙네. 자네도 많이 들게나."

"지연이가 누굴 닮아서 그리 이쁜가 했는데 부모님의 좋은 것만 닮아서 이쁜가 봅니다. 우리 지연이 이쁘게 낳아 주셔서 정말 감사드립니다, 아버님!"

붙임성이 좋은 예비 사위의 모습에 현준은 절로 긴장이 풀렸다. 그는 찬찬히 다시 예비 사위를 살펴보았다. 큰 키에 시원시원한 이목구비가 남자다운 청년이었다. 현준은 자신의 옆에서 불안하게 곁눈질을 하는 딸을 보지도 못한 채 계속 원호와 대화를 나누었다.

"산업잠수사라고 들었는데 일하기는 어떤가?"

"제 전공이랑도 관련 있고 또 제가 워낙 물을 좋아해서 잘 맞습니다. 수입도 괜찮은 편이구요."

"내 후배들 중에도 산업잠수사가 있어 더욱 반갑구먼. 그래 불편하지 않나? 좀 위험하지는 않고?"

"아버지께서 걱정하시는 것만큼 위험하지 않으니 걱정 마세요!"

옆에서 지연이 톡 쏘아붙이며 현준의 발을 툭 쳤다. 순간 현준은 움찔거리며 나이프와 포크를 떨어뜨려 빌린 정장 바지에 얼룩을 내고 말았다.

"괜찮으십니까, 아버님? 지연아, 아버님 놀라셨잖아? 여기요, 새 포크와 나이프 좀 갖다 주세요."

지연은 몸을 숙여 현준의 발아래 떨어진 포크와 나이프를 집으며 그를 죽일 듯이 노려보며 조용히 속삭였다.

"제발 쓸데없는 소리 하지 마세요. 오늘 일 망치고 싶지 않으시면요."

현준은 고개를 끄덕이며 옆에서 냉소를 지은 채 고기를 씹고 있는 아내를 흘끔 쳐다보았다. 웨이터가 갖다 준 새 포크와 나이프를 받은 그는 손에 힘을 꾹 준 채 어색할 정도로 천천히 고기를 썰었다.

"그럼 예단은 없는 걸로 하고 식은 그 날짜로 정하겠습니다. 우리 지연이 곱게 키워 보내 주셔서 정말 감사드립니다."

원호의 아버지가 웃으며 현준에게 악수를 청했다. 두 손으로 자신의 손을 부여잡은 그의 모습에 현준은 지연을 좋은 집으로 시집보내는 것이 다행이라고 몇 번이고 되뇌었다.

상견례를 마치고 원호네의 승용차가 주차장을 빠져나가는 것을 보며 지연은 팩 돌아서더니 얼굴이 벌게진 채 현준에게 따지기 시작했다.

"제가 도와주시지 못할 거면 오시지 말라고 했죠? 결혼식 당일에도 이러실 거면 오지 마세요. 외삼촌한테 부탁드릴 테니까요!"

"아니다, 난 그저 애비 된 도리로 걱정이 되어서……."

"애비 된 도리? 언제 엄마와 저한테 가장으로서 할 도리나 다하셨나요? 분명히 말씀드려요. 다시는 그러지 마세요! 나 이 결혼 간절하다구요!"

지연은 눈물을 그렁거리며 계속 아버지를 노려보았다. 현준은 마지막 행복을 부여잡으려는 딸이 안쓰러워 마음이 아파 아무 말도 할 수 없었다. 그는 그저 고개만 끄덕일 뿐이었다. 딸은 인사도 없이 뒤돌아서서 걷기 시작했다.

"엄마, 가요. 나 너무 피곤해요."

아내 경숙이 현준에게 다시 연락해서 식을 올리는 날짜와 장소를 알려 주겠다고 하며 급히 딸의 뒤를 따랐다. 두 사람이 보이지 않을 때까지 뒷모습을 지켜보던 현준의 눈꼬리에서 굵은 눈물이 떨어졌다.

"내가 죽일 놈이다. 누굴 원망하겠어? 가장 노릇 못 했으니 받는 벌이지."

***

"밀양 편도 제일 빠른 걸로 하나 주세요."

"운전석 바로 뒷좌석입니다. 괜찮으세요?"

"네. 얼른 주세요."

터미널에서 차표를 끊자 현준은 갑자기 피로가 밀려와 어지러웠다. 의자에 털썩 주저앉아 편의점에서 사 온 차가운 냉커피를 들이키자 좀 살 것 같았다. 새벽 첫차를 타고 올라와 피곤한 데다 상견례 내내 딸의 눈치를 보느라 긴장을 한 탓에 잔업을 할 때보다 더 녹초가 된 듯했다.

- 예년과 다르게 빈번한 폭우 때문인지 소망의 댐 수위 또한 조금씩 올라가고 있습니다. 무엇보다 가장 큰 문제는 부실공사와 지진으로 인해 생긴 댐의 균열입니다. 누가 와서 보아도 확인할 수 있는 이 균열에 대해 당국은 아무런 조치도 취하지 않고 있으며 크게 문제될 것이 없다고만 합니다.

"뭐, 맨날 그러지. 문제없다고 하다가 큰일 생기면 허둥거리는 거 어디 한두 번이야?"

현준의 옆자리에 앉은 한 중년의 사내가 한심한 듯 손가락질을 하며 비아냥거렸다. 현준은 모른 척하며 옆의 사내에게 슬쩍 말을 건넸다.

"저 댐 문제 있답니까?"

"아, 어디 이민 갔다 오셨소? 지금 이렇게 비가 퍼붓는 데다가 수문까지 열어서 수도권 일대가 난리가 나지 않았소? 그리고 소망의 댐인지 희망의 댐인지 거창하게 짓는다고 꼴값을 떨더만 국민들 혈세 박박 긁어서 지어 놓은 꼬라지가 쩍쩍 갈라져서 저 모양이랍디다. 지금 북한에서 댐이 터지면 속수무책인 거지. 에잇, 죽일 놈들. 정치하는 것들도 마음에 안 들고 공무원이라는 것들도 일도 제대로 안 하니 이 사단이 나는 거지."

"맨눈에 보아도 댐 갈라진 게 다 보이네요. 정부는 대체 뭘 한데요?"

"뭘 하긴요? 저 댐에 위락지 조성해서 관광객들 끌어들일 생각만 한다고 합디다. 지금 그게 문제요? 대한민국에 망조가 든 게지."

현준은 다시 모니터를 뚫어지게 쳐다보았다. 모니터에는 마치 복잡한 도로선처럼 방수제로 땜질을 한 댐 안쪽 사면 여기저기를 보여 주고 있었다.

'예전에 균열이 간 곳에 똑같이 균열이 생겼군. 다 낡은 콘크리트 긁어내고 대충 페이싱만 한 거야.'

- 여기 소망의 댐에 관광오신 한 여성분과 한번 인터뷰를 해 보겠습니다. 아, 방금 유람선 선착장에서 내리셨군요. 소망의 댐을 돌아보시니 어떠십니까?

기자가 붉은 립스틱을 칠하고 알록달록한 스카프를 두른 채 한껏 멋을 부린 50대 정도 되어 보이는 여자에게 마이크를 내밀었다.

- 파로호에서 유람선을 타고 이리저리 둘러보는데 정말 좋네요. 가슴이 확 트이는 것 같아요.

- 좋은 시간을 보내셨군요. 저 댐에 지금 많은 균열이 보이는데 혹시 한번 보셨습니까?

- 아, 정말요? 댐에 균열이라면 갈라진 건가요?

- 네, 그렇습니다.

- 어머나! 가이드하시는 분께서 그런 말씀은 전혀 안 하시던데?

- 지금 댐 안쪽 사면에 많은 균열이 보입니다. 얼마 전 지진으로 생긴 거라고 합니다.

- 그래요? 큰일 났네. 여보! 우리 어서 차 타고 서울 올라가요!

갑자기 카메라를 누가 낚아챈 듯 화면이 심하게 흔들리고 모니터는 사람들의 발만 비추고 있었다.

- 누가 인터뷰하라고 했어요? 댐 취재하러 오셨으면 댐만 찍고 가면 될 것이지, 왜 관광객들을 불안하게 만듭니까?

- 관광객들의 안전을 보장하고 가이드를 하셔야죠. 댐 안쪽 벽을 보셨습니까?

- 안쪽 벽이고 뭐고 당장 나가요. 안 그럼 경찰에 신고할 테니까!

갑자기 화면이 끊기더니 방송국 스튜디오가 나오며 여자 앵커가 당황한 듯 어색하게 웃으며 말을 이어갔다.

- 아, 지금 현장에 문제가 생긴 것 같습니다. 잠시 뒤에 다시 연결을

하겠습니다. 다음은 사건사고 소식입니다. 오늘 대구에서…….

현준은 대기실 벽시계를 보더니 화들짝 놀라 승강장으로 달려갔다. 그가 탈 버스는 이미 터미널 입구를 벗어나고 있었다. 현준은 정신이 나간 사람처럼 쫓아갔지만 이미 버스는 도로에 합류해서 신나게 달리기 시작했다.

"놓쳐 버렸네. 그놈의 방송 본다고. 에잇, 뭐야? 또 차표 끊어야 하는 거잖아. 니미럴. 그놈의 댐은 꼭 이 지랄이야, 에이 씨 진짜!"

***

"에그, 피곤하다. 오늘은 하루 종일 사람 정신이 없구먼."

겨우 막차를 타고 밀양으로 돌아온 현준은 대강 찬물로 세수를 하고는 방바닥에 벌러덩 누웠다. 시계를 보니 새벽 1시를 향해 가고 있었다. 눈을 감았지만 오랜 시간 차에 앉아 있었던지라 다리가 퉁퉁 부어 찌릿찌릿하게 아파 왔다.

"다음부터는 올 때 기차를 타야 하나? 근 다섯 시간 가까이를 버스 안에 있었더니 다리가 아파 죽겠네."

냉장고를 열어 먹다 남은 소주병을 찾아 꺼냈다. 온몸을 흐르는 혈관에서 알코올 수혈을 갈구하고 있었다. 그는 숨 한번 내쉬고는 소주병을 열어 벌컥벌컥 들이켰다. 이미 김이 많이 빠진 소주는 밍밍해 톡 쏘는 감칠맛이 없었다.

"이게 소주야, 사이다야? 취할지나 모르겠구먼."

- 띠링띠링!

갑자기 울리는 휴대폰에 현준은 깜짝 놀라 소주병을 떨어뜨렸다. 삼분의 일 정도 남은 소주가 바닥 위에 흐르자 그는 수건을 덮어 물기를 제거했다.

"우라질! 한밤중에 무슨 전화질이야? 엥? 이건 무슨 번호지? 보이스피싱 아니야?"

현준은 종료 버튼을 누르고는 대강 덮은 수건으로 소주를 닦기 시작했다. 좁은 방 안에 소주 냄새가 퍼지면서 절로 취할 것 같았다.

-띠링띠링!

"아, 진짜! 뭐야 이거? 욕이나 한 바가지 퍼부어야겠다!"

신경질적으로 타월을 던지고는 휴대폰을 들어 통화 버튼을 눌렀다. 현준은 오늘 상견례로 받은 스트레스나 풀자는 심정으로 다짜고짜 소리를 고래고래 질러 댔다.

"야, 이 할 일 없는 밥버러지야! 죽고 싶어, 죽고 싶냐고! 한 번만 더 전화질하며 지랄병 떨다간 확 그냥 짭새한테 꼬질러서 콩밥 실컷 먹여줄게. 알았어?"

"아고, 그 더러운 성질은 그대로네. 선배, 잘 지내셨나요? 나 철민이에요."

순간 목덜미가 화끈거려 그는 뒷머리를 벅벅 긁어 댔다.

"아, 아 너구나. 난 또 장난전화인 줄 알고. 요즘 세상이 좀 험하냐?"

"잘 지내세요? 5년 동안 소식이 없어 선배 전화번호 알아내느라 고생 좀 했네요."

"나야 뭐 그저 그렇지. 근데 이 밤에 웬일이냐? 너처럼 잘 먹고 잘 지내는 사람이 무슨 일로 전화를 한 거야?"

"아, 그게……. 아무래도 선배, 화천으로 좀 가셔야 할 거 같아요. 심상치가 않네요."

현준은 순간 터미널 대합실에서 보았던 JBC 뉴스를 떠올렸다. 여기저기 갈라진 균열과 그리고 5년 전 보았던 부실시공의 자료들이 복잡하게 머릿속을 휘젓고 돌아다니기 시작했다

"요즘 나오는 그 뉴스, 맞는 거지? 그렇지?"

"네, 10년 전 선배께서 지적하신 내용들이 다 맞아요. 하지만 사실대로 알려졌다간 국가적 혼란만 초래할 뿐이라 지금 국교부에서 조용히 해결하려고 하는 중이에요."

"근데, 나 국교부에서 요주의 인물 아니야? 공개적으로 망신을 준 게 바로 난데, 왜 하필 그 많은 전문가들을 두고 날 불렀데?"

"제가 선배를 적극 추천했어요. 사실 댐의 문제점을 정확히 집어낸 사람은 선배가 처음이었고 현재 선배만큼 유능한 사람도 없어요. 보수는 충분히 드릴 테니 도와주시겠어요?"

현준은 순간 망설였다. 무슨 질긴 인연으로 엮어져 있어 평생을 괴롭히는지 모르겠지만 가까이 다가가면 꼭 누군가 다치게 되는 더러운 인연이었다. 마음 같아서는 냉큼 달려가서 특전사처럼 용감무쌍하게 해결하고 싶었지만 또다시 다치고 싶지 않았다.

"보수가 얼만데? 천 단위야?"

"네, 기밀사항만 잘 지켜 주신다면 보수는 원하시는 대로 다 드릴 거예요. 좀 위험하실 수도 있는데 괜찮으세요?"

딸 지연이 갑자기 떠올랐다. 여태까지 아버지로서 제대로 해 주지 못한 것이 내내 마음에 걸렸던 그는 이제라도 뭔가를 해 주고 싶었다.

"나중에 다른 소리하지 않는 거지? 내가 그쪽 인간들한테 된통 당했잖아? 실컷 사람 부려먹고 다른 놈한테 공이 돌아가는 거 아니냐고?"

"결단코 그런 일은 없을 거예요. 계약서와 기밀유지서에 서명하실 거니까요. 만약 문제가 생기면 제가 가만히 있지 않을 겁니다."

"알았어. 그럼 언제 가면 돼?"

"내일이라도 화천에 와 주세요. 지금 제 번호 뜨시죠? 꼭 저장시키시구요, 밀양에서 출발하실 때 문자나 전화 주세요."

"알았어. 그럴게."

전화를 끊자 현준은 꿈에서 깨어난 것 같았다. 철민과의 통화가 꿈속에서 한 것 같아 현실처럼 느껴지지 않았다.

"왜 이리 가슴이 뛰지?"

현준은 털썩 주저앉아 왼쪽 가슴에 손을 올렸다. 그는 다시 핸드폰의 통화 목록을 들여다보았다. 낯선 번호와 통화한 내역이 '10분 20초'라고 나와 있었다. 통화하기 전까지 쓰러질 것 같던 피로감이 하나도 느껴지지 않았다. 현준은 벌떡 일어나더니 가방을 꺼내 옷장과 서랍에 있는 옷들을 구겨 넣기 시작했다.

"정말 지겨운 인연이다. 그래 어디 끝까지 한번 가 보자고!"

드러나는 진실

- JBC 단독으로 화천에 있는 소망의 댐에 대한 기사를 계속 특종으로 보내 드리고 있습니다. 지난번 보도 때도 여러 번 말씀드렸지만 지난번 옥천지향사에서 일어난 지진 여파로 댐 안쪽 사면에 많은 균열과 함께 연일 쏟아지는 폭우로 인해 댐 하단 측에 물웅덩이가 생겨나고 있는 상황입니다. 아, 마침 저기 소망의 댐을 관리하시는 댐 관리자께서 오시는군요. 오늘도 수고가 많으십니다. 댐 안쪽 사면에 보이는 많은 균열들은 댐을 지지하는 데 아무 문제가 없는지요?

2 대 8로 가르마에 헤어젤을 듬뿍 바른 관리자는 자못 긴장한 얼굴로 카메라 앞에 어색한 걸음걸이로 다가왔다. 김석수가 마이크를 내밀자 두어 번 헛기침을 하던 그는 손사래를 치며 큰 소리로 국어책을 읽듯 천천히 인터뷰를 시작했다.

- 네, 소망의 댐관리단의 이철수입니다. 현재 소망의 댐은 보시는 바와 같이 세 번의 공사와 더불어 매우 튼튼하게 건설되어 있습니다. 무엇보다 파로호에 있는 선착장과 국제 아트 파크와 같은 곳은 많은 관광객들의 휴식을 위한 곳으로 인기가 갈수록 높아지고 있습니다. 또한, 주변의 캠핑장에서는 매년 중·고등학교에서 수련회를 개최하여 미리 예약하지 않으면 힘들 정도입니다.

- 아, 그렇게 댐 주변 위락지 반응이 좋다는 말씀이로군요. 다시 여쭙겠습니다. 소망의 댐 안쪽 사면에 보이는 균열들은 댐 안정성과 무관한 것입니까?

- 아, 그, 저……. 소망의 댐은 세 번의 공사로 건설되어 매우 안전하게 지어진 댐입니다. 북한에서 많은 양의 물이 방출되어도 끄떡없을 만큼 튼튼한 댐입니다. 아, 저…….

동문서답하는 댐 관리 직원의 말에 김석수의 미간이 살짝 찌푸려졌다. 그러나 이내 전문 저널리스트답게 그는 얼른 안색을 바꾸고 다시 참을성 있게 똑같은 질문을 던졌다.

- 저는 소망의 댐의 공사 횟수를 여쭌 것이 아닙니다. 겉보기에는 아주 거대하게 지어져 누가 보아도 튼튼한 댐일 것 같습니다. 그러나 얼마 전 일어난 지진으로 댐 안쪽 사면에 균열이 생겼단 제보가 들어왔고 저희들은 또 북한 금수산댐이 곧 붕괴될지도 모른다는 정보를 들었습니다. 그래서 모든 국민들이 믿고 있는 이 소망의 댐이 북한의 수공이나 방출되는 다량의 월류를 막아낼 만큼 저 안쪽 사면의 균열이 위험하지 않다는 것인지 여쭙고 있는 것입니다.

- 아, 그거야 보기에도 튼튼해 보이지 않습니까? 그리고 소망의 댐에 대해 제보했다는 사람이 있다고 하시던데 그자가 불경한 종북좌파인지 어떻게 압니까? 그런 유언비어 때문에 멀쩡한 댐을 두고 엉뚱한 말을 하는 것은 아니라고 봅니다.

집요한 앵커의 질문에 벌컥 화를 내는 댐관리단 직원의 얼굴은 홍시 같았다. 김석수는 한쪽 입술을 추켜올리며 고개를 끄덕이며 인터뷰를 마무리했다.

- 네, 알겠습니다. 바쁘실 텐데 인터뷰에 응해 주셔서 감사합니다.

무안해진 댐 관리자는 쭈뼛거리며 영상 취재기자가 가리키는 곳으로 걸어갔다. 어느 정도 카메라 앵글 안에 댐 관리자가 보이지 않자 김석수는 단호한 말투로 경고하듯 말했다.

- 소망의 댐은 대한민국의 안전을 보장해 줄 거라는 믿음으로 30년 넘게 지어진 수호자입니다. 국민의 혈세로, 국민의 작은 희망으로, 고사리 같은 아이들까지 거침없이 모금함 앞에 달려올 정도로 간절한 마음으로 지어진 댐입니다. 이 댐 안쪽 사면에 보이는 수많은 균열들을 저도 보았고, 이곳에 사시는 화천군민들께서도 보셨고, 국민 여러분께서도 보셨습니다. 그간 저희들이 보내 드린 뉴스에 대해서는 다시 한 번 그 어떤 가감도 없다는 것을 언급해 드립니다. 지금 한반도에는 예년과 다르게 빈번한 지진과 함께 폭우가 계속 이어지고 있습니다. 그 어떤 상황보다 불안한 환경에서 어떻게 댐의 안전성을 확신할 수 있겠습니까? 몇 번을 따지고 물어도 모자랄 것입니다. 화천에서 JBC 뉴스 김석수입니다.

***

- 현재 JBC 뉴스의 소망의 댐 관련한 보도는 너무 극단적으로 치우친 판단이며 전문가의 소견이 아님을 다시 한 번 말씀드립니다. 소망의 댐은 그간 세 번의 공사를 통해 더욱 견고하게 지어졌으며 그 어떤 홍수에도 끄떡없을 정도입니다. 계속 유포되는 유언비어와 잘못된 언론 보도가 국민 여러분의 불안감을 가중시키는 것을 보고만 있을 수 없어 이렇게 국민대담화를 통해 말씀드리게 되었습니다. 앞으로 국토교통부는 정부 산하 관련 기관과 합동으로 소망의 댐에 대한 유언비어 유포와 잘못된 오보를 하는 언론사에 대해 엄한 처벌을 할 것이며, 국가 존립을 흔드는 그 어떤 불순한 행동에 대해서도 가차 없이 처벌할 것임을 선포합니다. 또한 소망의 댐 공사에 관여한 기업들에 대한 그 어떤 오보나 유언비어에 대해서는 관련 기업들에서 명예훼손으로 법적인 책임을 물을 계획입니다.

"웃기고 있네. 칫, 저네들이 언제 국민들 걱정한 적이 있어?"
"그러게요. 솔직히 홍수가 나서 난리가 나면 저놈들이 제일 먼저 도망갈 걸요?"
지하철에서 휴대폰 동영상으로 뉴스를 접하던 국민들은 아무도 정부의 발표를 믿지 않았다. 옆에 있는 사람들의 빠른 손놀림은 휴대폰 속 소망의 댐 관련한 사진들을 보고 있었다.
"이거 봐요. 지금 누가 소망의 댐에 다녀왔는데 그 JBC 뉴스 보도가 맞네요. 댐에 여기저기 금이 간 거 좀 보세요."

"세상에, 저렇게 형편없게 지어 놓고도 멀쩡하다니. 어디 그런 개소리를 믿으라고 그러는지."

"언제부턴가 국민들 안전은 국민들 알아서 해야 한다지 뭐에요? 지난번 이상한 전염병이 돌았을 때도 뭐 저네들이 책임을 지던가요?"

그때 지하철 저 안쪽 노약자석에 앉아 있던 팔십 정도 되어 보이는 노인이 지팡이를 짚고 벌떡 일어서더니 휴대폰을 들여다보며 정부를 비판하는 젊은이들을 향해 호통을 치기 시작했다.

"야, 이놈들아! 너네들이 빨갱이냐? 지금 이 나라가 누구 덕에 멀쩡하게 버티고 있는 줄 알아? JBC인가 뭔가 하는 그놈들 다 종북 빨갱이 놈들이야. 어디 감히 대한민국을 삼키려고 수작을 부려?"

못마땅한 얼굴로 앉아 있던 한 대학생이 킥킥거리며 동료들과 뭐라고 이야기하기 시작했다. 자신을 무시하는 처사가 노여웠던지 노인은 성큼 걸어가더니 대학생과 그 동료들의 뒤통수를 차례로 후려쳤다.

"에이 씨! 뭐야? 할아버지 노망나셨어요? 왜 가만있는 사람을 때려요?"

"어른이 이야기하면 고이 들을 것이지, 어디 웃고 있어? 너도 종북 빨갱이야?"

화가 난 학생은 벌떡 일어서더니 바닥에 침을 탁 뱉으며 노인을 흘깃 쳐다보며 비아냥거렸다.

"아 씨, 존나 재수 없네. 할아버지가 내 할아버지야? 할아버지가 나 낳아 준 친할아버지냐고? 우리 친할아버지도 안 그러시는데 왜 할아버지가 난리야?"

노인은 학생의 멱살을 부여잡으며 마구 흔들어 댔다. 보고 있던 승객들도 걱정스러운 눈으로 다가와 노인을 말렸지만 막무가내였다.

"이놈이! 너는 애비 에미도 없느냐? 이런 버르장머리 없는 놈!"

"할아버지 같은 웃긴 애국자들이 이 나라를 이 모양 이 꼬라지로 만들었잖아? 솔직히 저 소망의 댐도 대통령 비자금 모으려고 만든 쇼라는데 바른말 한다고 다 빨갱이인가? 그렇게 병신처럼 빌빌거리니까 정치하는 것들이 국민들을 개똥으로 보는 거라구요! 이것 봐요, 에이 씨!"

학생이 노인의 팔을 뿌리치자 노인은 화가 나 학생의 뺨을 후려쳤다. 주변에서 사람들이 말렸지만 노인은 끝까지 삿대질을 하며 고래고래 고함을 질러 댔다.

"이런 빨갱이 놈! 너네 같이 어린 것들이 멋도 모르고 설치기 때문에 우리가 피땀으로 이룩한 이 나라가 개판이 되는 거야. 에잇, 고약한 놈!"

대학생은 뭐라고 대들려고 했지만 친구들이 일어서서 그를 말렸다. 다음 역에 지하철이 멈추자 학생은 여전히 화가 나는지 한마디 사납게 내뱉었다.

"에이, 재수 없어. 만약 저 댐이 망해서 서울 물바다가 되면 누구보다 저런 웃긴 생각하는 인간들부터 쓸어 가면 좋겠네. 에잇, 일진 사나워!"

***

"국장님 보셨어요? 지금 인터넷에서 난리에요."

"뭔데 그래?"

숙소에서 잠시 휴식을 취하던 김석수는 영상 취재기자가 내미는 휴대폰을 들여다보았다.

- JBC 앵커 김석수, 그의 흑역사를 말하다.

"이게 뭐야?"

"아니 그게……. 국장님께서 학부 시절에 종북을 따르는 운동권 학생이었다고, 그래서 DBC에서 쫓겨나신 거라고 언론사들이 일제히 보도하고 있습니다."

"그래?"

김석수는 그냥 담배를 꺼내 입에 물고 불을 붙였다. 불안한 듯 영상 취재기자는 휴대폰과 김석수를 번갈아보고만 있었다.

"어찌하면 좋을까요?"

"뭘 어찌해?"

"아니 이런 오보가 나가는 것은 국장님뿐만 아니라 우리 방송사도 욕먹는 일인데……."

"그래서 물러나자고? 살살 하자고?"

"아니 그게 아니라……."

김석수는 일어서서 숙소 밖 창가를 내려다보며 담배 몇 모금을 빨았다. 그러더니 뒤도 돌아보지 않고 딱 한마디만 말하고 더는 말하지 않았다.

"다 보여 주자고. 이 망할 댐의 과거도, 내 과거도."

***

- 요즘 제 이름이 실시간 검색어 1위라고 합니다. 어떤 내용인지 궁금한 저는 실소를 금치 못했습니다. 그것은 바로 제가 종북 좌파로서 학생운동을 했고 5년 전 DBC에서 퇴출당했다는 기사였습니다. 저는 과거 학부 시절 학보사 기자로 활동을 한 국문학도였습니다. 그러나 종북 좌파로서 활동한 학생운동권 출신이 아닙니다. 이것은 저와 같이 학보사 기자로서 같이 활동했고 같은 대학을 다닌 OTN 방송사의 김우준 앵커가 증명해 줄 것입니다.

잠시 목이 메는 듯 김석수는 몇 번 헛기침을 했다. 그의 눈 또한 벌겋게 충혈되기 시작했다.

- 또한, 제가 DBC 방송국 메인 앵커 자리를 내놓은 것은 바로 소망의 댐 관련 취재였습니다. 사실 저는 아무에게도 말하지 못한 부끄러운 과거가 있습니다. 30년 전 저는 아버지를 소망의 댐 공사 현장에서 억울하게 잃고 제대로 보상받지 못한 한 젊은이의 울음 섞인 전화 제보를 받았었습니다. 신입 기자로서 첫 제보라 참으로 열심히 여름 내내 공사 현장을 쫓아다니며 취재를 한 결과 소망의 댐 1차 공사는 부실공사임을 밝혀낼 많은 정황들을 찾을 수 있었습니다. 그러나 제가 취재한 뉴스는 보도되지 못했습니다. 그뿐만 아니라 저는 안기부 대공분실에 끌려가 물고문을 당하고 다시는 소망의 댐을 언급하지 않겠다는 확인서

까지 써야 했습니다. 하지만 저는 실망하지 않고 좋은 때가 오기만을 기다리고 있었습니다. 그러던 중 5년 전 저는 소망의 댐이 곧 3차 공사에 들어간다는 소식을 들었습니다. 24년 전에 하지 못했던 그 일을 실행에 옮겨야겠다는 결단을 내린 저는 다시 취재를 시작했고 더 전문적인 자료까지 확보할 수 있었습니다. 그러나 저는 DBC 방송사로부터 사표 제출을 요구받았습니다. 당시에는 모든 것이 끝났다고 생각할 수도 있었겠지만 저는 좌절하지 않았습니다. 왜냐하면 제가 뉴스를 보도할 수 있는 한 희망이 있다고 생각했기 때문입니다. 그래서 저는 JBC를 선택했고 또다시 시작하기 위해 최선을 다하고 있습니다.

김석수의 눈에서 눈물이 흘렀지만 그는 촬영 기자가 내미는 손수건도 거절하고 계속 말을 이어갔다.

- 힘없는 이들을 두려워하고 힘 있는 자들이 두려워하는 뉴스를 취재하자는 제 신념으로 저는 지금까지 한 번도 그 어떤 권력과 이권에 현혹되어 취재한 적이 없습니다. 지금 저를 둘러싼 음해보다 더한 것이 저를 위협한다고 해도 저는 화천에서 진실을 전할 것이고 계속 국민들의 안전을 위해 최선을 다해 밝힐 것입니다. 두 번이나 진실을 알릴 기회를 놓친 저입니다. 세 번째 기회는 절대로 놓치지 않을 것입니다. 화천에서 JBC 김석수입니다.

***

"야, 그럼 김석수에 대해 그동안 음모를 펼친 거야? 고작 방송사 앵커 하나를 상대로?"

"정말 무섭다, 무서워. 어떻게 국민의 안전을 위해 진실을 파헤치는 기자를 음해하냐?"

회사에서 야근을 하며 미디어 뉴스를 보던 이들은 어이가 없는지 고개를 저었다.

"근데 김석수 말이 맞아요. 요즘 인터넷에 외신으로 북한 금수산댐에 대한 뉴스가 계속 나온대요. 정부가 막지 않아도 어차피 국민들이 다 알게 되는데 뭣 땜에 저런 엉뚱한 짓거리를 하는지 모르겠네요."

"그게 무슨 말이야?"

"여기 보세요. AP통신과 워싱턴포스트지에서 올린 기사인데, 금수산댐 위성사진이 나와 있는데 댐 마루가 심하게 내려앉은 데다가 폭우 때문에 댐 수위가 많이 올라간 것으로 분석이 된다고 하네요."

"세상에, 그럼 김석수 말이 맞구먼!"

컴퓨터 모니터를 보며 경악하는 회사원 중 하나가 자신의 휴대폰에서 소망의 댐 사진을 보여 주었다.

"얼마 전에 사이클 동호회에서 보내 준 사진이에요. 어떤 회원이 소망의 댐을 다녀왔는데 망원 렌즈로 찍은 사진들인데 보세요! 여기저기 쩍쩍 금이 가 있는 게 보이시죠? 요즘 사람들이 사진을 찍어 대니까 댐 관리 직원들이 사진을 못 찍도록 단속까지 한데요."

"쳐 죽일 놈들, 어디 국민들을 속여? 그리고 그 댐 얼마나 큰 돈 들여 지은 거야? 오천 억짜리 댐이라며? 저 고물이 무슨 오천 억이나 하냐고?"

"오천억 다 들였겠어요? 분명 관련 기관과 시공관리 업체 측에서 많이 떼어 갔겠죠. 토목 공사만큼 마진이 남는 사업도 없으니까요."

이야기를 나누는 사람들의 얼굴에는 하나같이 분노가 가득했다. 국민의 신뢰를 가차 없이 무시하고 짓밟는 그간의 정부의 모습에 실망하고 지친 그들은 마음속에 희망이라고는 남아 있지 않았다. 그나마 진실을 알리기 위해 몸부림치는 한 언론인의 작은 행보에 하나의 진리를 되새기며 그들은 상처받은 마음을 기대고 서로 보듬을 수 있었다.

'진실은 결코 감추어지지 않는 법이다.'

***

"이게 대체 어떻게 된 거야? 재난안전처와 국교부 홈피에 올라오는 이 글들, 다 뭐냐고? 그것뿐만이 아니야. 요즘 실시간 검색어에 'JBC'나 '김석수'가 계속 올라온다고. 대체 무슨 일 처리를 이따위로 하는 거야? 그러고도 당신이 홍보담당이라 할 수 있는 거야?"

박기환은 화가 나 책상을 탕탕 내리쳤지만 모두들 겁에 질려 아무 말도 못 하고 있었다. 권력으로 억누르면 될 것이라고 믿었지만 생각보다 국민들은 명석하고 현명했다. 1980년대나 70년대처럼 방송되는 뉴스나 신문만 믿는 이들이 아니었다. 오히려 실시간으로 올라오는 인터넷 정보들과 SNS로 주고받는 사진들을 모두 비교 분석해 보고 진실과 거짓을 밝혀내는 이들이었다.

"오히려 역작용만 낳을 수 있으니 JBC와 김석수는 되도록 건드리지 않도록 해. 그것들이 어떤 뉴스를 감추고 있다가 터뜨릴지도 모르니까. 수자원정책국장 좀 들어오라고 하고, 만약 소망의 댐 부실공사 건이 터질 경우 어떻게 사태에 대처할 건지 고민 좀 해 보도록 해."

차관은 박기환의 말을 열심히 받아 적다 두꺼운 뿔테를 올리며 두 눈을 껌뻑거렸다.

"그게 무슨 말씀이신지……."

"아니 장사 한두 번 하나? 그 댐을 만든 놈들이 누구야? 시공업체 쪽이잖아. 그것들이 잘못 지어서 이 사단을 만들었다고 뒤집어씌워야지. 우리까지 같이 도매급으로 넘어갈 이유가 있어? 정권은 항상 5년마다 바뀌고 또 사실 우리가 처음부터 이 댐을 짓자고 한 것도 아니잖아?"

"아, 네. 알겠습니다."

박기환은 여전히 화가 풀리지 않는지 두어 번 소파 손잡이를 내리쳤다. 두려운 눈으로 눈치를 보던 차관 이하 관리들은 조용히 자리를 떴다. 혼자 집무실에 남자 박기환은 두 주먹을 허공에 휘두르며 고함을 질러 댔다.

"이런 우라질! 이런 염병할! 대체 왜 저리 굼뜨고 미련한 거야? 그깟 앵커 하나 못 막아서 어떻게 이 사단을 내!"

밖에서 집무실 안에서 들려오는 소리를 들으며 차관 두 사람은 어이없는 듯 서로를 바라보았다.

"왜 우리한테 화를 냅니까? 솔직히 말하면 장관은 2차 공사 때부터 책임 있지 않습니까?"

"2차는 무슨……. 1차 때부터 관여했다고 들었는데. 지 놈 깜빵 갈까 봐 저리 날뛰는 거지. 어쨌든 우리는 시킨 일이나 합시다. 적당한 때에 보고 안 되겠다 싶으면 난 사표나 낼 생각이요."

"그건 좀 그렇지 않습니까? 그래도……."

"허허, 내가 한 것도 아닌데 왜 내가 책임을 지고 파면당해요? 파면당하면 퇴직금도 없어요, 없어."

***

"부르셨습니까? 장관님."

수자원정책국장 곽태철은 고개를 숙였지만 연신 곁눈질을 하며 장관의 안색을 살폈다. 옆에 선 작고 통통한 사내가 곽태철 뒤에서 같이 고개를 숙이고 있었다.

"아, 왔는가? 저자는 누구지?"

"수자원 개발과장 이기범입니다. 이번에 화천으로 파견시켜 그곳을 관리하도록 할 예정입니다. 저희들도 수시로 그곳 상황을 아는 것이 좋을 것 같아서요."

"잘했네. 역시 자네야."

그제야 누그러진 박기환은 얼굴을 펴며 자리에 앉았다. 족제비처럼 약아빠진 정책국장은 간드러지는 말투로 장관을 살짝 떠보았다.

"지금 언론이 제대로 일을 못 하고 있습니다. 큰일이 아닐 수 없습니다."

"그러게 말이야. 하긴 요즘 국민들도 똑똑하지 않나? 어떨 땐 우리보다 정보를 더 빨리 알지 않는가? 이미 엎어진 물은 어쩔 수 없고. 참, 지난번 댐 문제를 해결할 사람은 불렀나?"

"네, 지금 화천으로 오고 있을 겁니다. 헌데, 그자 외에는 해결할 위인이 없어서……."

"누군데 그러나?"

"10년 전 2차 공사 청문회 때 소란을 피운 그자, 조현준입니다."

순간 박기환의 얼굴이 굳어졌다. 곽태철은 괜한 말을 했다 싶어 걱정스러운 눈으로 계속 장관의 표정을 살폈다. 박기환이 담배를 꺼내자 그는 얼른 일어나 라이터로 불을 붙였다.

"그자밖에 없다. 하긴 실력은 있는 자였지. 융통성이 없어 그랬지."

"10년간 혼이 났으니 정신 차렸을 겁니다. 지금 밀양에서 다리나 수리하고 있다고 하더라구요. 보수를 넉넉하게 준다니 기밀서약서에 서명을 하겠다고 합니다."

"어쨌든 잘 감시하게. 의외로 폭탄 같은 놈이라 언제 어떻게 터질지 몰라. 내가 그렇게 달래도 결국 고집대로 하더군. 참, 그리고 말이야. 언제 어떻게 될지 모르니 소망의 댐 관련 서류 중 불리하다 싶은 것들은 다 삭제하도록 하게. 행여나 구속이 되어도 증거가 안 나오면 그만이니까. 지금 시점에서는 시공업체 측에 다 떠넘기는 게 제일 좋아."

"알겠습니다. 깔끔하게 처리해 놓겠습니다."

"그리고 수자원 개발과장이라고 했나? 조현준 그자, 불발탄이라 생각하고 잘 감시하게. 분명 혼자서 댐을 고치려 하지 않을 거야. 제 편을 끌어들일 거라고. 특히, 김석수와 그자가 얼마나 가까이 지내는지도 잘 살피게."

이기범은 자리에서 벌떡 일어나더니 테이블에 머리가 닿을 만큼 허리를 숙였다.

"믿어 주신 만큼 최선을 다하겠습니다!"

박기환과 곽태철은 묘한 눈빛을 주고받았다. 박기환은 계속 담배를 피우며 집무실 가득히 연기를 뿜어 댔다. 점점 흐려지는 공기 사이로 내다볼 수 없는 자신의 미래를 보는 것 같아 박기환은 답답했다.

'장관 자리를 꿰차게 해 준 신주단지가 까딱하면 다 끝장날 애물단지가 되어 버렸구먼. 참 세상살이 우습고도 재밌어.'

***

현준은 철민과 함께 서류철을 이리저리 넘기며 댐 안쪽 사면을 올려다보았다. 희한하게도 10년 전에 그가 발견한 균열의 위치와 똑같은 곳에 균열이 나 있었다.

"뭐야, 어떻게 하나도 변하지 않았어?"

"선배가 지적한 부분들이 거의 일치했어요. 어떻게 하면 좋을까요?"

"글쎄, 건기라면 좋겠는데 요즘 가을장마라고 할 만큼 비가 퍼부으니. 혹시 모르니 댐 바깥 사면에 임시 물막이벽을 세우고 보수에 들어가야 할 것 같다. 재료들이 대부분 수용성이라 비가 그쳤을 때 재빨리 작업을 해야 해. 아, 정말 이거 큰일이네."

"비용은 얼마든지 들어도 좋으니 고쳐만 주세요."

"야, 댐 사력부에서부터 기초공사가 엉망인데 어떻게 잘 고치라는 거냐? 우선 땜질하는 거지. 수중 불분리 콘크리트로 금간 부분 벗겨 내고 페이싱을 해도 시간이 엄청 걸린다고. 비가 안 오면 다행인데 한번 오면 이리 퍼붓는데. 다시 보니 수위도 엄청 오른 거 같구만. 차라리 여름에 날 불렀다면 좋았을 텐데. 뙤약볕에 얼마나 잘 말랐겠냐?"

"영 가망이 없는 건가요?"

걱정스러운 얼굴로 철민이 쳐다보자 현준은 그 어떤 말을 해야 할지 몰랐다. 분명한 것은 혼자서 이 모든 문제를 해결할 수는 없다는 것이었다. 서류철을 들고 이리저리 거닐던 현준은 한동안 고민에 잠긴 듯 아무 말이 없었다. 철민은 더 이상 말이 없는 그를 보고 한숨을 내쉬었다.

"정말 가망이 없는 건가요?"

현준은 뒤로 돌아보더니 시원하게 웃음을 지었다.

"야, 안 될 일이 어디 있냐? 나한테 팀을 꾸릴 권한 같은 거 줄래? 아무래도 이 거구를 상대하기는 나 혼자는 무리일 거 같다. 저 물 속을 다니며 제대로 땜질이 되었는지도 살펴야 하고 혼자서 이 큰 벽면을 칠하는 것도 힘들 듯싶다. 그렇다고 편하게 일하라고 건축공사용 수평 엘리베이터 같은 멋진 작업 환경 만들어 줄 국교부 인간들도 아니잖아? 만들어 줄 거야?"

"그건 좀 힘들겠죠."

자신 없는 목소리로 대답하는 후배를 보며 현준은 역시나 하는 표정으로 입맛을 다셨다.

"그렇지? 수평 엘리베이터 이런 건 없는 거지? 니미럴, 암벽까지 타야 되겠네."

***

"어이! 거기 나와요. 함부로 들어가면 안 되는 곳인데 누가 들어가래요?"

김석수는 이른 아침부터 영상 취재기자와 함께 어제 내린 비로 인해 새로 생긴 물웅덩이를 찍고 있었다. 바리케이드 저 너머에서 누군가 고함을 지르며 달려오고 있었다.

"어쩌면 좋죠? 국장님."

"계속 찍어. 우리가 뭐 이런저런 상황 다 봐주며 취재하는 거 아니잖아? 그나저나 오늘은 처음 보는 위인이구먼."

김석수와 영상 취재기자에게 다가오는 사내는 가까이 다가올수록 더욱 인상이 험악해졌다. 노란색 바리케이드를 치우고 김석수 옆으로 온 사내는 촬영 중인 카메라를 툭 건드리며 소리를 질렀다.

"어이, 당신 뭐야? 어서 가라고. 곧 여기 보강공사 할 테니 이제 그만 좀 찍으시오."

"왜요? 또 숨길 것이 있습니까?"

김석수는 사내를 노려보다가 멈칫했다. 잠시 말을 잇지 못하는 그를 밀치며 사내는 영상 취재기자의 어깨를 잡아당겼다.

"그만 나가시오. 다 아시겠지만 그렇게 안전한 댐은 아니요. 재수 없어 댐 무너져서 낙석에 저승 가기 전에 어서 나가란 말이오."

"잠깐만! 혹시 10년 전 2차 공사 청문회 때 소신 발언을 하셨던 조현준 박사님 아니십니까?"

"어이고, 몰골이 엉망인데도 용케 알아보시는구먼. 눈썰미가 보통이 아니시구랴."

"사실 그때 청문회 속의 박사님 모습을 보고 용기를 얻게 된 겁니다. 이렇게 뵙게 되어 반갑습니다."

김석수는 감개가 무량한 듯 그를 한참 동안 쳐다보았다. 현준은 머쓱한 듯 머리를 긁적이다가 석수가 내미는 손을 잡으며 마지못해 악수를 했다.

"다 지나간 과거요. 사실 내가 지금 상황이 좀 그래서 그렇지 용기 있게 이 머저리 댐에 대해 진실을 알리는 그 모습에 크게 감명받았습니다. 사실 30년 전 아버지와 여동생이 이 공사판에서 억울하게 죽고 한 방송국에 제보를 했는데 결국 뉴스가 나오지 않더라구요. 얼마나 억울하고 실망했는지 한동안 뉴스란 뉴스는 안 볼 정도였으니까요. 늘 국민의 한 사람으로서 응원하고 있습니다."

"아닙니다. 제가 오히려 죄송합니다."

김석수는 갑자기 고개를 돌리더니 안경을 벗고 눈물을 훔쳤다. 어이없는 현준은 멍하니 그를 바라볼 수밖에 없었다.

"죄송하시다니요? 그게 무슨 말씀이신지."

"그 30년 전 전화 제보를 받은 신입기자가 접니다."

현준의 얼굴에서 웃음기가 사라지며 어두워졌다. 답답한 듯 이리저리 둘러보던 그는 담배를 뒤지더니 하나 꺼내 김석수에게 건넸다.

"한 대 피우시겠습니까? 깔끔해 보이셔서 흡연을 하시는지 모르겠습니다."

김석수는 미소를 지으며 현준이 건네는 담배를 받아 자신의 라이터를 꺼내 불을 붙여 주었다.

"아무래도 이야기가 좀 길겠지요?"

특별해결팀

커다란 물웅덩이를 바라보며 앉아 있는 두 중년의 사내는 담배를 피우며 오랜 시간 동안의 퍼즐 맞추기를 하고 있었다. 서로가 이해되지 않았던 시간과 궁금했던 마음이 일순간에 사라져 가고 있었다. 김석수는 굵게 주름이 진 초췌해진 현준의 모습을 아련한 눈빛으로 바라보았다.

"그동안 많이 힘드셨겠습니다."

"뭘요? 어차피 각오하고 시작한 일인데요. 그런데 DBC 간판스타에서 종편으로 쫓겨나셨는데 이제 여기서마저도 쫓겨나시면 어디로 가실 겁니까?"

김석수는 담배를 시원하게 내뿜으며 잠시 갠 하늘을 올려다보았다. 늘 잿빛 세상 속에 사는 듯 일주일에 거의 5일 정도는 비가 내리고 있는 요즘이었다. 오랜만에 보이는 푸른 빛깔이 그렇게 고맙고 예쁠 수가 없었다.

"이미 제 나이가 오십을 넘어 환갑이 다 되어 갑니다. 지금 이 상황에서 전 후회 없는 보도를 하고 싶습니다. 소망의 댐은 제 마음속에 쌓인 한과 같습니다. 권력과 이권에 휘말려 그동안 하지 못했던 말들을 할 수 있어 요즘은 살맛이 납니다."

"참 저도 그렇지만 파란만장한 일생을 사셨군요, 국장님."

"그런데 이 댐을 고칠 수 있습니까? 이미 기초공사부터 제대로 되지 못했는데 말입니다."

"되는 데까지 해 봐야지요. 우선 물막이벽을 최대한 빨리 설치하고 댐 안쪽 사면에 생긴 균열을 메워야 합니다. 거기다 연일 비가 쏟아지니 수중 불분리 제품으로 땜질을 해도 잘 마를지가 의문이지요. 오롯이 하늘에 맡겨야 합니다."

"혼자서 이 많은 댐을 고치실 겁니까?"

"당연히 아니지요. 제가 남은 평생을 걸어도 저 땜질 다 못 합니다. 아, 저기 오네요! 어이, 범수! 여기야!"

현준은 일어서서 댐 마루에서 자신을 내려다보고 있는 사람들을 향해 손을 흔들었다. 키 크고 까무잡잡한 중년의 사내 두 사람이 현준을 바라보며 웃고 있었다.

"누구입니까?"

"제 팀입니다. 한 사람은 산업잠수사고 또 한 사람은 전문 암벽 등반인입니다. 잠수사인 저 친구는 아내의 암 치료비 때문에 온 거고 다른 분은 저 친구와 친분이 있는 분이신데 저희들을 도와주시기 위해 자청해서 오셨습니다."

"네? 댐을 고치는 데 왜 산업잠수사와 암벽 등반인이 필요합니까?"

"비가 안 오면 딱 좋은데 지금 댐 수위가 점점 조금씩 차오르고 있습니다. 댐 안쪽을 땜질해도 제대로 보수가 되었는지 잠수해서 살펴야 합니다. 혹시 비상사태가 생기면 어쩔 수 없이 물로 뛰어들어 가야 하지요. 그리고 이 큰 댐을 좀 보십시오. 스파이더맨이 아니고서야 어떻게 이 큰 벽면을 땜질하겠습니까? 댐 마루에 자일을 고정시켜서 매달린 채로 땜질 작업을 해야 합니다."

김석수는 현준의 불룩 튀어나온 배를 보더니 픽 웃었다.

"하실 수…… 있으시겠습니까?"

현준은 두 손으로 자신의 풍만한 배를 쓰다듬으며 멋쩍은 듯 낄낄거렸다.

"죽기 아니면 까무러치기겠죠. 이거 다 술배인데, 간만에 다이어트 좀 해야겠지요?"

***

"야, 선배! 무슨 살이 그렇게 쪘어요? 맞는 슈트가 있는지 모르겠네."

키가 작은 편이지만 다부진 몸매의 양범수는 검게 그을린 얼굴에 함박웃음을 지었다. 그는 현준의 배를 손가락으로 꾹꾹 눌러 보며 킥킥거렸다.

"이참에 살 좀 빼야지. 아, 안녕하십니까? 조현준이라고 합니다."

현준은 양범수 뒤에 있는 키 크고 마른 사내에게 악수를 청했다. 190이 넘어 보이는 큰 키의 그는 날씬하고도 날렵한 몸을 지니고 있었다.

"임선도라고 합니다. 이렇게 거국적인 일에 절 불러 주셔서 감사드립니다."

"제가 오히려 영광입니다. 댐 보수 일은 처음이실 텐데 괜찮으시겠습니까?"

"평생을 산에 미쳐 산만 타고 돌아다닌 저입니다. 덕분에 제 집사람이 고생 많이 했지요? 이제라도 출가한 자식들에게 가장으로서 역할을 제대로 하고 싶습니다. 우리 집사람 말년이라도 편하게 보내게 해줘야지요."

김석수는 반갑게 인사를 나누는 그들에게 다가와 악수를 청했다.

"JBC 보도국장 김석수입니다. 이렇게 세 분을 뵙게 되어 영광입니다."

"아이고, 대한민국 최고 스타이시군요. 저 양범수입니다. 정말 영광입니다!"

"아닙니다. 저는 그저 현장을 전할 뿐, 이 댐을 고치시는 여러분께서 진정한 영웅이십니다. 소망의 댐, 특별해결사 아니십니까?"

"이야, 팀 이름 하나 멋집니다. 우리 김 국장님께서 작명도 기가 막히게 하시는군요. 아하하!"

댐 마루에서 즐겁게 이야기를 나누는 그들을 못마땅하게 쳐다보며 이기범은 담배를 피워 문 채 걸어가고 있었다.

"저 사람들이 누구라고? 기밀유지각서는 갖고 왔지? 조현준 그 인간 적었어?"

"일행들이 같이 오면 하겠다고 우겨서……."

"그놈부터 받아 냈어야지?"

"말도 마십시오. 꼭 이런 걸 적어야겠냐고 난리를 치기에 그렇지 않으면 사례금을 받지 못한다고 했더니 나중에 적겠다고 하더군요."

"머저리 같은 놈. 조현준, 토목 밥 오래 먹은 인간이라 일 추진력과 배포 하나 끝내 준다고 들었어. 괜히 휘말리지 말고 잘 챙겨, 알았어?"

이기범은 특히 조현준과 김석수를 번갈아 노려보았다. 마치 평평한 마루 위에 솟아오른 못 머리처럼 자꾸만 거슬리게 하는 두 얼굴이었다.

"아이고, 다 오셨군요. 전 수자원 개발과장 이기범입니다."

웃음꽃이 피었던 댐 마루는 순간 불청객의 등장으로 조용해졌다. 이기범은 옆에 선 직원에게 건네받은 서류를 조현준과 그의 일행들에게 하나씩 건네며 거만하게 얼굴을 치켜들며 한 사람 한 사람을 훑기 시작했다.

"이게 뭡니까? 기밀유지각서?"

양범수가 서류를 보더니 눈살을 찌푸리며 이기범을 노려보았다.

"반드시 쓰셔야 합니다. 원전이나 댐과 같은 국가 중요 시설물에 대한 모든 것은 기밀입니다. 해서 꼭 쓰셔야 사례금을 받으실 수 있습니다."

"뭐요?"

양범수가 한 걸음 나서자 이기범은 얼른 서너 걸음 뒤로 물러서더니 현준에게 다가와 따지기 시작했다.

"팀을 꾸릴 권한을 드렸더니 어찌 이런 것도 말씀 안 하신 겁니까? 책임지고 서류에 서명을 받아 주십시오."

시커먼 얼굴에 허옇게 눈을 부라리며 자신을 쳐다보는 양범수가 겁이 났는지 이기범은 댐 관리 직원 뒤에 숨어서 눈치만 살피고 있었다. 양범수는 받은 서류를 다시 읽어 보더니 현준에게 툭 치며 속삭였다.

"꼭 이거 써야 하오, 선배? 그리고 저 볼썽사나운 인사는 누구고?"

"기밀유지각서야. 이곳에서 일어나는 일에 대해 어디서 발설하지 말라는 거지. 그리고 보아하니 국교부에서 우리 감시하라고 보낸 꼬봉이야."

"우라질. 생긴 꼬락서니가 꼭 메기 대가리 같네. 이거 사인 안 하면 정말 돈 못 받는 거요?"

"그렇지 뭐. 이왕 할 거 서명이나 얼른 해 주고 시작하자고. 과장님! 볼펜 좀 주실 수 있습니까?"

거들먹거리며 거닐던 이기범은 조현준의 말에 눈살을 찌푸렸다.

"안 가져오셨습니까?"

"우리 같은 토목쟁이들이 볼펜이 왜 필요합니까? 연장이나 콘크리트라면 몰라도. 한 자루 주시면 돌아가며 쓰겠습니다. 이왕 주시는 거 세

자루 주시면 더 감사하겠지만요. 이야, 과장님 안주머니에 있는 파카 볼펜 정말 좋아 보입니다."

이기범은 얼른 정장 윗도리를 여미며 돌아섰다. 보다 못한 옆에 서 있던 직원이 자신의 볼펜을 내밀었다. 조현준과 일행들은 대강 흘려 쓰고는 서류들을 취합해서 건네줬다. 현준은 주변을 한번 훑어보더니 이기범 옆의 직원에게 심각한 얼굴로 질문을 던졌다.

"한 며칠 잠수 훈련을 받아야 합니다. 아시다시피 지금 계속 비가 내려서 댐 안쪽 사면 균열이 제대로 메워졌는지 살피거나 비상사태에 대비해서 잠수가 불가피합니다. 우리 세 사람 정도 들어가서 훈련할 실내 수영장 없습니까?"

"글쎄요. 여기서 한 시간 정도 가시면 아마 화천군청 옆에 있을 겁니다. 화천 초등학교 바로 옆입니다."

"지금 시간이 급합니다. 당장이라도 가서 기본적인 훈련을 받아야 합니다."

***

"아, 선배! 대체 몇 번을 이야기해요? 천천히 올라오라니까? 큰일 난다구요!"

양범수는 계속 급하게 수면 위로 얼굴을 쳐드는 현준을 보며 호통을 쳤다. 세 시간 정도 훈련을 받은 그는 풀장 밖으로 나와 대자로 뻗어 널브러져서 손만 설레설레 저어 댔다. 딱 달라붙은 웨트슈트 때문인지 볼록 솟은 그의 배로 인해 꼭 살찐 펭귄처럼 보였다.

"아, 몰라. 잠수는 너만 해라. 나 원래 물이 무서워 싫어. 몰라 몰라, 숨도 차고. 어이고 죽겠다."

"엥? 물 공포증이 있으시면서 잠수를 하신다니 참 어이가 없네. 어쩐지 날 부르시는 게 이상하다고 했다. 근데 걱정 마세요. 물 공포증은 얼마든지 극복할 수 있으니까. 그것보다 지금 더 심각한 문제는 선배 건강 상태에요. 평소에 담배 좀 끊고 술 좀 작작 드시지. 선배처럼 줄담배 애연가들은 이거 하지도 못해요. 잘못하면 기체색전증하고 감압병 생겨요. 살 좀 빼고. 딱 보아하니 오래 못 살겠네."

"이놈의 망할 세상, 오래 살아서 뭐 하냐? 아, 몰라. 좀 쉬다 하자. 나 오늘 훈련 여기까지 할란다. 담배 좀 피고 올게."

시간에 맞추어 수면 위로 올라온 임선도는 담배를 피기 위해 뒤뚱거리며 걸어가는 현준을 보며 껄껄 웃어 댔다. 양범수는 고개를 저으며 걱정된 눈으로 선도의 마스크를 벗겨 주었다.

"괜찮아요? 등반으로 단련이 되어서 확실히 다르시네. 몸은 좀 어때요, 아픈 곳은 없고?"

"아무렇지도 않아. 그런데 저 양반 괜찮을까?"

"아, 몰라요. 대중탕에 가는 것도 싫어하는 양반인데. 보시면 몰라요? 잠수하는 것도 이 모양인데, 암벽 등반 훈련 가능할까?"

***

"싫어, 나 안 할래!"

"자일을 꼭 잡고 바위틈을 찾아 올라오시라고요!"

"몰라, 몰라! 누가 나 좀 끌어 줘!"

댐 근처에 있는 나지막한 야산 절벽에서 시작한 등반 훈련은 처음부터 엉망이었다. 무거운 몸 때문인지 부실한 체력 때문인지 현준은 처음 1미터는 괜찮았지만 더 이상 진전이 어려웠다.

"선배, 살 좀 빼요. 오늘부터 저녁 밥 먹지 마!"

"미쳤냐? 이거 다 먹고 살자고 하는 짓인데?"

"잠수는 우리가 한다 쳐도 댐 벽에 매달려서 땜질해야 하는데 그거까지 우리가 다 하라고? 안 해, 안 해! 내가 밤에 대리운전 뛰면 뛰었지 그렇게까진 도저히 못 해."

현준은 안간힘을 쓰며 자신의 위에서 짜증을 내는 범수를 향해 소리쳤다.

"나 혼자 이 댐 어떻게 다 고쳐? 날밤 새워서라도 여기 다 올라갈 테니까 기다려. 하루아침에 내가 어떻게 전문 산악인 뺨치게 암벽을 타냐?"

현준은 젖 먹던 힘을 다해 움푹 팬 부분을 잡고 축 처진 몸을 끌어 올렸다. 아침에 수영장에서 진을 뺀 그는 마치 물에 젖은 솜처럼 늘어져 있었다. 밑에서 따라 올라오던 선도가 갑자기 고함을 질렀다.

"자일을 밟지 마요! 잘못하면 미끄러진다고!"

"깜짝 놀라라. 알았어요, 안 밟을게."

선도는 30초에 겨우 한 보 전진하는 현준을 불안한 눈으로 올려다보며 잠김 카라비너를 다시 재점검했다.

"저 양반, 진짜 걱정되네. 이러다 내가 벽면 다 땜질하는 거 아닌지 모르겠구먼. 한 달 만에 댐 벽 칠하다 과로사하는 거 아냐?"

위로 손을 뻗으니 까칠까칠한 흙과 모래가 느껴졌다. 좋아서 방실거리는 현준을 내려다보며 범수는 어이없는 듯 낄낄거렸다.

"아이고, 다 왔어요. 거참. 5분도 안 걸릴 거리를 한 시간이 다 되어 오다니 말이 되요?"

"몰라, 말 걸지 마. 말 하면 힘들어!"

현준은 끙끙거리며 정상을 향해 최선을 다했다. 눈앞에 흐린 하늘이 들어오자 두 손을 짚고 그는 얼른 위로 몸을 끌어올리더니 무릎을 꿇고 두 손을 모아 엎드렸다.

"해냈다, 해냈어!"

"참 나, 무슨 에베레스트 정상에 오른 것도 아니고 웬 오두방정이래? 비켜요, 선도 형님 올라오시게."

범수는 하늘을 향해 두 팔을 벌리며 감격에 젖은 현준을 밀치더니 날렵한 제비처럼 사뿐히 정상에 오른 선도를 존경어린 눈빛으로 바라보며 엄지손가락을 추켜세웠다.

"역시, 형님 최고요. 누가 보면 20대인 줄 알겠어요."

"그러지 마라. 부끄럽다. 할 만합니까? 괜찮겠어요?"

현준은 몸을 뒤로 기대 두 손으로 바닥을 짚고는 크게 숨을 들이마셨다. 온몸 여기저기가 쑤시고 아파 죽을 지경이었지만 쾌적한 기분에 절로 미소가 지어졌다. 그는 안쪽 주머니에서 담뱃갑을 꺼내 하나 피우려고 했지만 손이 벌벌 떨려 불을 붙일 수가 없었다. 옆에서 보고 있던 선도가 픽 웃으며 대신 불을 붙여 주었다.

"이제 체중 관리 좀 하세요. 우리 나이에 다이어트는 필요합니다. 자일 잡고 매달리는 건 하시겠어요? 몇 번 하시다 보면 익숙해지실 겁니다."

"자일이 생각보다 미끄럽네요. 뭐, 하다 보면 되겠죠."

현준은 시원하게 담배 연기를 내뿜었다. 먹장구름으로 꽉 찬 하늘빛 때문인지 잿빛 담배 연기는 투명인간처럼 눈에 띄지도 않았다. 범수 또한 현준의 담뱃갑에서 담배를 하나 빼어 물고는 불을 붙였다.

"야, 땀 흘리니 담배맛이 기가 막히네. 선배, 괜찮겠어요? 아무래도 선도 형님과 난 걱정이 되네. 훈련받으시다가 쓰러지시는 거 아니에요?"

현준은 웃기만 할 뿐 아무 말 없이 담배만 피웠다. 종아리가 쥐가 날 지경으로 알통이 배기고 어깻죽지와 등이 쑤셔서 아무것도 들지 못할 정도였지만 엄살을 피우기는 싫었다. 야산에서 쳐다보는 댐의 위용은 우람해 보였지만 매우 초라해 보이기도 했다.

'저 댐을 짓느라고 그리 허망하게 가셨어요?'

훈련을 받는 내내 포기하고 싶은 마음이 들 때마다 그는 여동생과 아버지를 떠올렸다. 그리고 또 자신을 실망한 눈빛으로 바라보는 지연의 얼굴도 떠올렸다. 또다시 실패하여 사랑하는 이들에게 실망과 슬픔을 안겨 주기 싫었다. 이번이 그들에게 희망과 웃음을 되찾아 줄 수 있는 마지막 기회였다.

"그래, 죽기 아니면 까무러치기지. 오십 평생 헛살았으니 지금이라도 멋들어지게 살아야지."

***

- 보시는 바와 같이 소망의 댐은 아직까지 계속된 폭우에도 안전하게 서 있습니다. 한 방송사의 보도와는 달리 국민의 정성으로 지어진 소망의 댐은 한반도의 평화를 수호하는 상징으로 30년 가까이 그 역할을 다하고 있는 것입니다.

- 그럼 JBC의 보도와는 다르다는 말씀인 거네요?

- 그렇습니다. 소망의 댐 건설에 참여하고 자문했던 국내 저명한 댐 전문가들 또한 이것이 기우라고 말하고 있는 상황입니다. 만약 문제가 생겼다면 북한에서 수문을 열어 대량으로 물을 방출했을 때 벌써 문제가 생겼을 거라고 말하는 이들이 많습니다.

- 그렇군요. 그럼 수자원정책국장으로 계시는 곽태철 국장님을 모시고 말씀 나누어 보겠습니다. 바쁘실 텐데 감사드립니다, 국장님.

- 아닙니다. 국민들이 잘못된 오보로 불안해하시는 이 시점에서 어떻게 공무원된 자가 가만히 있을 수 있겠습니까?

- 소망의 댐이 첫 공사 때부터 내진 설계가 제대로 되지 않았다, 부실한 사력층으로 건설된 댐이라 보강공사는 무의미하다고 JBC 뉴스에서 보도하고 있는데요, 그것은 아마 댐 안쪽 사면에 보이는 균열 때문인 것 같습니다. 국장님께서 보시기에는 이 현상이 안전하다고

보십니까?

- 어떤 시설물이나 시간이 가면 표피 부분은 금이 가고 녹이 슬기 마련입니다. 그래서 새로 페이싱을 하지 않습니까? 소망의 댐도 마찬가지입니다. 단단한 기반암으로 된 지반 위에 촘촘히 다져진 사력층으로 기초공사를 한데다 방수가 되는 콘크리트 페이싱으로 된 표면 착수형 사력댐이기 때문에 절대 붕괴되거나 위험할 일은 없다고 장담합니다. 혹시 모르는 일에 대비해서 후일 두 번에 걸친 보강공사를 했기 때문에 절대 문제가 되지 않습니다.

"놀고 있네. 내가 저번에 가 보니 댐 벽이 쩍쩍 갈라져 있더만. 무슨 소리야?"

"그게 정말이에요?"

"그럼, 한번 보고 온 사람들은 다 그러던데? JBC사가 제대로 방송하고 있는 거야. 여태까지 한 거 보면 몰라? 매번 큰일이 터질 때마다 다른 방송사들은 죄다 눈치 본다고 엉뚱한 소리만 했지만 JBC는 그러지 않았잖아? 이 엉터리 같은 놈들, 어디 언론이 정부의 하녀 짓을 하고 있어?"

서대전역 대합실에 앉아 기차를 기다리던 한 사내가 아내를 보며 강단 있게 말했다. 그러나 아내는 걱정스러운 얼굴로 남편을 쳐다보았다.

"원래 뭐 그런 거지만 만약 댐이 무너지면 어떻게 해야 해요? 지금도 서울이 저지대인 곳은 물난리가 나서 난리인데."

"뭘 어째? 우린 대전에 사는 데 가만히 있으면 되지."

"큰애가 아직 제대를 안 했는데 걱정되어 죽겠어요. 휴전선 전방이라는데 안전할까요?"

"아, 그래서 보러 가는 거잖아? 그러게 빨리 군대 갔다 오라고 했더니 늑장을 부리더니만, 으이구!"

***

"야, 여기 블로그에 올라온 사진 봤어?"

"라면 먹다 말고 뭐해?"

"아니 아무래도 소망의 댐에 물이 점점 차오르나 봐? 댐 안쪽에 보이는 균열들도 점점 더 뚜렷해지는 거 같고. 대체 정부에서는 뭐한데?"

"맨날 방송에 나와서 JBC가 오보한다고 떠들잖아? 국민들이야 죽든 말든 저네들 상관하냐?"

편의점에서 컵라면을 먹고 있던 대학생들이 휴대폰으로 인터넷에 올라온 소망의 댐 사진들을 들여다보고 있었다. 가뭄 때 논바닥처럼 갈라져 나간 댐 벽면, 군데군데 보이는 물웅덩이. 이젠 국민들에게 소망의 댐이라고 떠올리면 여지없이 생각나는 이미지들이었다.

"그나저나 비가 오니 라면이 맛있기는 하다. 지난번에 너네 집에 물 들어왔다며? 동사무소 공무원들이 도와주기는 하데?"

"도와주기는 개뿔. 생수하고 유통 기한 얼마 남지 않은 라면 몇 봉지 나눠주더라. 개새끼들, 겨우 그거 받아먹으려고 세금 낸 것도 아닌데. 한밤에 물 퍼낸다고 식겁을 했다니까? 그래서 내가 아파트로 이사 가자고 아버지한테 그렇게 졸랐는데. 요즘 한강에 있는 다리들이 통제되니까 어딜 가도 시간이 너무 오래 걸리고 불편해 죽겠다. 대체 정부 놈들은 뭘 하고 있데?"

"개새끼들, 그놈들 사는 데부터 확 잠겨 버렸으면 좋겠다."

***

- A급 태풍 제인이 지금 일본을 지나 한반도 전역을 강타하고 있습니다. 수도권을 포함한 대부분의 지역에서 호우경보가 내려진 가운데 많은 비가 내리고 있어 전국적으로 비 피해가 우려되고 있습니다. 연일 계속된 폭우로 이미 수문을 열고 있는 북한강 수계 댐들에서는 비상 매뉴얼이 시행되고 있다고 합니다.

백화점 로비에 걸려 있는 모니터에서 뉴스가 흘러나오고 있었다. 원호는 걱정스러운 눈으로 모니터와 입구 쪽을 번갈아 쳐다보며 한 자리에 가만히 서 있지를 못했다. 그때, 보라색 투피스를 입은 지연이 우산을 비닐 덮개에 씌우며 약혼자에게로 달려왔다.

"오빠, 많이 늦었지? 미안해."

"괜찮아, 지연아. 그나저나 이렇게 많이 젖어서 어쩌냐?"

혼수를 준비하러 백화점에 온 지연과 원호는 서로를 바라보기만 해도 행복했다. 지하에 있는 식품 코너로 향하며 지연은 젖은 옷과 머리를 연신 손수건으로 닦아 내었다.

"요즘 교통이 불편해서 어딜 가도 거의 두 시간이네. 지금 밖에 바람 장난 아니야. 비도 엄청 오고. 그러지 않아도 올 가을 들어서 비가 너무 내리는데 이러다 다 잠기는 거 아닌지 모르겠어."

"잠기든 말든 무슨 상관이야? 우리 둘이 꼭 끌어안고 있으면 되지. 내가 잠수사인데 넌 걱정 안 해도 돼."

지연은 살짝 눈을 흘기며 원호의 가슴을 밀쳤다. 밖에서는 비바람이 몰아치든 난리가 나든 그녀는 그와 함께라면 아무 상관이 없을 거라고 생각했다. 같이 있기만 해도 절로 즐겁고 웃게 되는 마법 같은 사람이었다.

남성복 코너에서 원호의 양복을 고르던 그녀는 코발트색 정장 재킷을 들어 그의 상체에 대보았다.

"잘 어울리네? 마음에 들어?"

"네가 보통 안목이냐? 난 네가 좋다면 다 좋아."

"어유, 못 말려. 이걸로 주세요."

"그런데 지연아. 네가 싫어할지 모르지만 장인 어른 양복 내가 한 벌이라도 선물해 드리면 안 될까?"

행복한 꿈에 부풀어 있던 그녀의 얼굴이 한순간 일그러졌다. 직원에게 던지듯 양복 재킷을 건네주고는 그녀는 정신없이 이 옷 저 옷을 들어 고르기 시작했다. 원호는 순간 뾰루퉁해진 약혼녀의 눈치를 살피며 다가왔다.

"지연아, 그래도 될까?"

"맘대로 해. 오빠가 선물한다는데 내가 뭐라고 하겠어?"

"그치? 예단은 없는 걸로 하기로 했지만 이렇게 이쁜 자기 나한테 보내 주셨으니 드려도 되겠지?"

"우리 엄마 껀?"

지연은 거칠게 옷을 걸며 원호를 노려보았다.

"사실 우리 엄마를 더 챙겨 드려야지. 아빠가 정신 나간 사람처럼 팔도를 누비는 동안 다 망해 가는 집안 쓰러지지 않게 버틴 사람이 누군데? 진심을 이야기할까? 난 오빠가 우리 아빠한테 드릴 선물, 우리 엄마한테 배로 드렸으면 좋겠어!"

"지연아……."

쇼핑이 끝날 때까지 그녀는 한 마디도 하지 않았다. 단지 조금 상기된 얼굴로 여기저기를 돌아다닐 뿐이었다. 사실 원호는 지연의 마음을 알고 있었다. 그동안 아버지에 대한 말을 한 번도 꺼낸 적이 없었고 상견례 때 어색한 부녀 사이를 보며 대충 짐작은 한 그였다.

그러나 그는 지연의 아버지를 그녀처럼 대하고 싶지 않았다. 예의를 갖추어 살갑게 대하고 싶었다. 상견례 때 보았던 그 쓸쓸하고도 고독한 모습을 보며 가족과 괴리된 외로운 그 심정을 이해할 수도 있을 것 같았다. 그녀가 좋든 싫든, 원호는 사랑하는 이의 아버지에게 조금이라도 마음을 보여 주고 싶었다.

쇼핑이 끝나고 로비에 들어섰을 때 갑자기 지연의 얼굴이 창백해지더니 발걸음을 멈추었다.

"왜 그래? 어디 아파?"

"오, 오빠……. 지금 비가 엄청 내려서, 비가 너무 와서 한계가 왔데……."

"그게 무슨 소리야?"

지연이 쳐다보는 모니터를 보던 원호는 깜짝 놀라 한 걸음 더 다가갔다. 모니터 하단 붉은 사각형 안에는 '한반도 A급 태풍 제인으로 최대 강우량 위험 경보 상태 돌입', '북한 임진강 유역 댐 대량 방출, 금수산댐 최대 수치 곧 다다라'란 문구가 번갈아 보이며 임진강 유역에서 흘러나온 엄청난 물살이 그 주변 나무들과 온갖 것들을 휩쓸어 가는 영상이 흘러나오고 있었다.

"오빠, 지금도 난리인데 북쪽에서 물을 더 내려보낸데. 어떻게 해? 저것 봐, 다 쓸어 가네. 이러다 서울 다 잠기는 거 아냐?"

"그, 그럴 리가? 그것 때문에 소망의 댐 지었잖아? 괜찮을 거야. 걱정 마."

겁을 잔뜩 집어 먹은 그녀의 손을 꼭 잡은 원호의 손도 파르르 떨리고 있었다. 그들뿐만이 아니었다. 같은 모니터를 보고 있는 다른 이들도 불안과 공포에 가득한 눈빛으로 서로를 바라보고 있었다.

***

"뭐야? 지금 북한 금수산댐이 붕괴되기 일보 직전이라고?"

"어디? 어디에 떴는데?"

"지금 SNS마다 공유하고 난리야. 뉴스에 떴어. CNN 뉴스 동영상인데 항공사진으로 보니 금수산댐이 심상치 않네."

버스에 탄 연인 둘이 휴대폰 동영상을 들여다보았다. 젊은 두 남녀의 말에 옆에 앉거나 앞에 서 있는 모든 이들이 휴대폰을 꺼내 들고 'CNN 뉴스'를 검색하기 시작했다.

자막이 함께 나오는 동영상에서는 댐 전문가와 항공사진 분석가가 같이 나와 인터뷰에 응하고 있었다.

- 그러니까 이 댐 마루 부분을 위에서 보았을 때 많이 붕괴되었고 댐 벽에 군데군데 심하게 균열이 간 상태라는 말씀이시죠?

- 네, 불량한 재료로 급히 건설했을 뿐만 아니라 내진 설계가 전혀 되어 있지 않은 댐인데 그동안 몇 차례에 걸친 핵실험으로 인공지진의 피해도 있는 것 같고, 계속된 한반도의 강우와 지금 북상 중인 태풍 제인의 영향으로 강수량이 엄청나 아무래도 붕괴 위험이 있다고 봐야겠지요?

- 그럼, 만약에 금수산댐이 붕괴된다면 어떻게 될까요?

- 정확한 계산은 아니지만 아마 지금 대한민국이 연이은 폭우와 태풍으로 최대 강우치에 거의 도달했다고 들었습니다. 만약 금수산댐까지 붕괴되고 그 주변의 댐들까지 붕괴된다면 아마 12시간 안에 서울 부근의 대부분 지역들은 다 침수될 것입니다. 만약 제가 한국에 있다면 그리고 이 방송을 청취하고 있는 대한민국 사람들에게 전합니다. 서울에 계신 분들은 빨리 최대한 멀리 대피하십시오. 다른 도시로 갈 시간이 없다면 최대한 높은 곳으로 올라가셔야 합니다!

***

비바람이 몰아치는 서울의 한복판 고층 빌딩 위에 설치된 스크린 광고판에서는 진지한 표정의 한 사내가 연단 앞에 서 있었다.

- 국토교통부 장관 박기환의 대국민 담화를 시작하겠습니다. 연이은 폭우와 태풍 제인과 북한의 임진강 수계 댐들의 대량 방출로 현재 수도권 지역에 수해가 속출하고 있습니다. 그러나 현재 상황을 확인 중이고 무엇보다 우리에게는 이런 상황에 대비하여 지은 소망의 댐이 있어 외신에서 보도하는 바와 같이 12시간 안에 수도권 지역이 모두 침수되는 비극을 막을 수 있는 희망이 있습니다. 그러니 국민 여러분께서는 절대 불안해하지 마시고 정부의 안내에 따라 침착하게 대처해 주시길 간곡히 말씀드립니다.

버스 안에 있던 이들은 스크린 광고판에서 보이는 사내의 얼굴을 향해 삿대질을 하며 울분을 터뜨렸다.

"야 이 개새끼야! 지금 이 도로에도 물이 첨벙첨벙 넘쳐흐른다. 너네들은 서울이 물에 잠겨도 헬기를 타고 도망가면 되겠지만 우린 다 빠져 죽는다고!"

"나쁜 놈, 어디 국민들을 속이려고 그래? 이제 아무도 안 믿는다."

"난 근 한 달 가까이 집에도 못 들어갔다, 이 개자식아! 너도 실내체육관에서 한번 자 봐라. 추워서 입이 돌아갈 지경이다. 에이 천벌 받을 것들!"

***

- 이미 수해를 입은 지역에서는 태풍으로 인한 호우와 함께 지금 북한 임진강 수계 댐들의 대량 방출로 인해 더 큰 피해를 입고 있습니다. 수도권 지역에 사는 국민들은 구체적인 대처 상황을 숙지하지 못해 불안에 떨고 있습니다. 또한 경기도 연천 지역에서는 사망자가 벌써 5명이나 발생하였고 재산을 잃은 이들도 속출하고 있습니다. 그러나 현재 재난안전처에서는 상황을 확인하고 있다는 말만 할 뿐 아무런 대책도 세우지 못하고 있는 실정입니다. 아무 대처도 못 하는 정부에 대해 분노한 국민들로 인해 재난안전처에는 민원전화가 폭주하고 있으며, 홈페이지는 항의하는 글들로 1시간만에 다운되어 버렸다고 합니다. 지금 국토교통부에서는 북한에서 방출되는 대량의 물을 소망의 댐이 다 받아 낼 수 있다고 합니다. 하지만 그동안 저희 JBC에서 보도해 드린 대로 이미 많은 균열과 침수 현상으로 망가져 가는 이 댐을 두고 국민의 안전을 의지할 수 있을까요? 현재로서는 외신에서 전하는 전문가의 말들이 더 신빙성이 있다고 생각합니다. 서울을 벗어나시거나 높은 곳으로 대피하십시오. 화천에서 JBC 김석수입니다.

"캬, 정말 김석수가 다르긴 다르네. 선배, 빨리 비가 그쳐야 할 텐데 큰일이네요?"

숙소에서 잠수 훈련을 마치고 쉬던 현준의 일행은 뉴스를 시청하고 있었다. 현준은 범수의 말에 아무런 대답도 하지 않고 미간만 찌푸리고 입을 다물었다.

"그나저나 물막이벽을 쌓으려면 대량의 콘크리트와 파쇄된 암석들이 필요할 텐데 선배 언제 그걸 다 준비하죠?"

"……."

"선배, 말씀 좀 해 보세요!"

범수가 현준의 팔을 흔들자 그제야 고개를 들었다. 선도와 범수는 걱정스러운 얼굴로 현준만 바라보고 있었다.

"우선 화천군청 건설방재과에서 지금 공사 준비 중이야. 하지만 화천군만으로는 부족해. 대대적인 지원이 있어야 해."

"그래서 더 문제잖아요. 그놈들 우리한테 기밀유지각서에 사인하라고 시켜서 뭐라고 말도 못 하겠고, 공무원이란 것들은 말귀도 못 알아들어 답답하고. 이거 큰일인데? 지금 그 외신 뉴스 보니 금수산댐 곧 터질 거 같더라구요. 우리라도 빨리 서둘러야 하지 않겠어요?"

"우선 날씨가 어느 정도 개여야 해. 자일에 매달려서 에폭시로 땜빵하기 전에 페이싱된 콘크리트부터 벗겨 내야 한다고. 할 일이 산더미인데……. 우선 내일이라도 날씨가 개이면 화천군민이라도 동원해서 노후한 콘크리트 다 벗겨 내야 해."

"할 일은 산더미이고 정작 해결해야 할 놈들은 뒷짐을 지고 있고. 개판이네, 개판이야."

선도는 휴대폰을 한참 동안 들여다보더니 갑자기 범수와 현준에게로 다가와 휴대폰 속의 한 앱을 보여 줬다.

"이게요, '댐'이라는 앱이래요. 보아하니 정부 놈들이 못 미더워서 국내의 일부 전문가들하고 토목과, 컴퓨터 관련 학생들이 만든 앱이라고 합니다. 실시간으로 홍수예경보 시스템도 포함된 앱인데 실시간으로 수자원공사 측에서 제공하는 댐 수위 관련 자료들을 취합해서 보여 준다고 하네요. 조금이라도 위험한 상황이면 알려 주는 앱이랍니다. 정부의 말도 안 되는 브리핑을 믿느니 차라리 이걸 믿는 게 낫다고 다들 휴대폰에 깔고 난리라네요."

현준은 선도가 보여 주는 앱을 자세히 하나하나 클릭하며 살펴보았다. 인터넷 지도가 깔린 앱은 특히 수도권 지역이 더욱 세분화되어 나와 있어서 각 도시 지역의 홍수 예경보를 볼 수 있도록 구성되어 있었다. 범수는 한심한 듯 담배를 하나 꺼내 물며 고개를 저었다.

"오죽하면 만들었을까? 한심한 것들. 세금 받아 처먹고 뭣들 하는 건지. 거 국회의원들 중 삼 분의 일만 남겨 놓고 다 잘라 버려야 돼. 아니다. 각 당에서 딱 열 명씩만 뽑아 놓아야지 이것들 입이 많으니 먹여 살리기도 벅차고 쓸데없이 시끄럽네."

현준은 범수의 말에 냉소를 지으며 선도가 보여 준 앱을 다시 찬찬히 들여다보았다.

"이거라도 있으니 안심이 되네요. 완전 순 개밥통들 사이에서 어떻게 해야 하나 머리가 아플 지경이었는데……."

***

- 지금 화천에서는 특별한 해결사들이 이렇게 국민의 안전을 위해 최선을 다하고 있습니다. 전 댐 엔지니어였던 조현준 박사와 산업잠수사 양범수, 전문 산악인 임선도 씨가 주도하여 화천 건설방재과 직원들과 함께 열심히 노력하고 있습니다.

"엄마, 엄마!"

저녁을 준비하던 경숙은 딸 지연이 호들갑스럽게 소리를 지르는 통에 하마터면 펄펄 끓는 냄비를 떨어뜨릴 뻔했다. 짜증이 섞인 목소리로 그녀는 딸에게 역정을 내며 살짝 데인 손바닥을 찬물에 갖다 대었다.

"대체 뭔데 그러니?"

"아, 아빠가……. 지금 텔레비전 뉴스에 나오세요."

"뭐?"

경숙은 얼른 텔레비전 앞으로 달려가 지연이 가리키는 곳을 바라보았다. 텔레비전 속에는 자일에 매달린 채 벗겨 낸 콘크리트 위에 세심하게 땜질을 하는 현준의 모습이 비치고 있었다. 그 장면을 본 경숙은 털썩 주저앉고 말았다.

"저 양반이……."

- 지금 이 용감한 특별해결사들은 하루 세끼 식사도 자일에 매달려 해결하며 쉼 없이 댐 보수에 임하고 있습니다. 현재 태풍으로 인한 호우로 계속 댐 수위가 높아지고 있는 상황이라 비가 그치면 에폭시로 균열을 메우는 작업에 집중하고 비가 내리면 순번을 정해 수면 아래

보수된 댐 상황을 점검하고 있습니다. 이들의 손에 국민의 안전이 달려 있습니다. 국민 여러분, 텔레비전 앞에서라도 이분들을 위해 아낌없는 성원을 보내 주시길 간곡히 부탁드립니다!

애처롭게 화면을 바라보는 지연의 눈이 반짝거렸다. 두 여인 모두 아무 말 없이 화면만 바라보고 있었다. 제대로 면도도 하지 못해 초췌해진 얼굴로 땜질을 하는 그 모습을 보는 두 모녀는 그렇게 침통한 얼굴로 앉아만 있었다.

***

- 띠링띠링!

샤워를 하고 누워서 휴대폰으로 게임을 하려던 원호는 '마누라'라는 수신번호가 뜨자 화들짝 놀라 일어나 앉았다.

"어, 지연아, 웬일이야?"

"오빠, 뉴스 봤어? 지금 아빠가……. 아빠가 화천에 계시데. 그 댐 위험하다고 했잖아? 어떡해?"

"아, 지연아 우선 좀 흥분 가라앉히고. 무슨 말이야? 나 방금 들어와서 뉴스 볼 시간 없었어."

"한번 컴퓨터 켜고 JBC 뉴스 검색해 봐."

원호는 책상 위에 놓인 노트북을 켜고 인터넷을 검색했다. 'JBC'만 쳐도 연관 검색어로 '특별해결팀', '댐 엔지니어 조현준'이란 단어가 벌써부터 실시간 검색어에 올라와 있었다.

"아버님께서 댐 엔지니어셨어? 야, 우리 지연이 아버님 대단하신 분이셨구나?"

"그게 지금 문제야? 아니 그 댐, 그 댐 정말 문제가 많은 댐이라고. 내가 10년 동안 계속 그 소리만 듣고 살았단 말이야."

"그럼 JBC 뉴스가 맞는 거야?"

"아빠가 2차 공사 청문회 때 사실대로 다 말씀하셔서 저렇게 되신 거잖아. 어떻게 해야 돼?"

원호는 무슨 말을 해야 할지 잠시 난감했다. 분명한 것은 세상에서 가장 아끼고 사랑하는 사람이 하나뿐인 아버지를 잃을지 모른다는 불안에 떨고 있다는 것이었다. 잠시 생각에 잠긴 그는 그답지 않게 무겁게 입을 열었다.

"자기야, 이러면 어떨까? 물론 자기한테 허락을 받아야 해. 왜냐면 앞으로 내 몸은 자기 몸이나 마찬가지니까."

"지금 이 와중에 농담 따먹기야? 뭐야?"

"내가 산업잠수사니 화천에 가서 아버님을 도와드리면 어떨까?"

"뭐? 오빠까지 위험해지라고? 안 돼."

"아니, 잘 들어 봐. 조금이라도 위험해지면 내가 아버님을 설득해서 모시고 나올게. 그러면 되잖아. 그러고 보니 특별해결사 중에 산업잠수사 분도 계시네? 내가 가면 얼마나 큰 힘이 되겠어? 빨리 댐을 고쳐야 너도 빨리 아버님을 만나지."

"오빠 괜찮겠어? 그래도 될까? 부모님께 뭐라고 말씀드리고?"

원호는 약간 어리광부리는 연인의 목소리에 절로 방실 웃었다. 입술을 깨물며 좋은 기분을 억누르던 그는 후련하게 대답했다.

"내가 누구냐? 언변의 달인 아니야? 빨리 댐 고치고 아버님 모시고 우리 결혼식 올리자."

***

"할머니, 아드님께서 정말 대단하셔요. 저렇게 훌륭한 아드님을 두셨으니 얼마나 좋으세요?"

요양원에 있는 모든 사람들이 텔레비전 속에서 열심히 자일에 매달려 작업을 하고 있는 사내를 보며 극찬을 하고 있었다. 모두가 휠체어에 탄 노파를 부러워하고 있었지만 그녀의 두 손은 벌벌 떨리고 있었다.

"할머니, 왜 그러세요? 어디가 편찮으세요?"

옆에 있던 간병인이 그녀에게 다가와 안색을 살피기 시작했다. 마치 귀신을 본 듯 노파의 입술이 파랗게 질려 누가 보아도 아픈 사람처럼 보였지만 그녀는 간병인의 손을 뿌리쳤다.

"어떻게 하면 좋아, 우리 현준이까지 저기서……. 아이고, 어쩌면 좋아!"

불청객의 등장

서울역 대합실에는 그 어느 때보다 많은 이들로 붐비고 있었다. 이미 집을 잃어 고향으로 내려가거나 지방에 사는 친척들의 집으로 가기 위해 어쩔 수 없이 나선 이들이었다. 모두들 피로와 상실감으로 인해 마네킹처럼 표정 없이 멍하니 대합실 모니터만을 바라보고 있었다. 그들은 오로지 이 지리한 가을장마가 그치기를 바랄 뿐이었다.

- 이상 기후의 영향으로 지금 한반도에는 연일 호우가 계속되고 있습니다. 거기다 북한 임진강 수계 댐에서 방출한 대량의 물로 수도권 지역에서 피해가 계속 이어지고 있습니다. 지금 국토교통부 이명건 차관님과 국민안전처 특수재난지원실의 김기천 지원관님께서 나오셨습니다. 지금 현재 한반도가 이렇게 연일 폭우로 위기 상황입니다. 어떻게 앞으로 상황을 해결하실 계획이십니까? 먼저 김기천 지원관님께서 대답해 주십시오.

- 현재 이런 돌발 홍수 상황에 대해 홍수예경보 시스템이 잘 구축되어 있습니다. 현재 침수로 고생하시는 분들도 많이 계시지만 곧 비도 그칠 것이고 조만간 상황이 잘 마무리되리라 생각합니다.

- 그럼 곧 비가 그친다는 말씀이신데 정확한 기상 정보가 있습니까?

- 뭐 가을이니 태풍이 올라왔을 거고 계속 비가 내리겠습니까? 국민 여러분께서는 조금 힘드시더라도 정부를 믿고 기다려 주십시오.

- 지원관님, 그건 아니지 않습니까? 지금 이미 수해로 인해 사망자가 스무 명이 넘어간 상태입니다. 삶의 터전을 잃은 분들도 수백 명에 이르구요. 집을 떠나 차가운 실내체육관이나 학교에서 밤을 보내는 분들이 갈수록 많아지는데 이렇게 방관하실 수는 없지 않습니까?

- 아니죠. 정부를 불신하는 것이 더 커다란 문제가 아닙니까? 그리고 이렇게 불신이 쌓이면 혼란만 가져올 뿐입니다.

- 지금 그런 말씀을 하실 때가 아니신 듯합니다. 많은 이들이 집을 잃고 소중한 가족을 잃고 있습니다. 국민의 안전을 책임지시는 국민안전처의 한 분으로서 하실 말씀은 아니시지 않습니까? 그리고 차관님께 여쭙겠습니다. 지금 소망의 댐이 안전하다고 하셨는데 얼마 전에 보니 특별해결사라는 분들께서 댐을 보수하고 계시더군요. 어찌된 일입니까?

- 당연히 안전한 댐이지요. 만에 하나라는 준비하는 마음으로 보수하고 있습니다.

- 보아하니 한 분께서는 2차 공사 청문회 때 어떤 발언으로 퇴출된 댐 엔지니어라고 들었습니다. 그런데 어떻게 그런 분을 또다시 채용하실 수 있는지 궁금합니다.

- 그건…….

- 그리고 저희 JBC 측에서 입수한 자료에 의하면 현재 소망의 댐이 제대로 내진 설계가 안 되어 있다고 하는데요, 만약 이 상태에서 지진이 일어나면 소망의 댐 보수도 소용없는 것이 아닙니까?

- 지금 그 말씀은 국민을 기만하시는 말씀입니다. 국민의 정성으로

지어진 댐인데 허술하게 지었겠습니까? 그런 말씀을 하시면 안 되지요.

그때 대합실에 있던 한 노인이 화가 나 벌떡 일어섰다. 얼마나 흥분했는지 지팡이를 짚는 것도 잊어버리고 두 다리로 벌벌 떨며 서 있었다.

"저런 쳐 죽일 놈이 있나? 이놈아, 네가 멀쩡한 집을 잃어 봤냐? 저런 놈들은 그냥 아가리를 찢어 버려야 해."

"그렇고말고요 어르신. 어디서 국민들을 놀리고 있어. 확 그냥 아구창을 날려 버릴까 보다."

"근 40년간 살던 집을 이번에 홍수로 다 잃어버렸다. 나쁜 놈들! 그 집이 어떤 집인지 알어? 내가 북에서 내려와서 별의별 짓 다하며 번 돈으로 겨우 장만한 집이야. 지금 집에 들어가면 한강에 사는 물고기들이 헤엄쳐 다닌다. 빌어먹을 것들, 저런 것들은 죄다 쓸어다 바다에 던져 버려야 해!"

***

- 지난번 방송 보도는 국토교통부와 상관없이 알려진 사실들입니다. 조현준, 양범수, 임선도. 이 세 사람은 저희 국토교통부에서 채용한 이들로 소망의 댐의 부실공사와는 아무런 상관이 없는 이들입니다. 보십시오. 이 세 사람의 원활한 업무 진행을 위해 저희들은 잠수와 암벽 등반 훈련을 대대적으로 지원하고 있습니다. 이는 보다 튼튼하게 소망의 댐을 지키고자 하는 유지보수 차원에서 시행되는 보강공사로서 전혀

걱정하실 것이 없습니다. 국민 여러분께서는 저희 국토교통부와 정부를 믿으시고 편안히 주무시면 됩니다.

스튜디오에 있는 대형 스크린이 꺼지자 김석수가 다시 뉴스를 이어갔다.

– 이것이 어제 브리핑한 국토교통부의 내용입니다. 이 브리핑과 더불어 저희들이 특별해결사라고 말씀드린 세 분의 수영장 잠수 훈련 장면과 암벽 등반 훈련 장면들을 계속 실시간이라고 하며 보여 주고 있습니다. 그러나 이것은 제가 화천에 있었을 때 이미 보았던 장면들입니다. 현재 이 세 분들께서는 소망의 댐에 대한 그 어떤 내용도 발설하지 않겠다는 기밀유지각서에 서명한 후 목숨을 걸고 노력하고 계십니다. 조현준 박사는 제가 이전에 말씀드렸듯 2차 공사 청문회 때 소신 발언을 하시다가 쫓겨나셔서 밀양에서 허술한 교량이나 수리하시다 모셔온 분이시고, 양범수 산업잠수사께서는 아내의 암 수술비를 위해 부산에서 달려오셨습니다. 그리고 임선도 산악인께서는 이미 환갑이 넘으셨지만 가족들에게 떳떳한 가장의 모습을 보여 주시기 위해 이 힘든 여정을 선택하셨습니다. 우리는 이분들만 바라보고 있을 수는 없습니다. 이분들을 위해 최선을 다해 도와드려야 합니다. 현재 임시 물막이 벽을 댐 외벽에 세우기 위해 화천군민들이 최선을 다하고 있지만 시간적, 경제적 지원이 부족한 상황입니다. 이 뉴스를 보고 계신 시청자 분들께서는 여유가 있으시다면 이분들을 위해 저희들이 성금 마련을 위

한 계좌를 지금 내보내고 있으니 도와주시길 간곡히 부탁드립니다.

김석수는 대형 스크린에 나타난 국토교통부에서 실시간으로 보여 주는 동영상을 가리켰다.

- 얼마 전 한 제보자에 의해 이 영상은 실시간이 아니라 똑같은 영상을 다른 각도에서 촬영하여 보여 주는 것이라는 것을 알게 되었습니다. 영상분석가이신 그분께서는 이것이 같은 영상임을 확인할 수 있는 증거들을 세세하게 캡처하여 보여 주셨습니다. 이 자료는 이미 그분께서 인터넷에 공유하신 덕분에 많은 분께서 아시고 계시리라 생각합니다.

김석수는 진지하게 정면을 응시하며 장중한 표정으로 무겁게 입을 열었다.

- 국민 여러분, 지금은 국가 최악의 위기 상황입니다. 수도권 지역에 거주하시지 않는다고 해서 이 위기와는 상관이 없다고 하실 분도 계실 겁니다. 그러나 우리 모두는 하나입니다. 한 곳이 붕괴되면 다른 곳도 연이어 무너집니다. 지금 우리의 희망이 화천의 소망의 댐에 달려 있습니다. 외신에 의하면 북한 금수산댐이 붕괴되면, 즉 내진 설계가 전혀 되어 있지 않은 허술한 금수산댐이 붕괴되면 열두 시간 안에 서울과 수도권 일대는 물에 완전히 잠겨 최악의 상황에 직면한다고 합니다. 화천

에 계신 저분들을, 화천의 군민들을 도와주십시오!

***

"어, 엄마? 개미들이 줄지어서 막 기어가네?"

가족들과 강원도 경포호를 구경하러 온 한 꼬마가 호수 주변에 길게 줄지어 가고 있는 개미떼를 향해 다가갔다. 아이의 엄마는 휴대폰을 들어 개미떼를 촬영하여 이내 자신의 트위터에 올렸다.

- 경포호의 재미난 개미들, 너무 질서정연해요.

***

"봐라, 봐라. 저거 뭐꼬? 저거 뱀들이 떼로 지나가네?"

"맞네, 맞아. 작년 지진 전에도 꼭 저랬다 아니가?"

등산을 하던 남자 둘이 열 마리 가까운 뱀들이 무리지어 지나가는 것을 보고 깜짝 놀라 나무 아래로 몸을 숨겼다. 사람들을 보고도 아무렇지도 않게 등산로를 가로질러 가는 뱀들은 마치 목적지가 있는 것처럼 한 치도 흐트러짐이 없었다.

"거 참, 희한한 일이네. 어찌 저런 미물들이 저럴까?"

"불안해 죽겠네, 죽겠어. 비가 죽도록 오더만 지진까지 일어나면 우짜라고?

***

"야, 이제 텔레비전 그만 보고 숙제하고 자라."

"싫어, 저거 더 보고 할 거야."

예전과 다르게 똑같은 저녁을 보내고 있던 아이는 눈앞의 텔레비전이 좌우로 마구 흔들리는 것을 보고는 비명을 지르며 부엌에 있던 엄마에게로 쫓아갔다.

"엄마, 무서워!"

아이의 엄마는 아이를 끌어안고 얼른 식탁 밑으로 기어들어 갔다. 그녀는 조심히 식탁 밖을 이리저리 둘러보았다. 식탁 위의 냄비가 마구 흔들리고 찬장 위에 올려져 있던 그릇들과 식탁 위에 올려진 반찬 그릇들이 마구 떨어져 깨지기 시작했다.

"엄마, 어떻게 해? 우리 죽으면 어떡해?"

아이의 울음에 엄마는 그저 아이를 꼭 끌어안을 뿐이었다. 마치 온 세상이 한꺼번에 뒤집어지는 것 같았다. 그녀는 그렇게 아이를 끌어안고 바들바들 떨고 있었다.

***

"엄마야!"

상가를 지나가던 한 연인이 갑자기 와장창 깨어지는 쇼윈도에 놀라 비명을 질러 댔다. 비명이 신호라도 된 듯 상가 안에 있던 모든 이들이 뛰어나와 어디로 가야 할지 몰라 허둥거리고 있었다. 쇼윈도가 다 깨어진 가게의 주인은 밖으로 뛰쳐나와 휑한 가게 안을 들여다보며 황망하게 서 있었다.

"이게 대체 무슨 일이래?"

사람들이 저마다 휴대폰을 꺼내 가장 가까운 이들에게 전화를 하기 시작했다. 그들은 이리저리 주변을 살피며 누가 시키지도 않았는데 삼삼오오 무리를 지어 서 있었다.

"어? 전화가 안 되네?"

"그쪽도 그래요? 내 꺼도 그런데?"

"큰일 났네. 집에서 엄마가 걱정하실 텐데……."

"통화량이 폭주해서 그런가? 저번에 불꽃놀이 갔을 때도 한꺼번에 전화를 해서 이런 일이 있었어요. 아마 공중전화는 괜찮을 거예요."

사람들이 근처에 있는 공중전화 부스로 뛰어가기 시작했다. 평소에는 아무도 찾지 않던 공중전화 부스 앞에는 이미 열 명이 넘는 사람들이 줄을 서 있었다. 모두들 휴대폰을 손에 들고 계속 통화 버튼을 눌러 댔지만 통화가 되는 이들은 아무도 없었다.

"좀 빨리 해요. 다른 사람도 생각해야지?"

"무슨 전화 부스 전세 냈나? 좀 빨리 대강 하고 끊어요!"

뒤에서 애간장이 타는 사람들은 전화하려는 사람이 수화기를 들어 동전을 넣고 버튼을 누르자마자 아우성을 치며 재촉했다. 막 통화를 시작하려던 사람은 한꺼번에 많은 사람들이 공격하자 신경질적으로 소리를 질렀다.

“방금 동전 넣었어요! 전화 좀 합시다! 으악, 또야 또!”

전화 부스에서 소리를 지르던 사람은 갑자기 몸을 웅크리며 쪼그려 앉았다. 뒤에서 기다리던 사람들 또한 머리를 두 손으로 감싸고 쭈그리고 앉았다. 가로수들이 심하게 흔들리고 길가에 세워 둔 차들도 마구 들썩거렸다.

***

- 119입니다. 현재 전화량이 폭주하여 통화가 불가하오니 잠시 기다려 주시길 바랍니다.

“이것들 미쳤나? 지진 났다는 재난문자도 안 보냈네? 세금 받아 처먹고 뭣들 하는 거야? 인터넷도 안 되고.”

화가 난 한 고시생이 피시방에서 휴대폰을 쾅쾅 내리쳤다. 피시방 여주인은 컵 라면을 갖다 주며 자신의 휴대폰을 계속 들여다보았다.

“걱정되어 죽겠어요. 강원도에 있는 애가 무사한지 모르겠네요. 전화를 아무리 해도 두 시간 가까이 전화가 안 되네요?”

“지금 화가 나서 기상청, 재난안전처 다 전화해도 불통이네요. 우라질……. 대체 공무원이라는 사람들 뭣들 하는지 모르겠네요. 근데 아줌마 왜 인터넷이 안 돼요?”

“글쎄, 나도 모르지. 전화도 안 되고, 인터넷도 안 되고. 미치겠네요.”

***

- 저녁 8시 30분 휴전선 부근의 옥천지향사에서 일어난 진도 6.5 강진으로 한반도가 거세게 흔들렸습니다. 하루 일과를 정리하고 편안하게 쉬고 있던 국민들은 갑작스러운 흔들림에 모두 놀라 두려움에 떨며 집 밖으로 뛰쳐나와 있습니다. 겨우 마음을 진정시키던 국민들은 40분 뒤 찾아온 진도 5.0 여진에 또 한 차례 놀란 가슴을 쓸어내려야 했습니다. 현재 진도 3.0에서 2.0 사이의 여진이 계속 일어나고 있다고 합니다. 한꺼번에 통화량이 폭주하여 두 시간 가까이 휴대폰이 불통이라 가족들의 안전을 걱정한 이들은 근처 공중전화 부스로 몰려들어 아직도 줄을 서고 있습니다. 또한 한동안 지진에 영향을 받은 케이블 때문에 인터넷이 되지 않아 많은 이들이 불편을 겪기도 했습니다. 현재 진앙지 근처에 사는 국민들은 실내체육관이나 근처 학교에 마련된 임시 숙소에서 지내고 있다고 합니다.

뉴스를 보던 지연은 엄마를 안심시킨 뒤 바로 요란스럽게 울리는 휴대폰을 집어 들었다.

"아, 이제야 겨우 연결이 되었네. 지연아, 괜찮아? 다친 곳은 없고?"

"오빠, 나 괜찮아. 부모님들은 다 무사하셔?"

"응. 네가 무사하니 정말 다행이다. 우리 수족관에 있는 물이 하도 출렁거려서 고기들이 다 튀어나오는 줄 알았다. 근데 종편 채널들은 지진 관련 방송을 하는데 공중파는 아직까지 드라마를 방영하고 있네. 이 사람들 제정신이야?"

지연은 원호의 목소리를 듣자 마음이 진정되었다. 늘 힘들 때마다 그의 목소리를 듣고 나면 그제야 편안해지는 그녀였다. 그러나 이내 지연의 얼굴이 일그러졌다. 텔레비전에 흘러나온 뉴스 때문이었다.

- 북한 금수산댐은 아직 그 어떤 정보도 알려진 바가 없지만 방금 일어난 지진의 여파를 받지 않았을지 우려되는데요, 지금 소망의 댐 현장을 한번 연결해 보겠습니다.

- 네, 여기는 소망의 댐입니다. 지금 보시는 바와 같이 소망의 댐 관리단 직원들이 비상근무 중입니다. 현재 댐 자체에는 이상이 없어 보이지만 이 밤에도 보시는 것처럼 특별해결팀들이 비상사태에 대비하여 계속 댐 보수 작업을 하고 있습니다.

지연은 그만 휴대폰을 떨어뜨리고 두 손으로 입을 막고 말았다. 자일에 매달려 헬멧에 달린 조그마한 전구 빛에 의지해서 현준이 다른 일행과 함께 열심히 땜질을 하고 있었다.

"지연아, 지연아! 무슨 일 있어?"

전화기 너머로 원호의 걱정스러운 목소리가 들려왔다. 지연은 떨리는 손으로 휴대폰을 들어 울먹거렸다.

"이 밤에 아빠가 아직도 매달려서 일하고 계셔. 어떡해. 아빠가 잘못되시면 어떡하지?"

"우선 침착해. 내가 이미 다 이야기해 놓았으니 내일 오전에 바로 출발할 거야."

"아니, 가지 마. 오빠마저 잘못되면 난 견딜 수 없어. 오빠 나 오빠와 같이 갈 거야."

"그건 안 돼!"

"싫어. 싫다고! 같이 갈 거야!"

***

달도 보이지 않는 아주 어두운 여명이었다. 하루 종일 내린 비가 잠시 그쳤건만 흐린 하늘은 여전히 별들을 보여 주려 하지 않았다. 주변이 고요해서 댐 배수로에서 흘러가는 물소리만 들려오고 있을 뿐이었다.

갑자기 잠자고 있던 새들이 위태롭게 젖은 날개를 퍼덕이며 어디론가 날아가기 시작했다. 그 신호에 맞추기라도 한 듯 갑자기 둔탁하고도 깨지는 소리가 차가운 밤공기 사이로 퍼져 나갔다.

- 우두둑! 콰쾅!

검고 얼음장 같은 수마가 거침없이 댐을 깨부수며 세상 밖으로 나오기 위해 몸부림을 치고 있었다. 작은 균열 사이로 흘러나온 검은 물살은 점점 더 거세지더니 아예 댐을 다 깨부수고 세상 밖으로 나와 활개를 치기 시작했다. 자유로워진 수마는 거침없는 질주로 주변의 모든 것을 거리낌이 없이 쓸어 삼키고 있었다.

- 위잉 위잉!

사이렌 소리가 조용한 새벽을 뜨겁게 달구기 시작했다. 살아 있는 모든 것을 없애 버리려는 듯 오랜 시간 동안 가두어진 검은 괴물은 하늘에서 떨어지는 비와 더불어 점점 더 큰 무리를 만들어 남으로 남으로 향하고 있었다.

***

- 방금 들어온 속보입니다. 어제 저녁에 일어난 지진으로 오늘 새벽 다섯 시를 기하여 북한 금수산댐이 붕괴되었다는 뉴스입니다. 현재 금수산댐에서 방류된 엄청난 양의 물이 그대로 북한강을 따라 남쪽으로 향하고 있다고 합니다. 다시 말씀드립니다. 북한 금수산댐이 완전 붕괴되었습니다!

차가운 실내체육관에서 벌벌 떨며 밤을 지새운 이들은 나누어 주는 빵과 우유를 받아 들고 멍하니 체육관 스피커에서 나오는 말에 얼어붙고 말았다.

"이게 무슨 말이야? 댐이 터져? 북한 그 댐이 터졌다고?"

"아이고, 큰일 났네. 지진 때문에 집에도 못 들어가고 있는데, 지금 홍수가 난다 이 말이야?"

"지금 이러고 있으면 다 물귀신 되는 거 아니에요? 얼른 집에 가서 대강 짐 챙겨 나와서 다른 곳으로 피해야 해요. 아니면 높은 곳으로라도요! 야, 어서 일어나. 이렇게 자고 있을 때가 아니야!"

체육관에 앉아 있던 이들은 아직도 자고 있는 가족들을 깨워 허겁지겁 체육관 밖으로 뛰어나가기 시작했다. 체육관 바닥에는 사람들이 먹다가 던진 우유와 빵이 어지럽게 나뒹굴어 미끄럽고 지저분해졌다.

동사무소 공무원들과 경찰들은 입구에서 괜찮으니 사람들에게 질서를 지키며 기다리라고 했지만 사람들은 그들을 밀치며 극렬한 분노로 눈을 부라렸다.

"야, 이놈들아! 너네들이 일을 똑바로 못 하니까 이 지경이 된 거 아니야!"

"저리 비켜! 언제 대한민국이 국민들 목숨 제대로 지킨 적 있어? 내 가족은 내가 지킨다!"

"꼴 보기 싫어. 저리 꺼져!"

수많은 이들이 살기 위해 좁은 입구를 향해 달려가다 서로 먼저 나가느라 밀치고 싸우느라 아우성이었다. 그 와중에 시비를 걸어 주먹다짐을 하며 나뒹구는 이들을 경찰들이 떼어놓자 그들은 경찰들에게 달려들어 고함을 질러 댔다. 부모가 손을 놓친 아이가 울고 있자 한 공무원이 아이를 안아서 달래며 한숨을 쉬었다.

"지옥이 따로 없네. 이게 지옥이 아니면 대체 뭐야?"

***

- 국민 여러분, 지금은 국가 특별 재난 상황입니다만, 우리의 소망의 댐은 북한 금수산댐 수량을 모두 받아 낼 수 있으니 걱정하지 마시고 일상에 집중하시길 바랍니다. 현재 국토교통부 관리하에 소망의 댐을 더욱 튼튼하게 보수하고 있는 중이고 임시 물막이벽도 축조 중이라 아무 걱정이 없습니다. 그러니 절대 잘못된 정보로 혼란해하지 마시고

차분하게 일상생활에 임해 주십시오.

"야 이 개새끼야! 아가리 닥쳐라! 차분하게 일상에 임하라고? 너는 금방 도망갈 수 있겠지만 국민들이 무슨 죄냐? 확 그냥!"

"지랄하네. 댐도 부실하게 지어 놓고 큰소리야? 이번 폭우에도 아무 대처도 못 해서 얼마나 많은 사람들이 집을 잃고 피해를 봤어? 쳐 죽일 것들! 그냥 청와대하고 국회의사당부터 다 수몰시켜 버려야 돼!"

로터리의 스크린 광고판에서 나오는 대통령의 국민 대담화 발표를 보며 사람들은 손가락질을 하며 악을 썼다. 이미 짐을 싸고 터미널이나 공항 등으로 향하고 있는 이들은 차 안에서 계속 지방에 있는 친척들에게 전화를 걸며 안부를 전하고 있었다.

흐리고 어두운 하늘은 시커먼 먹장구름으로 가득했다. 대한민국은 현재 완전히 혼란의 도가니 그 자체였다. 연일 이어지는 폭우에 지진으로 가중된 공포는 일상생활을 완전히 포기하고 오로지 살아야겠다는 본능에 충실하도록 몰아가고 있었다. 그 누구도 다른 이를 믿지 않았고, 다른 이를 제쳐서라도 나와 내 가족이 살아야겠다는 동물적인 생존 욕구만 남아 있을 뿐이었다.

***

"그대로 방송 내보내. 곧 있으면 안전해질 거라고."

"하지만 국장님, 부끄러우시지도 않습니까? 국민들은 진실을 다 알고 있습니다."

"시끄러! 우린 공영방송이야. 나라에서 시키는 대로 하면 되는 거라고. 네가 뭐 유능한 저널리스트라도 되는 줄 착각해?"

DBC 방송사의 박한록 기자는 보도국장이 바닥에 내던져 버린 종이들을 망연자실한 채 쳐다보고 있었다. 작년에 입사한 그는 올 가을이 되기 전까지 그 누구보다 의욕적으로 일하고 있었고 자긍심을 지니고 있었다.

그러나 요즘에는 그 누구에게도 DBC 방송사에서 일한다는 말을, 특히 보도국에서 일한다는 말을 함부로 할 수가 없었다. 출근할 때도, 퇴근할 때도 심지어는 같이 하숙하는 사람들도 모두들 JBC 뉴스만 애청하고 있었다. 하숙집 주인이 오늘 아침에도 출근하는 그의 뒤통수를 향해 한마디 던진 게 하루 종일 귓가에 맴돌았다.

"기자가 별 건가? 시키는 대로 보도할 거 같으면 나라도 기자하겠네."

아직도 목덜미와 두 뺨이 화끈거렸다. 모든 것을 다 알고 있으면서도 앵무새처럼 시키는 말만 따라 하는 짓 따위는 하고 싶지 않았다. 그는 갑자기 보도편집실로 향했다.

"미쳤어? 나 짤리면 너 책임 질 거야?"

"제발. 나한테 다 떠넘기면 되잖아? 나 혼자 옷 벗을 테니 제발 이렇게 부탁한다."

"아 씨, 안 되는데? 국장이 알면 나 최소 사망이다."

영상편집 기자인 이명한은 박한록이 내미는 종이를 내려다보고만 있었다. 잠시 뜸을 들인 그는 마지못해 입사 동기가 건넨 종이를 낚아챘다.

“그래, 까짓거 일 저지르고 보는 거지. 대한민국에서 어딜 가나 명함을 못 내미는 요즘인데 사람다운 일이라도 해 보자.”

- DBC 오전 뉴스입니다. 북한 금수산댐이 붕괴되어 많은 유량이 남쪽으로 향하고 있다고 하지만 우리의 굳건한 소망의 댐에서는 만반의 태세를 갖추고 있다고 합니다. 또한, 국토교통부에서는…….

“잉? 저건 뭐야?”

인제스트룸에서 모니터를 들여다보던 국장은 화들짝 놀라 일어섰다. 그뿐만 아니라 모든 사람들이 화면 하단에 나오는 ‘소망의 댐, 위기 상황 열두 시간 전’이라는 문구를 보며 경악하여 할 말을 잃고 있었다.

“컷 하라고! 어서!”

“국장님, 지금 생방송인데 어떻게 컷을 합니까? 첫 뉴스라 중간에 광고를 넣기도…….”

“박한록 이 새끼, 내가 죽여 버릴 거야!”

인제스트룸 문을 열자 문 앞에 박한록이 서 있었다. 화가 난 보도국장은 연달아 그의 뺨을 거칠게 갈겨 버렸다. 박한록의 입술은 터져 피가 흘렀지만 그는 피식 웃고만 있었다.

“웃어? 이 새끼가?”

그는 흰 봉투 하나를 국장의 가슴에 갖다 붙이고는 사정없이 문질러 댔다.

“당신 심장이 있긴 한 사람이야? 지금 온 대한민국이 위기에 처했는데 정부 시중이나 드냐고? 너나 많이 아부해서 잘 먹고 잘 살아라!”

뒤돌아서서 휘파람을 불며 걸어가는 박한록을 쳐다보며 국장은 그가 건넨 봉투를 마구 짓밟으며 소리를 쳤다.

“너 블랙리스트에 올려서 방송사에 싹 다 돌릴 거다!”

“국장님, 잠시만요. 여기 홈페이지에 올라온 글들 좀 보십시오.”

“뭐야?”

보도국 직원이 보여 주는 휴대폰 속의 글들에 그는 눈이 휘둥그레졌다.

- 이제야 정신 차리셨나? 이제라도 잘해라. 계속 보고 있겠다.

- 국민을 기만하는 방송국에 수신료 안 낸다. 그거 싹 다 거두어서 JBC에나 갖다 줄 거다.

- 계속 이렇게 방송 사고만 내라. 그럼 계속 너네들 드라마는 봐 줄 게.

***

국교부의 지침대로 보도하던 방송사들은 DBC 방송 사고 이후 하나 둘씩 진실을 보도하기 시작했다. 그 누구도 무서운 민심을 저버릴 수 없었다. 그들 또한 대한민국의 한 사람이었고 거짓을 밝혀야 할 거룩한 의무를 지닌 언론인 중 한 사람들이었기 때문이다.

- 저희 NBS 뉴스에서는 이 시간부터 화천 소망의 댐 현장에 있는 JBC 뉴스의 정보를 공유하여 국민 여러분께 사실 그대로 방송해 드릴 예정입니다. 극악한 기상 현상과 교통 통제로 인해 직접 현장에서 취재할 수 없는 대신 저희 NBS 뉴스에서는 화천의 현 상황을 두고 전문가들을 모셔서 조금이라도 도움이 되는 정보를 알려 드리고자 합니다.

- TV국토 뉴스입니다. 현재 화천에서 들어온 정보를 취합해 볼 때 현재 보수공사가 진행 중이기는 하지만 얼마나 굳건하게 소망의 댐이 위기 상황에 버틸 수 있는지 타진해 보고자 합니다. 지금 한국대 토목공학과 이병진 교수님께서 나와 계십니다.

- IBS 뉴스 속보입니다. 현재 화천에서는 임시 물막이벽 공사와 함께 댐 내벽 방수 공사를 같이 진행하고 있습니다. 화천에는 국민 여러분들의 도움의 손길이 필요합니다. 화천을 도와주십시오. 지금 대한민국의 존립이 화천에 달려 있다고 해도 과언이 아닙니다.

"뭐야? DBC에서 방송 사고 내더니 다른 방송사들도 따라 하네?"
"이제야 정신을 차렸나? 진즉에 제대로 하지?"
터미널에 있던 사람들은 어이없다는 듯 대합실 모니터를 쳐다보고 있었다. 타 방송사에서도 경쟁이라도 하듯 화천의 소망의 댐을 메인 뉴스로 보도하고 있었지만 아직까지 사람들의 눈은 모두 현장에서 JBC

뉴스를 진행하는 김석수 앵커가 나오는 모니터를 주목하고 있었다.

***

- 화천 소망의 댐 현장에 나와 있는 김석수입니다. 현재 정부에서는 소망의 댐이 북한 금수산댐에서 방출된 수량을 모두 받아 낼 수 있다고 하지만 현장에서 살펴보니 문제점이 한두 가지가 아닙니다. 국민 여러분, 저는 제가 보고 들은 것만을 그대로 말씀드립니다. 지금 조현준 박사 일행이 화천군청의 건설방재과 직원들과 함께 열심히 보수 작업을 하고 있지만 시간적, 경제적 자원 확보가 시급합니다. 이미 외국 전문가들에 의하면 열두 시간 안에 수도권 일대는 완전히 침수됩니다. 이제 한 시간이 지났으니 겨우 열한 시간이 남았습니다. 더군다나 계속된 폭우로 인해 지금 하천의 유량이 급증한 상태라 더욱 사태가 악화될 수 있습니다. 아, 제 옆에 지금 한 주민께서 나와 계십니다.

30대로 보이는 젊은이가 김석수의 마이크를 얼른 낚아채 다급하게 외쳤다.

- 제발 화천군민들을 도와주십시오. 보십시오! 국민들을 대표해서 지금 모든 주민들이 나오셔서 임시 물막이벽을 설치하느라 밤잠까지 포기하고 계십니다. 화천으로 되도록 많은 양의 시멘트와 인적 자원을 보내 주십시오. 화천을 지켜야 합니다! 화천을 지키지 못하면 대한민

국이 무너집니다. 소망의 댐을 지켜 내지 못하면 이제 서울의 안전을 보장할 수 없습니다. 청와대에 있는 개 같은 것들아, 듣고 있냐? 여기 못 지키면 너네도 다 죽는다고! 너네들은 살 거 같지? 그래, 너네들은 다 도망갈 수 있겠지? 그러나 국민이 무슨 죄냐? 세금 내라고 내서 착실하게 내고, 군대 가라고 해서 가서 죽거나 다쳤는데, 이젠 물귀신까지 되어야 하냐고, 이 천벌을 받을 자식들아! 지금이라도 있는 그대로 국민들에게 알려. 너네들이 사람이라면 말이다, 이 개자식들아!

터미널에서 항구에서 공항에서 집 안에서 차 안에서 모니터나 휴대폰으로 JBC 뉴스를 시청하던 이들의 얼굴이 숙연해졌다. 자신들의 안위를 위해 도망가고 있는 이 모습이 졸렬하고 한없이 부끄러웠다. 어떤 남자가 갑자기 일어서더니 표를 바꾸러 매표소로 향했다. 잠시 뒤 다른 남자들도 가족들과 이별을 고하고는 매표소로 향하기 시작했다. 이어서 대합실에 대기 중이던 일부 성인 남자들이 매표소로 향해 걸어가고 있었다.

한 여자아이가 가만히 서서 그 장면을 멀뚱히 보더니 엄마에게 다가왔다.

"엄마, 우리도 돌아가야 하는 거 아니야?"

"미쳤니? 할머니께서 너 기다리셔. 아무 소리 하지 말고 엄마 아빠랑 기차 타야 해."

그때 아이의 아빠가 일어서더니 자신이 들던 짐을 아이 엄마에게 들려주었다.

"뭐야, 당신?"

"소연이 데리고 먼저 내려가 있어. 곧 따라갈게."

"뭘 한다고? 자기 미쳤어? 서울에 있다가 하루도 안 되어서 다 죽는다고!"

"알지, 아는데……. 애 앞에서 비굴한 모습 보이기 싫다. 바로 화천에 가서 조금이라도 일을 거들고 싶어. 소연아, 엄마 손 꼭 잡고 가야 한다. 알았지?"

아이 아빠는 아이를 꼭 끌어안고는 말없이 눈물을 흘렸다. 아이의 엄마는 애가 타 발을 동동거렸지만 아이 아빠는 그런 아내를 한번 포옹해 주고는 그대로 되돌아섰다.

매표소로 간 그는 창구 여직원에게 샀던 표를 내밀었다. 여직원은 한숨을 쉬며 받은 표를 손에 쥐고는 사내에게 되물었다.

"아저씨도 화천 걸로 바꿔 드릴까요?"

4장

바람 앞의 등불처럼

의인과 악인:
최악의 위기 상황 열 시간 전

"네, 119입니다."

"여기 영등포에 있는 연꽃아파트 바로 앞에 있는 주택인데요, 옹벽이 무너져서 우리 애가 다쳤어요. 와서 좀 도와주세요."

"네, 곧 출동하겠습니다."

"어느 정도 걸리죠? 애가 피를 많이 흘렸어요. 지금 밖이 엉망이에요. 무릎까지 물이 차서 차를 몰 수가 없네요."

"지금 신고가 많이 들어와서 한 시간 정도 걸릴 것 같습니다."

"뭐야? 뭐 이런 개 같은 경우가 다 있어? 빨리 와!"

지연은 입술을 깨물었지만 날숨을 내쉬며 겨우 마음을 진정시켰다. 그러나 전화를 끊자마자 겨우 한숨 돌릴 새도 없이 또 다른 전화가 걸려 왔다.

"네, 119입니다. 어디십니까?"

"노원구에 있는 상가인데요, 아무래도 감전될 거 같아 사람들이 다 3층 옥상 위에 올라가 있어요. 어서 헬기 출동시켜서 와 주시면 안 될까요?"

"지금 기상 상태가 나빠서 조금 시간이 지연될 것 같습니다."

"아니, 국민 세금 받고 뭐하는 거야? 얼른 와 줘요!"

"네, 그럼 조금만……."

"야, 이 미친년아! 뭘 조금 기다려? 빨리 와. 우리 정말 이러다 감전사해서 통구이 되면 구하러 올래?"

상대방이 그악스럽게 소리치며 전화를 끊자 지연은 한계를 느끼고 자리를 박차고 일어났다.

"뭐 이런 개 같은 경우가 다 있어? 언니 대체……."

지연은 옆에서 같이 일하는 동료에게 차마 말을 걸지 못했다. 자신뿐만 아니라 모든 상담원들이 정신없이 신고를 접수하고 있었다. 상황을 설명하는 이들은 최선을 다하고 있었지만 절체절명의 위기에 순간에 처한 이들에게는 위로가 되지 못했다.

"야, 이것들 대체 뭐하는 거야?"

어떤 남자 하나가 문을 박차고 들어왔다. 경비원이 따라 들어와 저지했지만 사내는 손을 뿌리치고 바락바락 소리를 지르며 몸부림을 치고 있었다.

"이것들아, 앉아서 전화만 받으면서 왜 사람을 안 보내 주는 거야? 내가 직접 여기까지 걸어서 왔어. 대체 너희들 뭐하는 거야? 우리 어머니가 쓰러져서 병원 가야 하는데 제때 안 와서 내가 비 맞으며 업고 응급실까지 뛰어갔다고. 이 새끼들, 대체 뭐야?"

손에 쥐이는 대로 잡고 던지며 소리를 지르는 사내를 말렸지만 마치 괴력의 사나이처럼 그는 격렬한 분노로 무한한 힘이 솟아나는 것 같았다. 불청객의 절규와 함께 여기저기서 쏟아지는 전화 소리에 재난센터는 마치 아수라장 같았다. 지연은 털썩 자리에 주저앉더니 크게 들숨을 마시고는 헤드셋을 썼다.

"네, 119입니다. 주소부터 말씀해 주시고요, 조금만 기다려 주시겠습니까?"

***

"선생님! 빨리요. 지금 막 지붕이 무너져 크게 다친 사람입니다."

강남의 한 응급실은 그야말로 지옥이었다. 물에 빠지거나 건물이 무너져 다친 이들이 끊임없이 실려 오고 있었다. 당직인 인턴과 레지던트 외에 모든 의사들과 간호사들이 주야로 집에 가지도 못한 채 연일 근무하고 있었지만 역부족이었다.

"선생님, 어서요. 하혈이 심합니다!"

119 구조대원 두 사람이 한 여자를 실어 응급실로 뛰어왔다. 여자는 산모인 듯 배가 불룩했고 미색 바지는 피로 흥건했다.

"어찌 된 겁니까?"

"산통이 와서 병원에 가다가 주변 축대와 지붕이 무너져서 다쳤습니다. 거의 산달이 다 된 산모 같은데 괜찮을까요? 빨리 응급 수술을 해야 할 것 같습니다."

레지던트 석남희는 얼른 여자의 맥박을 짚었다. 다행히 맥은 희미하게나마 뛰고 있었다. 그러나 불행하게도 그를 도와줄 간호사는 주변에 있지 않았다. 모두가 몰려드는 환자들을 치료하느라 방금 도착한 산모에게 신경 쓸 여력이 없었다.

"큰일이네. 빨리 수술에 들어가야 하는데. 이보세요, 혹시 제 말 들립니까?"

산모는 희미하게 눈을 뜨며 그를 바라보았다. 그때 여성 구조대원이 석남희에게 다가왔다.

"선생님, 손이 모자라니 제가 돕겠습니다. 어떻게 해야 할까요?"

석남희는 차분한 그녀를 보자 그제야 마음이 놓였다. 그는 그녀에게 가위를 건네주었다.

"우선 환자의 옷을 벗기시고 빨리 자궁 상태를 진료해야 합니다. 물에 젖어 옷을 벗기기 힘들 테니 가위로 자르십시오."

구조대원은 재빠른 손놀림으로 산모의 바지를 벗기고는 얼른 커튼을 쳤다. 석남희는 그녀의 행동에 제법 만족스러운 미소를 보내며 산모의 상태를 살펴보았다.

"큰일 났네요. 양수가 터진 것 같습니다. 아이 머리가 보이는데 수술에 들어갈 수는 없고. 이보세요, 지금 제 말 들리시죠? 지금 수술에 들어가야 하는데 쉽지가 않습니다. 산통을 언제부터 느끼셨나요?"

"오늘, 오늘 아침요……."

"힘드시겠지만 아이도 힘듭니다. 죽을힘을 다해 아래에 힘을 주세요. 가운 입으시고 장갑 끼시고 이왕 도와주시는 거 끝까지 좀 도와주세요."

구조대원은 얼른 가운과 장갑을 착용하고 산모 옆에 서서 두 손으로 그녀의 손을 잡았다. 산모는 최선을 다했지만 아이의 머리가 걸려 제대로 나오지 못하고 있었다. 아이의 심박수를 나타내는 기계음이 더욱 빨라지자 석남희는 다급하게 소리쳤다.

"더 힘을 쓰세요. 어서요!"

산모는 아랫입술을 깨물며 안간힘을 썼지만 더는 진전이 없었다. 석남희는 크게 한숨을 내쉬더니 구조대원에게 고개를 끄덕였다.

"푸쉬, 푸쉬! 배 위에 올라타서 세게 눌러요!"

구조대원은 잠시 머뭇거렸다. 석남희는 답답한 듯 더욱 재촉했다.

"어서 누르라고! 애 죽일 거예요?"

구조대원은 다부지게 숨을 한번 들이마시더니 산모의 배에 올라타 두 손으로 힘껏 눌렀다.

"아얏!"

산모의 비명소리와 함께 건강한 남아가 미끈거리는 체액과 함께 석남희의 손에 들려 있었다. 구조대원은 팔꿈치로 이마의 땀을 훔치더니 두려움에 떨며 아이를 내려다보는 산모에게 미소를 건넸다.

"다 끝났어요. 아들이에요."

그때 커튼이 쳐지더니 같이 왔던 남자 구조대원이 그녀를 찾았다.

"어서 나와요. 지금 송파구에 노인 한 분이 쓰러지셨데요. 물에 빠지신 것 같다네요. 빨리 나와요!"

구조대원은 얼른 가운과 장갑을 벗고는 마침 바로 옆 침대에 있던 간호사에게 주변 정리를 부탁하고 다시 응급실 입구로 달려 나갔다. 석남희는 야무진 그녀의 뒷모습을 바라보며 아쉬운 듯 중얼거렸다.

"고맙다는 말도 못 했네. 이렇게 큰일을 해 주셨는데……."

***

"아버님 안녕하십니까?"

현준은 잠시 숨을 돌리며 댐 마루에 앉아 있었다. 낯이 익은 한 젊은이가 인사를 하자 그는 고개를 갸우뚱거렸다.

"누구……."

"아버님 서운합니다. 저 사위될 박원호 아닙니까? 벌써 잊어버리셨어요?"

"아, 미안하네. 근데 자네가 여긴 웬일인가?"

"지연이가 하도 걱정을 해서요. 아버님 안전하게 모시고 간다고 하고 왔어요. 따라오려고 하는 거 겨우 떼놓고 오느라 혼났네요."

현준은 어이가 없다는 듯 잠시 한숨을 쉬더니 원호에게 꿀밤을 먹였다.

"아, 왜요?"

"야, 이 녀석아. 네가 잘못되면 내 딸 어떻게 하라고? 너 다치기라도 하면 그 원망 평생 듣고 살아야 하는데 썩 가지 못해?"

"싫습니다. 저도 산업잠수사입니다. 이렇게 그냥 보고 있을 수만은 없습니다."

"놀고 있네. 자식, 어디 어른 말을 안 듣고? 안 가?"

그때 옆에 앉아 담배를 피던 범수가 다가오더니 원호의 어깨에 손을 올리고 이리저리 훑어봤다. 현준은 후배를 못마땅한 듯 흘겨보며 예비 사위의 어깨에 올린 그의 손을 툭 쳐 버렸다.

"아서라. 어디 감히……."

"야, 역시 젊으니까 좋다. 이왕 온 거 잠시라도 좀 하라고 합시다. 우리도 늙어서 지금 죽을 지경인데?"

"안 돼. 지연이 눈물 흘리게 할 수 없어. 평생 애비 노릇도 못 했는데 약혼자까지 잘못되면 나 보려고도 안 할 거야."

"지연이가 부탁해서 온 겁니다. 그러니……."

"시끄러!"

현준은 화가 나서 헬멧을 쓰고 다시 자일을 타고 댐 벽을 내려갔다. 고개를 푹 숙인 원호에게 다가온 범수는 어깨로 툭 치며 담배 하나를 권했다. 담배를 받기만 하고 입에 물지를 않는 걸 보고 범수는 의아해 쳐다보았다.

"너 담배 안 피냐?"

"잠수사가 몸 관리 잘 해야죠? 그리고 지연이가 싫어해요."

"어이고, 공처가가 따로 없구나. 참나……."

원호의 손에서 담배를 빼앗은 범수는 담배를 일부러 더 세게 빨며 연기를 뿜어냈다. 원호는 댐 바깥 벽 쪽에서 공사 중인 임시 물막이벽을 보더니 깜짝 놀라 고개를 갸우뚱거렸다.

"야, 대단한데요? 3분의 2가량은 쌓아올리셨네요?"

"거의 다 지었지. 근데 콘크리트가 잘 굳어야 할 텐데 걱정이다."

"그래서 댐 안과 밖에다 철근으로 다시 겹겹이 쌓아 놓으신 거예요?"

"그래. 그렇게라도 해야 물막이벽이라도 안 무너지지. 근데 댐이 무너지면 다 소용없어. 그나저나 이왕 온 거 같이 일 좀 할까? 잠수 실력이 얼마나 되는지도 보고 싶은데? 장비는 다 챙겨 왔어?"

"예, 차에 다 싣고 왔습니다."

"오케이! 태도가 아주 마음에 들어. 나 따라와. 지금 댐 안쪽에서 땜질하는 거 보이지? 저게 우선 에폭시로 땜질을 하고 다시 수중 불분리성 제품으로 페이싱을 하고 있는 거야. 하지만 계속 비가 오고 수위가 올라가고 있어서 지금 수중에서 철사로 된 가리막을 댐 안쪽 벽에 설치하고 있어. 봐, 자원해서 온 잠수사들이 열심히 하고 있지?"

"그럼 수중 용접 작업을 하는 겁니까?"

"뭐 그런 셈이지?"

"빨리 하고 싶네요. 어서 앞장서셔야죠?"

현준은 갑자기 울리는 휴대폰 소리에 하마터면 연장통을 떨어뜨릴 뻔했다. 휴대폰 발신인을 보니 '딸내미'라고 적혀 있었다. 평소라면 반가운 마음에 전화를 받았겠지만 그는 그냥 휴대폰을 안주머니에 쑤셔 넣었다.

"왜 그래? 전화 안 받고?"

옆에서 같이 작업을 하던 선도는 현준을 바라보더니 평소와 다르게 먼저 말을 걸었다.

"어이고, 형님께서 저한테 말을 다 거시고. 웬일이십니까?"

"집에서 온 전화면 받아. 걱정해서 온 거잖아."

"분명히 나 원망하는 전화일 건데 뭣 땜에요?"

"나처럼 후회하지 마. 평생 산만 쫓아다니다가 이제 와서 같이 시간 보내지 못한 거 가슴 치고 있잖아. 기회가 있을 때 잘해."

안주머니에 들어 있는 휴대폰이 계속 울려 댔다. 잠시 망설이던 그는 자신을 향해 고개를 끄덕이는 선도를 보고는 휴대폰을 꺼냈다.

"지연이냐?"

"아빠, 괜찮아? 다친 데 없어? 계속 밧줄에 매달려서 밤낮없이 일한다고 들었는데. 식사는 잘 챙겨 드시고?"

"하나씩 물어라. 대답할 입이 하나다. 나 다친 데 없고, 잘 먹고 잘 잔다. 됐지?"

"미안해, 아빠. 그동안 너무 구박해서……."

"뭐 구박받을 짓 했으니 니 엄마와 니가 그렇게 날 미워했겠지. 그나저나 원호가 왜 여기 왔냐? 네가 보낸 게 맞아?"

"응, 너무 걱정되어서. 아빠가 너무 걱정되어서……."

말을 잇지 못하고 울먹이는 딸의 목소리에 현준은 갑자기 목울대가 마구 조여오고 얼굴이 뜨거워졌다. 아주 오랜만에 느껴 보는 딸과의 진실한 소통에 그는 자꾸만 눈시울이 붉어져 눈을 껌뻑거렸다. 옆에서 지켜보던 선도는 피식 웃으며 작업을 계속했다.

몇 번 헛기침하며 겨우 감정을 잠재운 그는 버럭 큰소리를 내었다.

"뭐하냐? 울지 마. 괜히 그러면 좋은 일 안 생겨. 그리고 지금 서울 어떠냐? 여기저기 침수되어서 엉망일 텐데."

"지금 강북에서 강남을 가려면 배도 못 탈 정도에요. 도로가 반 이상이 침수되어서 출근도 못 하는 사람이 많데요. 그리고 무엇보다 곧 있으면 서울이 물에 다 잠긴다고 해서 고층이 직장인 사람들은 그곳에서 먹고 자고 한데요. 많은 사람들이 지금 터미널이나 공항으로 간다고 길이 다 막혀 엉망이에요."

"우리 집 2층 단칸방인데 엄마와 넌?"

"지금 엄마랑 우리 회사에 있어요. 팀장이 싫어할까 봐 엄마는 미화원 아주머니들 휴게실에 계세요."

"똑똑하네 우리 딸."

"아빠, 꼭 안전하게 돌아오세요. 오빠랑 같이."

"응, 끊는다."

지연이 전화를 끊었지만 현준은 한참 동안 휴대폰을 들여다보았다. 선도는 낄낄거리며 발로 건듯이 벽을 타고 와 현준을 툭 쳤다.

"그리 좋아? 거 봐 내 말 듣기 잘했지?"

"형님도 참! 근데 서울이 엉망인가 봐요."

"그렇지, 뭐. 계속 비가 내리고 거기다 댐들이 수문을 열었으니 물바다겠지."

"형수와 자제분들은요?"

"이미 완도에 내려갔데. 내 말은 그래도 잘 듣거든. 내가 자네보다 낫지?"

"참 형님도……. 이제 한 20미터 남았네요? 밤낮없이 땜질했더니 그래도 많이 진척이 되었네요. 화천 사람들하고 자원봉사자들이 제법 많이 오셔서 도와주신 덕분이네요."

현준과 선도는 댐 안쪽 벽에 매달려 그들과 같이 에폭시 작업과 페이싱 작업을 하고 있는 서른 명 남짓한 이들을 바라보았다. 그리고 수면 아래에서 열심히 수중 용접 작업을 하고 있는 잠수사들을 내려다보다 깜짝 놀란 현준은 하마터면 연장통을 떨어뜨릴 뻔했다.

"아버님! 좋네요! 여기 일할 맛 나요!"

"저 녀석이 기어이……."

마스크를 벗고 손을 흔드는 원호를 보자 현준은 한숨을 내쉬며 관자놀이를 문질렀다. 선도는 킥킥거리며 하던 작업을 다시 시작했다.

"자식 이기는 부모 없어. 저가 좋아서 왔는데, 이왕에 장인과 사위 좋은 추억 만들고 가라고. 앞으로 두고두고 명절마다 안주거리 할 이야기는 있어야지?"

***

"어 저건 뭐야? 저 사람 재난안전처 장관 아니야?"

"맞네? 그리고 저기 뒤에 있는 인간은 여당 국회의원 같은데?"

"저것들 지금 자리 안 지키고 어딜 가는 거야? 혹시 도망가는 거야?"

"저런 것들은 사진 찍어 인터넷에 도배를 해서 생매장시켜야 해."

공항에서 기다리던 사람들은 저마다 핸드폰을 들고는 사진을 찍기 시작했다. 그들이 사진을 찍고 있는 피사체들은 희한하게도 티켓팅을 하거나 대합실에서 기다리지 않고 공항에 도착하자마자 바로 게이트로 향하고 있었다.

"뭐야, 저것들 직권남용 하는 거 아냐? 우리도 티켓팅하려고 이틀 가까이 공항에서 노숙하고 있는데 저것들은 왜 그냥 태워 줘?"

"국민들 기만하는 놈들, 장관이고 국회의원이고 자격 없어!"

"아, 뭐해요? 다들 가서 저놈들 막읍시다."

대합실에서 분노한 승객들이 모두 우르르 게이트로 향하자 공항 경찰대들이 총을 들고 게이트 앞을 막아섰다.

"뭐야? 왜 우리들한테 총을 겨눠?"

"야, 이 개새끼들아 국민들 버리고 도망가는 저놈들부터 쏴! 어디 감히 총을 겨눠?"

"아, 뭐해요? 다들 사진이나 동영상 찍어서 올려요. 이게 나라입니까? 이게 대한민국 경찰의 민낯이에요?"

극렬한 감정에 휘말린 사람들은 모두 핸드폰을 꺼내 공항 경찰대들을 찍기 시작했다. 사람들의 예상치 못한 행동에 경찰들은 서로 난감한 표정으로 쳐다보았다. 사람들 머리 위로 올려진 핸드폰에서는 얼굴이 붉어진 공항 경찰들과 간간히 열리는 게이트 안의 파렴치한들의 비굴한 뒷모습이 찍히고 있었다.

***

- 지금 인터넷에서는 SNS를 통해 실시간으로 국민들을 버리고 도망치는 장관들과 국회의원들의 모습이 나돌고 있습니다. 국민들에게는 소망의 댐이 안전하니 믿고 가만히 있으라고 하면서 자기들은 몰래 재산을 정리해서 자신에게 주어진 특권을 이용해 해외로 도피하거나 지방에 있는 자신의 별장으로 도피하는 이들을 우리는 여태껏 믿고 따라온 것입니다. 이것이 현재 대한민국의 현실입니다. 지금 인터넷에서는 국민들을 버리고 특권을 이용해서 도피하는 공직자들을 파면하고

동시에 부여된 특권 또한 없애야 한다는 서명 운동이 벌어졌습니다. 다음 아고라에 올라온 몇 개의 청원글에는 벌써 십만 명 이상이 서명하여 이미 완료된 상황이라고 합니다. 혹시라도 터미널, 공항, 항구 등지에서 잘 알려진 공직자가 특권을 이용해서 국민을 버리고 도피하는 걸 보신 분이 계시다면 바로 DBC 보도국으로 제보를 해 주십시오. 바로 홈페이지에 그자의 사진을 띄우고 방송으로 내보내도록 하겠습니다. 저희 DBC 뉴스는 오늘부터 화천에서 보내오는 JBC 뉴스를 인용하고 있는데요, 소망의 댐에 계신 JBC 뉴스 김석수 앵커를 연결하도록 하겠습니다. 지금 서울에는 계속해서 많은 비가 쏟아지고 있습니다. 화천은 날씨가 흐리지만 비는 오지 않는 것 같습니다.

- 예, 소망의 댐입니다. 지금 화천은 다행히 오전부터 비가 그쳤습니다. 그러나 소망의 댐 수위는 현재 25미터 정도로 올라와 있어 안심할 수 없는 상황입니다. 현재 점심 식사도 대강 주먹밥으로 때운 채, 화천 군민과 함께 각지에서 시멘트와 그 외 필요한 재료들을 싣고 급히 달려오신 자원봉사자들의 도움으로 댐 외벽 쪽의 임시 물막이벽 공사가 거의 다 완료되어 가고 있습니다. 문제는 물막이벽 위로 다량의 콘크리트로 타설하는 일이 급선무인데 다행스럽게 비가 그쳐 콘크리트를 건조시키는 것은 어느 정도 가능할 것 같습니다. 그러나 여전히 언제 또 비가 내릴지 모르는 상황이라 모두들 긴장 상태에서 작업을 하고 있습니다.

- 그렇군요. 현재 댐 내벽 방수작업과 특수한 재료로 혼합된 수중 불분리성 콘크리트 페이싱 작업은 어떻게 진행되고 있습니까?

- 현재 댐 마루에서부터 약 15미터 정도를 남겨 놓고 있습니다. 댐 내벽 작업은 현재 암벽 등반 자일에 매달려 직접 작업을 하는 페이싱 작업과 수중에서 전문 산업잠수사들이 하는 철사로 된 가리막 수중 용접 작업으로 나뉘고 있습니다. 이 수중 작업은 만약 내벽이 붕괴될 시 임시 물막이벽을 어느 정도 고정시켜 주는 외벽 쪽의 철근 고정 작업과 유사하다고 볼 수 있습니다. 그러나 이것 또한 임시적인 방편일 뿐 중요한 것은 댐 자체가 붕괴되지 않도록 내벽 방수 작업에 달려 있다 하겠습니다.

- 많은 고위 공직자들이 자신의 안위를 위해 도피하고 있는 와중에 온 국민이 합심하여 소망의 댐을 지켜 내고 있는 현장을 보고 계십니다. 미처 화천에 직접 오시지 못하는 분들께서도 마음으로라도 특별 해결팀과 함께 합심 단결하여 국가의 위기를 극복하는 저분들을 위해 응원을 보내 주시길 바랍니다. 화천에서 생생한 뉴스를 보도해 주시는 JBC 뉴스 김석수 앵커께도 깊은 감사의 말씀을 올립니다.

***

지연은 벌써 끼니를 놓친 지 오래였다. 오늘은 이상하게도 배가 고프지도 않고 평소처럼 졸리지도 않았다. 쉴 새 없이 이어지는 전화벨 소리가 이제는 익숙한 바람소리처럼 느껴져 그녀는 그 어느 때보다 차분하게 앉아 있었다.

"네, 119입니다. 어딥니까?"

"여기 서초 교대 앞인데 완전 고립되었어요. 빌딩 옥상 위에 다들 올라와 있는데 언제까지 이러고 있어야 하나요? 곧 있으면 댐이 무너질 거라는데?"

"현재 한 시간 넘게 기다리셔야 할 겁니다. 지금 수신되는 위치로 헬기를 보내겠습니다."

지연은 기계적으로 전화를 끊고 다음 전화를 이어 받았다.

"네, 119입니다. 어디십니까?"

"여기 동대문 파랑아파트인데 아내가 혼절했어요. 평소 저혈압인데 저체온이네요. 지금 집 안에 물이 들어와 식탁 위에 앉아 있어요."

"네, 바로 수신되는 위치로 구조대를 보내드리겠습니다. 한 시간 정도 양해 부탁드립니다."

이전과 다르게 지연은 그 어떤 악다구니에도 참을성 있게 대처하며 신고를 접수했다. 하지만 그녀만 그런 것이 아니었다. 주변에 있는 많은 상담원들이 끼니도 걸러 가며 벌겋게 충혈된 눈으로 전화를 받고 있었다.

최악의 상황에서 그 누구도 불평하거나 두려움에 떨지 않았다. 계속 이어지는 전화벨 소리에 모두들 훈련받은 로봇처럼 차분하게 대처하고 있었다. 그것이 그들이 할 수 있는 최선이었고, 그것이 국민의 한 사람으로서 할 수 있는 유일한 몫이었다.

***

이미 병원은 침대가 부족하여 복도에 환자를 눕혀 놓고 치료하고 있었다. 계속해서 비에 젖은 구조대원들이 환자들을 이송해 오고 있었고, 기계적으로 의사와 간호사들은 그들을 바닥에 눕히고 재빠른 손놀림으로 살려내고 있었다.

그때 한 사내를 업은 구조대원이 병원으로 뛰어들어 오더니 바닥에 눕히고는 치료 중인 의사 이미영을 잡아당겼다.

"감전해서 기절한 사람입니다. 지금 숨을 쉬지 않는데 빨리 조치를 취해야 할 것 같습니다."

"지금 보시다시피 가장 위독한 환자가 우선입니다. 인공호흡을 해 보셨나요?"

"네, 오는 내내 했지만 잠시 숨을 쉬다가 또 심박정지가 왔습니다. 어서, 어서요!"

"어쩌지? 지금 의료기들이 모자란데?"

이미영은 잠시 망설이더니 얼른 주사실로 달려가더니 커다란 주사기를 가지고 돌아왔다. 그녀는 구조대원에게 환자의 옷을 벗기도록 하고는 알코올로 닦은 솜으로 왼쪽 가슴 부위를 깨끗하게 닦고는 주사바늘을 찔러 넣었다.

"우선 이렇게라도 해서 계속 심장 마사지를 하세요. 어서요!"

구조대원은 심장마사지를 시작했고 의사는 계속 환자의 입에 숨을 불어넣었다. 두 손으로 강렬하게 가슴을 누르는 구조대원의 얼굴에는 비지땀이 흘러 내리고 있었고 환자의 입에 숨을 불어넣는 이미영의 숨 또한 가빠지기 시작했다.

"선생님! 왜 안 되죠?"

"계속하세요, 계속! 지금 희미하게나마 맥박이 뛰고 있단 말이에요!"

구조대원은 탈진할 것 같았지만 포기할 수 없었다. 어깨가 빠져나갈 정도로 팔이 아파 왔지만 죽어 가는 생명을 외면할 수 없었다. 두 사람은 그렇게 계속 서로를 격려하며 꺼져 가는 생명을 살리기 위해 모든 힘을 쏟아붓고 있었다.

"잠시만요, 잠시만요! 숨을 쉬어요. 숨을 쉬네요. 정신이 드세요?"

이미영은 환자의 코에 귀를 갖다 대더니 안도의 미소를 머금었다. 그제야 구조대원은 뒤로 벌렁 넘어지며 깊이 날숨을 내쉬었다. 의사는 환자의 옷을 벗겨 자신의 가운을 입히고는 주변에 있던 간호사에게 소리쳤다.

"이 환자, 체온 유지시켜요. 감전되었다 방금 깨어났어요!"

기쁜 얼굴로 감동의 장면을 바라보던 구조대원은 워키토키에서 들리는 신호음에 화들짝 놀라 일어섰다.

- 지금 송파 잠실역 근처에 옹벽이 완전 무너져 사람들이 나오지 못하고 있습니다. 다친 사람들이 많다고 하니 빨리 이동하세요!

구조대원은 얼른 일어나 응급실 밖으로 뛰어나갔다. 이미영은 그런 그의 뒷모습을 바라보더니 안쓰러운 듯 한숨을 내쉬었다.

"커피라도 드리고 싶었는데. 식사나 제대로 드시고 뛰어다니시는지 모르겠네."

***

"아저씨, 구해 주세요! 지금 집 안에 우리 동생이 있어요!"

물이 거의 어깨까지 차오른 한 골목 안쪽의 작은 단칸방에서 구출된 여자아이가 파랗게 질린 얼굴로 겨우 숨을 돌리고 있는 119 구조대원의 팔을 잡아당겼다.

"제발요, 제 하나밖에 없는 동생이에요."

"그래, 구해 줄게."

어제부터 거의 강행군하다시피 하며 구조 활동을 펼친 구조대원 민 씨는 젖 먹던 힘까지 짜내 지붕이 언제 내려앉을지도 모르는 조그마한 집 안으로 다시 들어 갔다.

이미 반지하나 다름없는 그곳은 거의 물이 다 차 있었다. 민 씨는 도끼로 찌그러진 쇠문을 억지로 부수었다. 방 안에 거의 머리 하나 정도의 에어 포켓 속에서 여섯 살 정도 되어 보이는 남자아이가 장롱 끝을 부여잡고 겨우 숨을 내쉬고 있었다.

"아, 아저씨! 구해 주세요……."

"그래, 곧 갈게. 조금만 참아라."

"위험해. 차라리 내가 가겠네."

"아닙니다. 대신 저 입구 앞에서 대기해 주십시오. 제가 아이를 데리고 나오면 바로 아이를 받아 주십시오. 그래야 구조가 수월해집니다."

"알겠네. 제발 조심하게."

민 씨는 숨을 크게 들이쉬고는 물이 가득 찬 방 안으로 잠수해 들어갔다. 좁디좁은 방 안은 온갖 물건들이 둥둥 떠다녀 아이가 있는 장롱을 찾기가 힘이 들었다. 민 씨는 점점 무거워지는 팔과 다리를 억지로 휘저으며 눈앞에 뿌옇게 보이는 장롱 쪽을 향해 헤엄쳐 갔다.

아이는 힘에 부치는지 계속 물속으로 내려갔다 올라갔다를 반복하며 삶에 대한 의지를 놓지 않고 있었다. 구조대원 민 씨는 물속에 가라앉는 아이를 얼른 낚아채어 수면 위로 올렸다. 아이는 물을 마셨는지 거의 숨을 쉬지 못했다. 다급해진 민 씨는 아이의 뺨을 두드리며 소리 질렀다.

"아가야, 어서 눈을 떠. 큰일 났네, 어서 눈을 뜨라니까?"

민 씨는 아이의 코에 귀를 갖다 대었다. 다행히 숨을 쉬고 있었다. 그는 크게 숨을 쉬고 아이의 입을 열어 숨을 불어 넣었다. 몇 번 숨을 불어 넣자 꼬마는 캑캑거리며 물을 토해 내었다.

"다행이다. 자, 정신 차리고 아저씨 말을 잘 들어라. 지금 방 안에 물이 가득 차서 다시 물속에 들어가 저 문을 나가 밖으로 나가야 해. 그러니 아저씨가 셋까지 세면 크게 숨을 들이마시고 10초 정도 숨을 참는 거다. 할 수 있겠니? 밖에 누나가 널 기다리고 있단다."

"네, 할 수 있어요."

"자, 크게 마실 수 있을 만큼 숨을 들이마시거라. 하나, 둘, 셋! 들어간다!"

가슴이 터질 듯 공기를 들이마신 아이를 끌어안고 민 씨는 열심히 단칸방 입구까지 헤엄쳐 갔다. 드디어 문을 빠져나갈 때 그는 그만 자신이 도끼로 부순 철문의 모서리에 한쪽 다리를 찢기고 말았다. 격렬한 고통이 온몸에 엄습해 왔다.

'아, 하필 지금…….'

한쪽 다리를 다쳐 움직임이 훨씬 힘들어졌는데 때마침 아이를 안고 있는 그의 한쪽 팔마저 점점 힘이 빠져 한계에 부닥치고 있었다. 그러나 자기를 믿고 두 눈을 꼭 감은 채 숨을 참고 있는 아이를 보자 다시 힘을 내었다. 그는 입구를 향해 죽을힘을 다해 한쪽 팔로 헤엄을 치기 시작했다.

입구가 보이자 그는 얼른 상체를 들어 아이를 위로 최대한 높이 치켜 올렸다. 밖에서 기다리고 있던 다른 대원들이 아이를 안고 담요를 씌워 데리고 가 상태를 살폈다. 겁을 먹은 아이는 누나를 보자 이내 긴장이 풀린 듯 울기 시작했다.

"수고했네, 자네도 어서 나와!"

선배가 손을 내리려는 순간 갑자기 지붕에서 뭔가 둔탁한 소리가 들리며 집이 허물어지기 시작했다. 다급해진 다른 구조대원들이 다가가자 민 씨는 손을 저으며 소리 질렀다.

"오지 마세요! 위험합니다!"

그의 말이 채 끝나기도 전에 초라한 단칸방은 물속으로 가라앉고 말았다. 손쓸 틈도 없었다. 구조대원 민 씨는 그렇게 한 생명을 구해 놓고 자신은 차가운 물속에서 나오지 못했다.

"이런 몹쓸, 이런 개 같은 경우가 어딨어?"

민 씨를 기다리던 구조대원은 이제 어깨 위까지 차오른 물 위를 사정없이 주먹으로 내리쳤지만 비정한 수마는 그의 동료를 내놓지 않고 조용히 침묵하고 있었다. 비는 아무 일도 없었던 것처럼 계속 내렸다. 마치 이 세상을 다 삼키고 없애 버릴 것처럼 그렇게 집요하게 그리고 무정하게 이 세상 위로 사정없이 쏟아지고 있었다.

***

"자, 하나, 둘 , 셋 하면 다들 잡아당기세요!"

구조대원들과 마을 사람들은 쏟아지는 비를 맞으며 계속해서 밧줄을 잡아당겼다. 도랑에 빠진 지프차에서 다섯 남녀가 물속에서 허우적거리며 밧줄을 놓치지 않기 위해 최선을 다하고 있었다.

"자, 하나, 둘, 셋!"

사람들은 모두 약속이라도 한 듯 똑같은 얼굴, 똑같은 몸짓으로 밧줄을 잡아당겼다. 비에 흠뻑 젖은 밧줄을 잡아당기는 것도 힘든 상황이었지만 모두들 한 사람이라도 더 구하기 위해 마지막 남은 힘까지 다 짜내었다.

도랑에 빠진 사람들이 하나둘씩 물속에서 나오자 사람들이 달려가 끌어올리고는 담요를 건네주며 구급차 안으로 데리고 들어갔다. 그러고는 따듯한 물 한잔과 빵을 주며 두려움과 추위로 사투를 벌였던 이들을 위로하였다.

세상을 모두 쓸어 버리기라도 하려는 듯이 비가 모지락스럽게 쏟아져 내렸다. 그렇게 온 세상을 집어삼킬 듯이 물이 차오르고 있었지만 그 누구도 삶에 대해 쉽게 포기하지는 않았다. 내가 아닌 우리 모두의 삶, 그 평범하고도 소박한 삶을 위해 불편한 수고를 마다하지 않고 서로의 손을 잡고 최선을 다하고 있었다.

또 하나의 숙제 : 최악의 위기 상황 여섯 시간 전

"이제 거의 다 된 거 아닙니까? 내벽만 마무리하면 되겠네요."

방금 콘크리트로 타설된 임시 물막이벽을 만족스럽게 내려다보며 범수는 흐뭇하게 웃었다. 그러나 현준은 여전히 얼굴을 찌푸리며 주변을 이리저리 둘러보고 있었다.

"아니야, 만약 댐이 월류하거나 붕괴될 위험이 있을 때 다른 곳으로 많은 유량을 분산시킬 도랑을 여러 개 파야 해. 과장님, 지금 중장비 있는 대로 다 동원하셔서 좌우로 각각 네 개씩 도랑을 파 주십시오. 되도록 깊으면 좋습니다."

"왜요? 이걸로는 안 됩니까? 다들 지금 지쳐 있는데……."

"일을 다 끝내고 쉬면 됩니다. 하지만 댐 수위를 보십시오. 벌써 40미터, 어? 아까 1시간 전만 해도 30이었는데? 이상한데?"

현준은 어디론가 급히 달려갔다. 평소 유량 조절을 위해 만들어진 배수로 쪽을 보던 그는 헉 하고 그만 뒤돌아서고 말았다. 뒤따라오던 범수는 네 개의 배수로 앞에 가득히 쌓인 나무들과 쓸려 내려온 온갖 퇴적물들을 보더니 아연실색하고 말았다.

"저거 배수로가 막힌 거예요? 아, 그래서 갑자기 수위가 올라간 거로군요."

"큰일 났네. 지금 수중 용접 작업 상태 어때?"

"다 달려들어서 해도 겨우 시간에 맞출 지경이에요. 수위가 계속 올라오니까 계속 가리막 설치를 해야죠. 인원을 빼기가…….”
현준은 잠시 망설이더니 범수의 어깨에 손을 올렸다.
“미안하다. 직접 들어가야 할 거 같다.”
“어쩔 수 없죠. 알았어요.”

***

보트에 탄 잠수사들은 모두 범수를 주목하고 있었다. 웨트슈트를 입고 흠뻑 젖은 그들은 추위에 벌벌 떨며 많이 지쳐 있는 상태였다. 그러나 신체적 한계를 극복하기 위해 장비를 다시 매만지며 스스로를 강하게 단련시키고 있었다.
“잘 들으세요. 배수로가 네 개니 네 팀으로 나누어 각자 일곱 명씩 한 배수로에 투입되실 겁니다. 보시고 우선 커다란 통나무나 손에 들 수 있는 모든 것들은 다 치워 주십시오. 수중 용접 작업으로 많이 힘드실 줄 압니다만, 조금만 더 힘냅시다. 자, 시작합시다!”
잠수사들은 질서정연하게 누런 흙탕물 속으로 뛰어들기 시작했다.
“아, 잠시만요! 잠깐!”
119 구조대원들의 모터보트를 타고 이기범이 손을 흔들며 범수가 탄 보트로 다가오고 있었다. 그의 손에는 봉투가 몇 개 들려 있었다. 범수는 밉살스러운 불청객의 등장에 아랫입술을 꾹 깨물었다.
“아, 저 화상이 또 지랄이네? 뭐요?”
“이 사람들, 기밀유지각서에 서명하라고 하시오.”

"예?"

이기범은 보트를 운전하는 구조대원에게 신경질을 부리며 최대한 범수가 탄 보트로 가까이 갖다 대라고 재촉했다. 오만상을 쓰는 구조대원은 일부러 거칠게 운전하며 범수의 보트에 갖다 대었다. 몸이 휘청거린 이기범은 구조대원의 뒤통수를 후려갈기며 패악을 부려 댔다.

"야, 이 새끼야, 사람 죽일 일 있어? 배 하나 제대로 몰지 못하는 등신 같으니."

"아, 왜요? 지금 빨리 배수로에 있는 불순물 다 치워야 합니다."

"아시다시피 소망의 댐을 보수공사하는 이들은 기밀유지각서에 서명해야 합니다. 헌데 지금 상황이 힘들게 되어서 많은 분들께서 참여하고 계신데 제일 중요한 수중 작업을 하시는 잠수사들께서는 서명을 하셔야 합니다."

"저분들은 자원봉사하러 오신 분들입니다. 그리고 뭐요? 돈도 안 받고 일하시는 저분들한테 기밀유지각서에 서명하라고? 야, 이 개자식아, 너네들이 댐 엉망으로 만들어 이 사단을 내놓고는 어디 함부로 지껄여?"

범수가 이기범의 멱살을 쥐고 마구 흔들자 들고 있던 서류 봉투가 물속으로 떨어져 버렸다.

"한 번만 더 헛소리 씨불이면 물속에 확 집어던져 버린다?"

범수는 이기범을 거칠게 내동댕이쳤다. 보트에 나동그라진 그를 보며 구조대원은 낄낄거리며 웃어 댔다. 이기범은 물 위에 둥둥 떠다니는 봉투들을 건지며 범수를 향해 악다구니를 썼다.

"너 두고 보자! 내가 가만둘 줄 알아?"

헬멧을 쓴 범수는 중간 손가락을 치켜들며 씩 웃고는 물속으로 뛰어들었다. 여전히 낄낄거리고 있는 구조대원의 머리를 쥐어박으며 이기범은 범수가 들어간 배수로를 보며 한쪽 빰을 파르르 떨었다.

"죽일 놈, 어디 두고 보자. 이 일이 다 해결되고 나면 너부터 내가 가만 안 둘 거야."

생각보다 상황이 심각했다. 배수로 안은 통나무들과 함께 온갖 쇠붙이와 암석, 토사들로 가득 차 있었다. 잠수사들은 먼저 손에 들 수 있는 것들부터 들고 있는 포대에 담기 시작했다. 수중 용접 작업으로 지쳐 있는 그들이었지만 얼마 남지 않은 데드라인을 위해 그들은 약해지는 마음을 다잡으며 거의 앞도 보이지 않는 물속을 헬멧에 달린 불빛에 의지해 더듬고 있었다.

들어간 지 30분 정도 되었을 때 범수는 갑자기 오른쪽 다리 위에 뭔가가 떨어지는 것을 느꼈다. 내려다보니 다리 위에 커다란 통나무 하나가 얹혀 있었다. 움직이려고 힘을 썼지만 그럴수록 다리의 고통이 심해져 옴짝달싹 할 수가 없었다. 고통스러워하는 그에게 다가온 원호가 다른 잠수사들과 함께 범수 다리 위의 나무를 치우기 시작했다. 그를 부축하여 원호가 배수로 밖으로 데리고 나갔지만 범수는 여전히 배수로 안만 쳐다보고 있었다.

보트에 오른 그는 웨트슈트를 벗고 다리를 살폈다. 정강이뼈가 이상하게 뒤틀려 있고 자꾸 부어오르고 있었다. 원호는 구급상자를 열어 우선 부목을 대고 붕대를 감았지만 범수의 일그러진 얼굴은 더욱 험악해졌다.

"무리에요. 이제는 들어가지 마세요. 지금 보니 다른 배수로에서도 부상자들이 나온 거 같네요."

범수와 원호는 다른 보트에 타고 있는 부상자들을 살펴보았다. 찰과상으로 살갗이 심하게 찢긴 이들과 탈진하여 널브러진 이들이 계속 보트 위에 오르고 있었다.

"안 돼. 지금 한 사람이라도 아쉬운 상황이야."

"제정신이세요? 이 다리로 어떻게 잠수를 해요? 당장 치료를 받으셔야 해요."

원호는 보트를 몰아 임시로 가설한 댐 공사 관리소로 향했다. 범수는 정강이뼈에서 시작한 고통이 점점 더 허벅지로 타고 올라오자 뒤로 몸을 기댔다. 추위와 부상으로 당장이라도 쓰러질 것 같았지만 차마 힘들다는 말을 할 수가 없었다. 그는 배수로가 보이지 않을 때까지 계속 뒤돌아보고 있었다.

***

"큰일 났네. 범수야, 어떡하다가 이렇게 다쳤니?"

"아저씨 다리 위로 통나무가 떨어졌어요. 정강이뼈가 부러진 거 같아요. 빨리 병원으로 옮겨야 해요."

"고것 참, 쌤통이네. 이런 걸 두고 벌 받았다고 하나?"

배실배실 웃으며 다가오는 이기범을 보자 현준과 원호가 죽일 듯이 노려보았다. 이기범은 범수가 작성한 기밀유지각서를 흔들며 계속 깐족거리며 고개를 흔들어 댔다.

"끝까지 임무를 완수해야 돈을 받으실 텐데. 부인께서 위암 말기시라며? 수술을 하셔야 하는데, 큰일이네? 이거 어쩌나, 거의 공사를 다해 놓고 코를 빠뜨려 버리셨네?"

참다못한 현준이 달려들려고 했지만 원호가 말렸다. 그러나 그는 원호의 팔을 뿌리치더니 이기범에게 달려들어 사정없이 주먹을 날렸다.

"으윽! 당신 미쳤어?"

바닥에 나부라진 이기범은 맞은 뺨을 부여잡으며 현준에게 소리쳤다. 그러나 현준은 다시 이기범 위에 올라타 연이어 주먹질을 퍼부었다.

"이 새끼야. 목숨 걸고 일하는 사람들한테 기밀 유지하란 각서를 내밀어? 그리고 뭐? 범수한테 제수씨 암 수술비 못 준다고 감히 나불대? 야 이 개자식아, 오늘 너 제삿날인 줄 알아!"

현준의 사정없는 주먹질에 이기범의 얼굴은 어느새 물에 퉁퉁 부은 과일처럼 엉망이 되어 갔다. 겨우 사람들이 달려들어 현준을 떼어내자 이기범은 비틀거리며 일어나 삿대질을 해 댔다.

"너, 너! 너도 가만 안 둘 거야. 감히 국토교통부 장관 대리인에게 주먹질을 해? 너도 한 푼도 못 받을 줄 알아!"

"야, 지금 공직자라는 놈들이 국민 버리고 도망간다며? 왜? 너도 가! 아무도 안 말려. 그리고 내가 받을 돈 다 범수 줘라. 만약 범수가 제수씨 암 수술비 한 푼도 못 받아서 부러진 다리로 대리운전 알바하면 내가 네놈 다리 두 짝 다 분질러 놓을 테니까! 그리고 자꾸 너 깐족대면 내가 이 사실 다 얘기하고 철수하라고 할 거야. 너네들이 알아서 고물 댐 공사해!"

"아, 알았어. 그럴게, 아니 그러겠습니다……."

현준은 다시 한 번 때릴 듯이 이기범에게 주먹을 날리려다가 말리는 원호의 말에 팔을 거두고 뒤돌아서서 가설 관리소를 나갔다. 자신을 일으키는 구조대원의 팔을 뿌리치며 현준과 원호를 끝까지 노려보던 이기범은 점퍼 안주머니에서 휴대폰을 꺼내 밖으로 나가 전화를 했다.

"누구야?"

"저 이기범입니다. 곽 국장님, 안녕하십니까?"

"왜? 무슨 문제 있어?"

"지금 조현준이가 국민들의 신망을 등에 업고 행패를 부리고 있습니다. 심지어는 제대로 좀 하라고 말하는 저에게 주먹질까지 했습니다."

"뭐? 그 자식 돌았어? 그리고 다른 일은 없어?"

"여기 완전 통제 불능입니다. 사람들이 이미 JBC 김석수 그놈 농간에 놀아나서 정부를 불신하고 다 뒤집어엎자고 합니다. 그게 다 누구 때문이겠습니까? 조현준 그자와 김석수 그자 때문이지요."

"그래, 법적 조치를 취하라 해 놓겠네. 자네가 우리 대신 고생이 많겠지만 대신 좀 더 수고해 주게. 댐만 막으면 되니까."

"예, 그럼 또 보고드리겠습니다."

전화를 끊으며 비열한 미소를 짓는 이기범의 뒤통수를 보며 그가 탄 보트를 운전했던 구조대원은 혀를 차며 고개를 저었다.

"귀신은 뭐하나 몰라? 저런 쓸데없는 놈 안 잡아가고."

***

잠수장비를 착용한 현준은 원호가 말리는데도 물속에 뛰어들기 위해 준비하고 있었다.

"물 공포증이시라면서요? 그리고 이미 많이 지치셨잖아요?"

"원호야, 내가 안 들어가면 누가 들어가겠니? 나는 돈이라도 받지만 무료로 자원봉사하는 저 사람들은 무슨 죄냐? 내가 들어가야 보트에서 쉬고 있는 저 사람들이 같이 도와줄 거다."

"아까 들으니 선도 아저씨께서도 졸도하셨다면서요? 이러다가 큰일 나세요."

"넌 좀 쉬다가 들어와라. 나 먼저 들어간다."

현준은 두려운 눈으로 흙탕물을 내려다보다가 눈을 감고 뛰어들었다. 원호는 난감한 얼굴로 헤엄쳐 가는 예비 장인의 뒷모습을 바라보다가 얼른 잠수 장비를 챙기고는 물속에 뛰어들었다.

"아, 이래서 장가를 잘 가야 하는데. 식도 올리기 전에 이게 웬 고생이람. 그래도 우리 지연이 눈물 나게 할 수 없지. 기다리세요, 아버님. 같이 가요!"

이미 다섯 명이 빠진 인원으로 배수로를 치우기란 쉬운 일이 아니었다. 그나마 앞서 작업한 팀들 덕분에 자질구레한 불순물들을 치워서 다행이었다. 그러나 앞이 보이지 않는 누런 흙탕물 속에서 더듬어 가며 쓰레기들을 치우는 것은 몇 배의 힘을 더 요구하는 힘든 작업이었다.

어느 정도 불순물을 치우자 배수로에 서서히 물이 빠지는 소리가 들리기 시작했다. 보트에서 힘든 몸을 누이며 현준은 잔뜩 찡그리고 있는 잿빛 하늘을 원망스럽게 올려다보았다.

"니미럴, 뭐가 그리 불만이야? 확 그냥 물바다로 만들고 싶은데 사람들이 불쌍해서 차마 그러지 못하겠지? 만약 신이 있다면 들으시오. 양심이 있으면 이 착한 사람들 그만 좀 괴롭히시란 말이오."

***

- DBC 뉴스입니다. JBC 뉴스의 단독 보도대로 화천의 소망의 댐은 첫 1차 공사 때부터 제대로 내진 설계를 하지 못한데다, 불량한 재료로 기초공사를 하여 부실공사를 했다는 정황이 드러나고 있습니다. 현재 스튜디오에 당시 1차 공사 때 참여하신 인부 한 분께서 나와 계시는데요, 힘든 결정을 해 주심에 진심으로 감사의 말씀을 올립니다. 소망의 댐이 부실공사라는 사실이 맞습니까?

- 예, 저는 30년 전 지금 열심히 댐 보수 작업을 하고 있는 조현준 박사의 부친과 함께 1차 공사에 임한 사람입니다. 정부에서 국민에게 보여 주고자 하는 행정의 일환으로 다음 해 올림픽 때까지 빨리 공사를 완료하라고 하도 재촉하는 바람에 몇십 년이 걸린다는 댐 공사를 2년 만에 해치웠지요. 당연히 서두르다 보니 부실공사가 될 수밖에

요. 원래는 커다란 기반암을 기초로 한 댐이라고 했는데 사실 그것은 자갈과 모래로 이루어진 댐이라고 나중에야 밝히더군요. 말도 마십시오. 2차 공사를 하기 직전에는 지하수가 침투해서 여기저기 물웅덩이가 댐 아래에 생기고 균열이 생겨 페이싱한 콘크리트가 다 떨어져 나갈 정도였습니다. 2차와 3차 공사를 통해 외양만 그럴 듯하게 갖추어 놓았지만 안이 부실한데 겉이 멀쩡한들 안심할 수 있겠습니까?

- 만약 공사를 시공한 업체 측에서 명예훼손을 거신다면 법정에 나오실 수도 있습니다. 그래도 방금 하신 말씀을 번복하시지 않으실 겁니까?

- 저 살 만큼 살았습니다. 사실 이 댐을 텔레비전에서 볼 때마다 얼마나 마음이 아팠는지 아십니까? 조현준 박사의 부친인 조 소장뿐만 아니라 많은 이들이 그 댐 공사로 목숨을 잃고 제대로 보상을 받지도 못했습니다. 저 댐이 무슨 댐입니까? 국민들의 눈물과 피로 지어진 댐입니다. 저 댐을 짓기 위해 전 재산을 기부한 실향민도 있어요. 이래선 안 됩니다. 지금이라도 부실시공한 업체들은 국민들 앞에 머리를 조아리고 반성해야 합니다.

- 다시 한 번 이렇게 나와 주심에 감사드립니다. 저희 DBC는 1차 공사뿐만 아니라 2차와 3차 공사에서도 상당한 액수의 공사비를 횡령한 정황을 포착하였습니다. 이 사실은 수해 소식을 먼저 알려드린 뒤 다시 전해 드리도록 하겠습니다.

"뭐야? 저놈들, 미친 거야? 막으라고 했더니 다 까발려졌잖아?"

박기환은 모니터를 손으로 쓸어서 떨어뜨리더니 화가 나 자신 앞에서 머리를 조아리고 있는 곽태철의 뺨을 있는 힘껏 날려 버렸다.

"죄송합니다, 장관님."

"죄송하면 다야? 시공업체들이 인정하면 이제 우리 차례야. 자네 퇴직금 한 푼도 못 받고 파면당하고 싶어?"

"죄송합니다."

"죄송, 죄송! 그만 죄송해!"

"죄송합니다."

"어서 시공업체 측에 이야기해서 뉴스에서 말하는 서류들 다 없애라고 해. 어서!"

"그게, 저……. 방금 가성 법무팀에서 연락이 왔는데 아마 내부자 고발이 있었나 봅니다. 그래서 조금 있다 대국민 사과와 함께 기자 회견을 할 예정이라고 합니다."

"뭐?"

"죄송합니다! 장관님, 죽여 주십시오."

박기환은 자리에 털썩 주저앉았다. 최악의 상태에서 버텨 줘야 하는 버팀목이 쓰러지고 만 것이었다. 두 손으로 머리를 감싸 쥔 그는 벌겋게 상기된 얼굴로 거친 숨만 몰아쉴 뿐이었다. 겁을 집어 먹은 곽태철은 뒤로 서너 걸음 물러나 상관을 계속 주시하고만 있었다.

"빨리 관련 서류 다 없애. 그리고 기자들이 물으면 무조건 모른다고 잡아떼, 알았어?"

***

대역 죄인들은 연이어 터지는 카메라 플래시 앞에서 얼굴색 하나 변하지 않고 허리를 굽혔다. 그러나 기자회견장에서 그 누구도 그들의 진심을 느끼고 감동받은 이들은 아무도 없었다.

"저희 '가성'과 '다람'은 국민 여러분께 다시 한 번 머리를 숙여 사과드립니다. 국민 여러분의 소중한 모금으로 정성껏 지어야 할 댐을 정권의 비리를 위해 부실공사 하였습니다. 저희 '가성'과 '다람'은 지금이라도 소망의 댐 유지를 위한 보수 작업에 그 어떤 물적, 인적 지원을 아끼지 않을 것을 약속드립니다. 지금 현재 헬기와 트럭으로 화천에 많은 인부들과 공사 재료를 운반하고 있습니다. 죄송합니다! 죽을죄를 지었습니다!"

"그것도 중요하지만 공사로 인해 돌아가신 분들에 대한 조치는 어떻게 하시겠습니까? 유가족들께서 많은 고통의 시간을 보내셨습니다."

"지금이라도 보상해 드릴 것입니다. 그뿐만 아니라 2차와 3차 공사 때 제대로 보상받지 못하신 분들에 대해서도 보상해 드릴 것이며, 현재 진행 중인 공사로 인해 피해를 입으신 분들에 대해서도 아낌없이 보상해 드릴 것입니다."

"지금 거의 댐 외벽 임시 물막이벽 공사를 완료하고 댐 내벽 방수 작업도 거의 다 진행되어 간다고 합니다. 거의 다 지어 놓은 밥상에 숟가락만 얹겠다는 겁니까? 이것이 국민들을 위해 보상하고 사죄받는 길입니까?"

"저희들은 물적 지원뿐만 아니라 의료적 지원도 진행할 것입니다. 지금 잠수사들이 탈진 상태로 수중 작업이 힘들다고 들었습니다. 현재 헬기로 저희 회사에서 채용한 산업잠수사들이 대거 투입될 예정입니다."

"참, 빨리도 하십니다. 이미 많은 이들이 수해로 목숨과 보금자리를 잃었습니다. 대체 국민들 덕분에 먹고 사시는 분들께서 어떻게 이러실 수 있습니까?"

그러나 그들은 그 어떤 비난에도 얼굴색 하나 변하지 않고 로봇처럼 반복적인 말과 행동을 또다시 보여 줄 뿐이었다.

"죄송합니다! 죽을죄를 지었습니다! 모든 것을 보상할 예정입니다!"

사필귀정 : 최악의 위기 상황 네 시간 전

"박사님, 지금 콘크리트 페이싱할 재료가 다 떨어졌습니다. 어떻게 해야 합니까?"

"그래요? 그래도 에폭시 작업을 다 완료했으니 다행입니다……. 너무 걱정하지 마십시오."

화천군청 건설방재과 과장이 걱정스러운 얼굴로 현준에게 다가왔다. 거의 일주일 가까이 잠을 자지 못한 그는 과장의 말이 마치 메아리처럼 들렸다. 그러나 두 눈을 한번 질끈 감고 뜬 그는 벌떡 자리에서 일어났다.

"빨리 마무리 지어야겠습니다. 지금 댐 수위가 어느 정도입니까?"

"비가 내리지 않는데도 현재 70미터가 다 되어 갑니다."

"70요? 이런……. 얼른 사람들을 대피시켜야 합니다. 최소한의 인원만 남겨 놓고 대피시키십시오. 어서 사이렌을 울리시란 말입니다."

확성기를 들고 밖으로 뛰쳐나간 현준은 이리저리 돌아다니며 사람들에게 외쳤다.

"산업잠수사들을 제외한 모든 분께서는 지금 즉시 대피하십시오! 댐 수위가 반을 넘겼습니다. 소망의 댐에서 최대한 멀리 대피하십시오. 다시 한 번 말씀드립니다, 어서 대피하십시오!"

현준의 말에 당황한 사람들이 분주하게 움직이기 시작했다. 자일에 매달려 남은 작업을 하던 사람들도 얼른 댐 마루로 올라왔다. 건설방재과 과장이 튼 사이렌 소리가 마치 댐 주변의 모든 것을 빨아들일 것처럼 사방으로 퍼져 나갔다.

현준은 옆에 서 있던 원호의 등을 떠다밀었다.

"너도 어서 가! 가서 지연이 옆에 있어."

"안 돼요. 약속했다구요. 아버님 무사하게 모시고 가겠다고."

"이 바보야, 왜 그리 말을 더럽게 안 듣니? 제발 가라고!"

"산업잠수사들을 제외하고는 다 가라고 하셨잖아요? 저도 잠수사니 남겠습니다."

뒤돌아서서 걸어가는 원호를 바라보는 현준의 눈꼬리에서는 굵은 눈물이 떨어지기 시작했다. 손등으로 자꾸 눈물을 닦아냈지만 이상하게도 눈물은 그치지 않았다.

"뭐야? 저 자식……. 정말 말 더럽게 안 듣네……."

***

남은 댐 내벽 부위를 한번 둘러본 현준은 잠수 장비를 챙기고는 보트에 올라섰다. 이미 원호가 모든 준비를 마치고 보트에 올라타 그를 바라보며 웃고 있었다. 선착장에서 출발한 보트는 천천히 댐 내벽 쪽에 설치된 철 가리막 구조물을 향해 가고 있었다.

"아빠, 오빠! 파이팅!"

현준은 갑자기 메아리처럼 딸의 목소리가 울려 퍼지자 당황하여 여기저기를 두리번거렸다. 원호는 킥킥거리며 그를 돌려세워 DEMS에 설치된 CCTV 쪽을 손가락으로 가리켰다.

"제가 미리 부탁했어요. 저기다 스피커 달아 달라고요."

"근데 저 카메라를 지연이가 어디서 보는 거냐?"

"지연이가 지금 119 민원센터에 근무하고 있잖아요. 거기와 연결해서 지금 아버님께 이야기하고 있는 거예요. 카메라 향해 손 한번 흔들어 주자구요. 지연아, 사랑해!"

원호는 손을 높이 쳐들어 하트 모양을 하며 몸을 좌우로 흔들었다. 현준은 입을 삐죽거리더니 한동안 망설이다가 두 손으로 배 위로 하트를 만들었다. 예비 사위는 기가 막힌 듯 웃으며 현준의 팔을 번쩍 추켜올렸다.

"아요, 부끄러우시면 차라리 손 흔드세요. 그게 훨 낫겠습니다! 지연아, 사랑해!"

"치, 사랑한다는 놈이 약혼녀 옆에 있지 않고 여기서 청승이냐? 꼴 보기 싫어."

"왜요? 얼마나 이러는 거 좋아하는데요?"

현준은 윗입술을 뒤집어 찡그리면서도 내심 웃고 있었다. 그는 계속 CCTV를 바라보며 손을 흔들었다. 스피커에서는 흐느끼는 소리가 들려오고 있었다.

"아빠, 미안해. 정말 미안해. 아빠한테 그동안 못된 딸이어서 정말 미안해."

"괜찮아, 지연아! 아빠 니 마음 다 알아. 울지 마. 제발!"

현준의 눈에서는 어느덧 또다시 눈물이 흘러내리고 있었다. 눈물이 흘러서인지 마스크가 자꾸 뿌옇게 흐려져 그는 벗어 버렸다. 보다 못한 원호는 보트를 운전하는 구조대원에게 휴대폰을 빌리더니 어디론가 전화를 걸고는 예비 장인에게 건넸다.

"차라리 제대로 말씀하세요."

현준은 원호의 어깨를 두드리며 휴대폰을 건네받았다. 여전히 수화기 너머로 딸은 흐느끼고 있었다.

"아빠, 아빠 정말 미안해."

"괜찮아, 지연아. 이렇게 말로 하니 더 좋다. 아빠는 무사하니까 걱정 말고 엄마 잘 모시고 있어? 알았지?"

"응, 제발 무사히 돌아와. 그럼 그동안 하지 못한 거 다 해 줄게. 알았지? 참, 그리고 잠깐만."

"여보! 괜찮아?"

오랜만에 듣는 아내 경숙의 목소리에 순간 현준은 늘 그렇듯 긴장했다. 답답한 듯 계속 경숙은 그의 이름을 불러 댔다.

"여보? 듣고 있어? 왜 말을 안 해?"

"어? 응. 그래. 너무 걱정 마."

"당신 정말 평생 나 속인 거 알지? 이제라도 내 말 좀 잘 듣고 살아. 알았어?"

"고마워. 그리고 항상 미안해."

"꼭 살아서 돌아와."

아내의 목소리가 평소 당찬 그녀답지 않게 울먹이고 있었다.

"살아서 돌아와야 해. 나랑 약속해."

"경숙아……."

"꼭 살아서 돌아오고 다치지 말고 돌아와. 괜히 영웅 심리 발휘해서 다치면 가만 안 둘 거야. 그땐 정말 나랑 이혼할 줄 알아, 약속할 수 있지?"

"약속할게. 꼭 다치지도 않고 살아서 당신하고 우리 이쁜 딸한테 돌아갈게."

원호에게 휴대폰을 건넨 현준의 눈에는 눈물이 가득 고여 있었지만 그의 얼굴은 함박웃음을 짓고 있었다. 원호와 보트를 운전하는 구조대원은 흐뭇한 얼굴로 눈빛을 교환하고 있었다. 철 가리개 구조물 쪽으로 갈 때까지 그 누구도 아무 말도 하지 않았다. 그것이 서로에 대한 배려라는 것을 잘 알고 있었기 때문이었다.

보트가 정지하자 현준은 누런 심연 속으로 거침없이 뛰어들었다. 어릴 때부터 물을 제일 무서워하던 그는 이젠 그 어떤 것도 두렵지 않았다. 웨트슈트를 통해 서늘한 물의 온도가 피부로 전해져 왔다. 절로 온몸이 부르르 떨렸지만 현준은 너무도 따듯하고 행복했다. 세상에서 가장 사랑하는 이의 마음을 얻은 오늘, 그는 지금 죽어도 여한이 없을 것 같다고 생각했다.

***

"뭐? 저 댐이 무너질 수도 있다고?"

"네, 임시로 보수한 거라 100% 장담할 수 없다고 합니다. 그래서 조박사가 물길을 틀 수 있는 작은 도랑을 여러 개 만들라고 한 거예요."

임시 관리소에서 쉬고 있는 잠수사의 말을 들은 이기범은 혼비백산하여 뛰쳐나왔다.

"어떻게 해야 하지? 그렇지 119 구조 헬기가 있었구나."

그는 급히 휴대폰을 꺼내 정신없이 버튼을 눌렀다. 신호가 가는 그 짧은 시간도 참지 못한 옹졸한 위인은 계속 발을 동동 굴러 댔다.

"여보세요?"

"왜 그리 전화를 늦게 받으시는 거요? 이보시오 구조대장. 지금 당장 구조 헬기를 좀 써야겠소."

"예? 그게 무슨 말씀이십니까? 곧 일어날 수 있는 비상사태에 대비하여 대기하는 헬기입니다."

"잘 들으시오. 난 지금 국토교통부 장관 대리인으로 여기에 와 있는 것이오. 내가 만약 잘못되면 당신 그 자리에 온전히 있을 거 같아?"

"하지만……. 아, 끝까지 공사 현장에 계셔야 하는 거 아닙니까?"

"이 댐이 무너질 수도 있다고 방금 공사장에 투입된 잠수사한테 들었소. 어서 오란 말이오, 그렇게 넋 놓고 있지 말고!"

"아, 그치만……."

"야, 너 죽고 싶어? 나중에 너 후회하게 해 줄까?"

20분 뒤에 댐 마루에 빨간색 구조 헬기가 도착했다. 현장에 있던 김석수는 의아해하며 영상 취재기자의 옷을 잡아당겼다.

"저 헬기 한번 가까이 확대해 봐. 누굴 구하러 온 거야? 지금 다들 물 안에서 수중 용접 작업 중인 거 아니야?"

영상 취재기자는 촬영 카메라를 확대해 보더니 어이가 없는 듯 픽 웃었다.

"야, 저 쥐새끼 보세요. 저거 이기범 과장이네요. 국교부 장관 대리인이라고 하더니 지가 제일 먼저 도망가네? 저거 찍습니다. 이거 완전 대박 특종감이다."

깜짝 놀란 김석수는 카메라를 들여다보았다. 서류 가방과 다른 옷가방을 든 이기범이 급하게 헬기에 올라타고 있었다. 그의 뒤를 따르는 다른 이들이 함께 올라타려고 하자 이기범은 그들을 밀쳐 내며 헬기

조종사에게 재촉하기 시작했다.

"저거 완전 개새끼네요. 다른 놈들은 안 태우고 저만 타고 가네요? 이 파일 바로 본사로 송신하겠습니다."

"아니야. 여기서 바로 생방으로 하자고. 본사와 타 방송사에도 연락해서 지금 방송 나간다고 해."

- 여기는 지금 최악의 위기 상황 세 시간 전입니다. 지금 댐 수위가 절반 이상인 관계로 최소한의 산업잠수사들만 제외하고는 모두들 대피한 상황입니다. 저도 대피하라는 권고를 받았지만 소망의 댐에 대한 보도를 처음 시작한 언론인으로서의 책임을 통감하고 끝까지 남기로 결심했습니다. 저희들은 잠시 댐 주변을 살피다 방금 아주 재미난 장면을 목격했습니다. 이것은 바로 30분 전에 국토교통부 장관 대리인으로 와 있는 이기범 수자원 개발과장이 비상사태에 이용해야 할 구조 헬기를 타고 혼자 이곳을 탈출하는 장면입니다. 네, 바로 이 장면입니다. 다른 이들이 타려고 하는 것을 저지하면서 자기 혼자 살자고 이렇게 도망치는 장면입니다. 국민 여러분, 오늘 아침 자신의 재산을 처분하여 해외로 도피한 최고 공직자인 장관들과 국회의원 때문에 많은 상처를 받으셨을 겁니다. 헌데, 여기서까지 이런 모습을 보여 드리게 되어 참으로 유감스럽게 생각합니다. 화천 소망의 댐에서 또 다른 희망을 기원하며 JBC 김석수입니다.

***

- 네, 이것은 방금 화천에 있는 JBC 김석수 앵커가 보내온 이기범 수자원 개발과장의 구조 헬기 탈출 장면입니다. 이 모습을 본 모든 국민들은 분노하여 지금 이기범 수자원 개발과장의 파면을 위한 서명 운동을 시작했는데요, 30분 만에 인터넷 서명이 완료되었다고 합니다. 국민 여러분, 이것이 지금 대한민국 공직 사회의 민낯이라는 것에 통분하지 않을 수 없습니다. 아, 그리고 방금 속보가 들어왔네요. 국토교통부에서 국민들의 공분을 산 이기범 수자원 개발과장을 즉각 파면 조치한다고 발표했답니다. 저런 사람을 국민의 혈세로 월급을 주며 일하라고 한 국토교통부 측에서도 대국민 사과를 해야 하지 않겠습니까?

"뭐? 날 파면해? 이것들이 실컷 이용해 먹고 날 팽하겠다고?"

식구들이 있는 고향집으로 피신한 이기범은 텔레비전에서 나오는 뉴스 속보를 보며 부들부들 떨고 있었다. 걱정스러운 눈으로 그를 바라보던 아내는 조심스러운 어투로 그에게 말을 건넸다.

"당신도 기자 회견을 열어서 대국민 사과를 하면 어떨까요?"

"미쳤어? 내가 잘못한 것이 뭔데? 아, 그래. 내 페이스북이 있었지. 거기에다 이 엿 같은 놈들 다 까발려 버리겠어."

***

"뭐? 이기범 그놈이 다 폭로했다고?"

박기환은 깜짝 놀라 마시던 커피잔을 떨어뜨렸다. 곽태철은 계속 뒤로 물러나며 상관의 눈치만 보고 있었다.

"예, 그것이 저만 죽이는 게 억울하다고 했답니다. 장관님께서 이 모든 일들을 다 알고 계시면서 숨기셨고 모든 것을 시공업체에게 떠넘겨 책임을 회피하신 거며 중요 자료를 다 삭제하라고 하신 것들도 다 올렸답니다."

"훗, 그래도 내가 말했다는 증거가 있어? 증거 없잖아?"

"그것이……."

"뭐야? 뭔가 또 있다는 거야?"

곽태철은 최대한 문 쪽으로 가까이 다가와서는 얼굴을 들고 매우 빠르게 숨도 쉬지 않고 단숨에 말해 버렸다.

"그놈이 녹음을 다해 놓았답니다. 만약의 사태에 대비해서 말입니다."

박기환은 어딘가에 얻어맞은 것처럼 멍해지더니 허공만 바라보고 있었다. 아무런 반응이 없는 그를 보며 곽태철은 겁을 집어먹으며 천천히 다가갔다.

"장관님? 장관님 괜찮으십니까?"

마치 거대한 동상이 무너져 내리듯 박기환은 천천히 소파 위로 털썩 주저앉더니 두 팔을 축 늘어뜨렸다. 곽태철은 계속 그의 옆으로 다가가더니 상관의 팔을 쭈뼛거리며 흔들었다.

"장관님? 장관님?"

그때 갑자기 문이 벌컥 열리며 검은 양복을 입은 사내 두 사람이 들어와 곽태철과 박기환에게로 걸어왔다. 넋이 나간 박기환은 멍하게 그들을 보더니 중얼거리듯 입을 열었다.

"누구십니까?"

"저희들은 청와대와 검찰에서 나온 사람들입니다. 대통령께서 장관님과 국장님을 파면하신다고 하십니다. 지금 바로 긴급 구속되셨으니 저희들과 함께 가 주셔야겠습니다."

사내들은 박기환과 곽태철의 팔을 잡아 일으켰다. 한동안 멍하게 그들을 보던 박기환은 그제야 정신이 든 듯 그들의 팔을 뿌리치며 소리를 질러 댔다.

"아니야, 난 아니야! 난 아무 잘못이 없다고. 왜 나한테만 그래? 난 그놈들이 시켜서 한 죄밖에 없어! 놓으라고, 난 결백해!"

"그건 가셔서 말씀하십시오. 야, 밖에 있는 사람들 다 들어와!"

밖에서 건장한 사내들이 우르르 몰려들어 와 몸부림치는 박기환과 곽태철을 끌고 나갔다. 겁을 집어먹고 몸을 축 늘어뜨리며 끌려가는 곽태철과 달리 박기환은 마치 미친 사람처럼 계속 소리를 질러 댔다.

"난 아니라고! 난 결백하다고. 내 변호사 불러, 어서 불러 달라고!"

거룩한 이별: 최악의 위기 상황 한 시간 전

- 지금 모두가 예상하는 최악의 위기 상황을 한 시간 앞두고 있습니다. 소망의 댐 근처에 거주하는 모든 화천군민들이 대피한 상황에서

최소한의 인원들만 남긴 채 외롭게 차가운 물속에서 고군분투하고 있습니다.

카메라에 잠시 수면 위로 얼굴을 내미는 현준의 모습이 보였다. 이미 파랗게 변한 입술 색이 그가 악조건 속에서 얼마나 힘들게 노력하고 있는지를 보여 주고 있었다. 김석수는 뭐라고 말을 해야 했지만 그 어떤 말도 떠오르지 않았다.

'미안합니다. 이렇게 지켜보고만 있어서 정말 미안합니다.'

화면 속 현준의 눈빛은 두려움에 가득 차 있었다. 점점 어두워지는 하늘은 곧 비를 쏟아부을 것처럼 구름이 낮게 드리워져 있었다. 평소라면 서서히 서쪽으로 향해 가고 있을 태양과 무료한 망중한을 장식하는 늦은 오후의 미풍은 온데간데없었다. 오로지 크고 건조한 존재를 앞두고 심연 속에서 희미한 불빛에 의존해 차가운 고독과 싸워야 하는 두 사내의 치열함만이 가득할 뿐이었다.

김석수는 점점 조여 오는 목울대 때문에 말을 할 수 없었지만 현장에 남은 마지막 언론인으로서 최선을 다하기 위해 몇 번이고 헛기침을 하며 감정을 바로잡았다.

- 소망의 댐은 조현준 박사에게 악연이라면 악연이었습니다. 이 댐은 아버지와 하나뿐인 여동생의 목숨을 앗아갔고 그의 희망찬 장밋빛 청춘 또한 송두리째 가져가 버렸습니다. 하지만 그 모든 상처를 끌어안고 조현준 박사는 이 나라를 위해 자신의 모든 것을 내놓았습니다. 여

러분, 제발 마음속으로 진심을 다해 기도해 주십시오. 이 모든 힘든 상황이 무사히 지나갈 수 있도록 기도해 주시길 간곡히 부탁드립니다.

***

"거의 다 했다. 수고했다, 원호야!"

수중 용접 작업을 다 마친 현준은 어서 원호에게 보트에 올라타라고 재촉했다. 그러나 원호는 보트에 오르지 않고 계속 그만 바라보고 있었다.

"아버님 없인 안 가요!"

현준은 웃으며 보트를 향해 헤엄을 쳤지만 아무래도 마지막 작업을 한 곳이 내심 신경이 쓰여 가지 못하고 있었다. 대부분의 잠수사들이 저체온증으로 더는 버티지 못하고 얼른 보트 위에 올라탔다. 구조대원들은 따듯한 보온병에서 얼른 더운 물을 따라 나누어 주며 담요를 덮어 주었다. 구조대원 중 하나가 원호에게 손을 내밀며 재촉했다.

"빨리 올라타세요. 더 계시다가는 큰일 나십니다."

"지금 조 박사님께서 저기 계세요."

"우선 올라타시라니까요? 저희들 장례식 치르고 싶지 않습니다!"

원호는 마지못해 보트에 올라탔다. 건네주는 더운 물을 받아 마셨지만 온기를 하나도 느끼지 못했다. 알 수 없는 불안감에 그는 옆에 있는 구조대원에게 부탁했다.

"조 박사님 계신 곳까지 한번 가 주시겠습니까? 부탁드립니다."

그때였다. 현준이 수면 위로 올라오더니 산소통이 다 되었다는 수신호를 보냈다. 그리고 아직 작업이 남았으니 먼저 철수하라는 수신호도 연이어 보내고 있었다. 원호의 부탁이 탐탁지 않았던 대원은 보트를 돌렸다.

"얼른 산소통을 가져와야겠습니다. 우선 여기 계신 분들을 구급차로 빨리 옮겨 드려야 합니다!"

원호는 안타깝게 현준을 바라보며 크게 소리쳤다.

"아버님! 되도록 빨리 올게요. 조금만 기다리세요!"

현준은 괜찮다는 듯 어서 가라고 손을 흔들었다. 점점 멀어지는 그를 보며 원호는 자꾸 조여 오는 심장을 부여잡았다. 담요를 덮고 더운 물을 마셨지만 이상하게 알 수 없는 공포가 그를 계속 짓눌렀다.

***

흐린 하늘 아래의 허름한 댐 벽에서 살이 찢어지는 듯 쩍쩍거리는 소리가 들려왔다. 껍데기에 틈새가 벌어지기 시작한 구조물은 점점 커지는 상처 사이로 분수처럼 물을 뿜어 대기 시작했다.

"저게 뭐가? 대, 댐 벽이 갈라져 버렸구마!"

"동무 어찌하면 좋소?"

"이런 에미나이, 어찌하기는! 뛰라고, 죽을 듯이 뛰라고!"

댐 하안에서 작업을 하고 있던 북측 이만댐 관리 직원들은 정신없이 뛰기 시작했지만 부질없는 짓이었다. 제 살을 찢긴 거대한 댐은 우레와 같은 소리를 사방으로 외치며 자학하듯 콘크리트로 된 회색 뼈대를 남김없이 깨부수고 뱃속에 고이 간직했던 혼탁한 토사물을 토해내기 시작했다. 하얗게 질린 얼굴로 달리던 사내들을 쉽게 집어삼키고 입맛을 다신 수마는 이내 산기슭을 과감하게 깎아내리며 텅 빈 뱃속을 채워 나가기 시작했다.

절박하게 울리는 사이렌 소리까지 덮어 버린 수마는 마음껏 기지개를 펴며 무법자처럼 사납게 주변의 암석들과 집들을 한순간에 쓸어버리고는 질주하기 시작했다. 인간이 얄팍하게 만들어 놓은 것들은 한순간에 폭풍을 맞이한 바다에 잠식된 듯 사라져 버렸다.

***

보트가 선착장에 닿자 원호는 재빨리 내려 임시 관리소에 가서 산소통 하나를 집어 들었다. 그때 조금씩 땅이 흔들리며 웅웅거리는 소리가 들려왔다.

"뭐야? 댐이 벌써 무너진 건가?"

몸을 비틀거리며 관리소 밖으로 뛰쳐나가니 사람들이 구급차에 올라타느라 정신이 없었다. 그러나 원호는 산소통을 들고 남은 힘을 모아 보트가 있는 곳으로 뛰어갔다.

"미쳤어요? 지금 어디 가요?"

그가 보트에 타자 구조대원이 앞을 막아섰다.

"아버님께 이걸 갖다 드려야 해요. 산소가 없으시다구요."

"지금 북한의 이만댐마저 붕괴되었어요. 곧 엄청난 물이 여길 들이닥칠 겁니다. 빨리 몸을 피해야 한다구요. 어서요! 저기 봐요, 시커먼 물살이 이리로 오고 있잖아요?"

구조대원이 가리킨 곳을 보던 원호는 경악하고 말았다. 마치 달리는 검은 말떼처럼 시커먼 물살이 허연 혓바닥을 날름거리며 소망의 댐을 집어삼킬 듯이 거칠게 달려오고 있었다.

"안 돼요. 그럴 수 없어요. 아버님을 홀로 둘 수 없어요. 지연이와 약속했단 말이에요!"

몸부림치는 그를 겨우 붙잡은 대원은 혼자 힘으로는 힘든지 옆에 있는 동료에게 소리쳤다.

"야, 이 사람 붙잡아! 제정신이 아니야!"

두 사람이 그를 붙들고 가서 얼른 차에 올려 태웠다. 산소통을 들고 울부짖는 원호는 차 밖으로 얼굴을 내밀며 절규하듯 소리쳤다.

"아버님! 아버님……. 이것 놔요. 난 가야 한다구요! 어서 가야 해요!"

***

"아 추워, 너무 춥다."

무거운 산소통을 벗어던진 현준은 벌벌 떨며 주위를 둘러보았다. 고요하던 수면이 거세게 흔들리기 시작하며 그의 몸도 이리저리 물살에 휩쓸리기 시작했다.

"댐이 무너질 리 없는데? 왜 이리 주변이 웅웅거리지?"

뒤돌아본 현준은 어마어마한 물기둥에 그만 온몸이 굳어지고 말았다. 3층 높이의 검은 물살이 흐린 하늘을 덮으며 그에게 거침없이 쏟아졌다.

"으악!"

누군가가 그를 물속으로 끌고 가는 것처럼 강한 물살에 휘말린 현준의 몸은 차디찬 물속으로 떠밀려 내려갔다. 거대한 수마가 들이닥친 소망의 댐은 비명을 지르는 듯 계속 수면 속에서도 웅웅거리는 진동이 느껴졌다.

안간힘을 쓰며 헤엄을 치려고 했지만 얼어붙은 그의 팔과 다리는 말을 듣지 않았다. 수면 위로 올라가기 위해 눈을 뜨고 위를 쳐다보았지만 검푸른 수면은 저 아득한 하늘 끝처럼 멀었다. 현준은 숨을 쉬기 위해 입을 벌렸지만 차가운 물이 목구멍 속으로 모지락스럽게 밀려 들어왔다.

'살아야 해, 난 살아야 한다고!'

오직 생존 본능만이 그의 점점 흐려져 가는 의식을 또렷하게 만들어 주고 있었다. 계속 손가락과 발가락을 움직여 보려고 최선을 다했지만 수마의 엄청난 회오리 속에서 쉽지가 않았다. 점점 회오리는 거칠어지고 그의 몸은 망망대해의 조각배처럼 이리저리 검고 깊은 심연 속에서 떠돌아다니고 있었다.

'아, 더럽게 질긴 인연이구나, 이렇게까지 나를 데리고 가야 하겠냐?'

딱 30년이었다. 모든 걸 끊고 다시 새롭게 시작하고 싶을 때마다 찾아오는 얄밉고도 잔망스러운 인연이었다. 자신의 소중한 것들을 다 앗아가고도 이 모진 인연은 그에게 이젠 마지막 남은 것까지 내놓으라고 그 검은 혓바닥을 날름거리며 놀려 대고 있었다.

'싫어, 그럴 순 없어. 난 가야 해, 가족들한테 가야 한다고.'

숨이 막혀 오고 발밑에서부터 마치 화석작용이 일어나는 것처럼 몸이 딱딱하게 굳기 시작했다. 의지는 삶을 붙들고 있었지만 그에게 남은 생명의 힘이 점점 꺼져 가고 있었다. 숨통을 사납게 파고드는 매서운 물살에 현준은 아무리 노력해도 숨을 제대로 쉴 수가 없었다.

'지연아, 미안해. 정말 미안하다…….'

하얀 웨딩드레스를 입은 딸의 모습이 눈앞에 환하게 떠올랐다. 그 옆에는 어머니가 건강한 모습으로 화사한 한복을 입고 아내와 함께 서 있었다. 현준은 그저 미소 지으며 그 환영을 향해 손을 뻗었다.

"오빠, 어서 가야지? 그동안 정말 애썼어."

단발머리의 해맑은 얼굴의 재희가 그에게 다가왔다. 재희 뒤에는 언제나처럼 인자한 얼굴의 아버지가 웃으며 고개를 끄덕이고 있었다. 현준의 눈에서는 뜨거운 눈물이 흘러내렸지만 이내 차디찬 물속에서 온기가 전혀 느껴지지 않았다.

"아버지, 재희야……. 나 정말 가도 될까? 이렇게 가도 될까?"

재희와 아버지가 다가와 말없이 그를 양옆에서 끌어안았다. 현준은 갑자기 온몸이 붕 뜨는 듯 가벼워지고 따듯해짐을 느꼈다. 그는 모든 것에서 벗어나 비로소 자유로워짐을 온몸으로 체감했다. 현준은 자신을 감싼 온화한 빛에 모든 것을 맡겨 버렸다.

쾅 하는 소리와 함께 세상이 무너질 듯 미친 듯이 흔들리며 현준의 몸이 뱅글뱅글 돌기 시작했다. 수마는 더욱 큰 회오리를 일으키며 그를 댐 깊숙이 끌어내려 가더니 순식간에 수면 위로 데리고 올라갔다. 외로운 영웅의 눈에 가득 들어온 잿빛으로 가득한 하늘은 경천동지할 강렬한 움직임과 함께 어디선가 기습해 온 시꺼먼 수마의 검은 휘장으로 인해 가려지고 말았다.

현준은 물 밖으로 얼굴을 내밀며 숨을 쉬려고 했지만 비정한 검은 물결은 그의 코와 입을 마구 틀어막으며 깊숙이 더욱 깊숙이 저 아래의 수렁 속으로 끌어당기고 있었다. 수마는 검은 날개로 삶의 마지막 동아줄을 붙들기 위해 버둥거리던 몸을 마구 휘감아 공중에 한 번 더 내던지며 희롱했다. 마음껏 놀이를 즐긴 검질긴 물살은 더욱 크게 넘실거리며 춤을 추더니 그 끝이 보이지 않는 시커먼 뱃속으로 먹잇감을 모지락스럽게 삼켜 버렸다.

제물을 삼킨 댐은 계속해서 흔들리며 검은 물살을 사방으로 뿜어내더니 마음껏 세상을 겁박하였다. 살아 있는 모든 것이 몸을 바짝 엎드리고 숨죽이며 지켜보는 동안 북녘에서 찾아온 반갑지 않은 불청객은 환희의 미소를 머금으며 승리의 축가를 부르고 있었다.

***

"북에서 또 댐이 터졌다면서요?"

"어쩌면 좋아요? 겨우 막아 놓았는데 또 댐이 터지면?"

대피소에 있는 화천군민들은 모두 숨을 죽이고 CCTV 모니터만 바라보고 있었다. 어둑시근한 어스름을 타고 시커먼 물살이 산등성이 사이로 모든 것을 쓸어내리며 마음껏 춤추며 달려오고 있었다. 혼탁한 물살에 섞여 통나무들과 지붕들, 그리고 죽은 동물의 사체들이 거친 물살에 힘없이 이리저리 떠다녔다. 댐 안의 고요했던 수면은 예상치 못한 불청객의 난입으로 폭발하기 일보 직전의 화산처럼 사방으로 사납게 물살을 내뿜으며 날뛰고 있었다.

"저럴 때를 대비해서 박사님께서 도랑을 파라고 하셨잖아? 한번 지켜보자고."

모니터 속의 댐은 그 어떤 때보다 위태로워 보였다. 이미 가득 찬 댐 마루 너머를 넘보며 포악한 소리를 지르는 수마의 위협에 사람들은 숨조차 제대로 쉴 수 없었다.

"어이고, 어째! 넘쳤어요. 넘쳤어!"

모니터 속의 물은 댐 밖으로 거침없이 쏟아지며 주변을 위협하고 있었다. 외벽 밖에 파 놓은 도랑을 채우며 월류된 유량은 어디론가 흘러가기 시작했다. 포화 상태의 소망의 댐은 그 어느 때보다 약하디 약한 존재였다. 댐 밖으로 넘치는 시커멓고 혼탁한 물살의 위협에 어떤 이들은 차마 보지 못해 눈을 감고 고개를 숙였다. 숨통을 조이는 듯한 긴급한 사이렌 소리가 어두운 화천을 가득 메워 가고 있었다.

***

- 다행히 외신에서 예고한 위기 상황을 넘긴 지 두 시간이 지났습니

다. 예상치 못한 상황이 발생하여 소망의 댐은 또 한 번의 크나큰 위기를 겪어야 했습니다. 북한의 이만댐이 붕괴하여 크나큰 불상사가 벌어질 뻔했으나 잘 보수된 댐과 외벽 아래에 파 놓은 도랑으로 월류된 유량이 흘러들어 가 그 어떤 재난도 일어나지 않았습니다. 화천군민 여러분, 그리고 모든 것을 제치고 도와주신 자원봉사자분들! 대한민국은 여러분들의 노고를 잊지 않을 것입니다!

***

"여러분 저는 화천군 군수입니다. 여러분 기뻐하십시오! 최악의 위기 상황이 지났습니다. 우리가 소망의 댐을 지켜 내었습니다. 우리가 이 대한민국을 지켜 냈단 말입니다! 자, 만세를 부릅시다. 만세! 소망의 댐 만세! 우리나라 만세!"

"만세! 소망의 댐 만세! 우리나라 만세!"

대피소에서 군수의 말을 들은 모든 이들이 환호와 함께 서로 얼싸안고 기쁨의 눈물을 흘렸다. 초췌한 얼굴의 그들은 피를 나눈 사이도 오랫동안 아는 이들도 아니었다. 그저 가장 소중한 것을 지키고자 어렵고도 힘든 시간을 같이 공유한 이 나라의 작고 이름 없는 한 사람의 국민일뿐이었다.

그 누구도 관심조차 가지지 않는 이름 없는 존재들이었지만 그들은 이제 그 누구보다 큰 존재들이었다. 이 세상의 그 누구도 그들 앞에 고개를 쳐들며 비웃을 이들은 없었다. 이제 그들은 누구나 기억해야 하고 존경해야 할 영웅들이었다.

화천군민들은 처음으로 자긍심을 느꼈다. 그것은 댐을 지켜 냈다는 작은 자긍심이 아니라 한 나라의 국민으로서 나라를 지켜 냈다는 커다란 애국심이었다.

***

- 현재 화천의 모든 구조 헬기와 구조 보트가 소망의 댐 주변을 샅샅이 수색하고 있습니다만, 아직 조현준 박사의 모습이 보이지가 않습니다. 외신이 예고한 위기 상황을 하루나 넘긴 이곳은 그 어느 때보다 고요하고 평화롭습니다. 어제 저녁 네 시에 옥천지향사에서 발생한 진도 5.0의 지진에 이어 이만댐의 붕괴로 이곳 화천은 그야말로 한치 앞도 내다볼 수 없는 상황이었습니다. 진도 5.0의 지진으로 이미 무너진 금수산댐 위에 있던 이만댐마저 붕괴되어 엄청난 양의 물이 소망의 댐으로 들이닥치게 되었고, 잠시였지만 월류 현상이 일어나 최악의 상황까지 각오해야 했습니다. 다행히 조현준 박사 팀과 많은 분께서 함께 힘을 모은 댐 내벽 방수 공사와 댐 외벽에 설치한 임시 물막이벽의 공사가 성공적으로 끝나 대형 참사를 막을 수 있었습니다. 조현준 박사, 풍전등화의 대한민국을 구해 낸 위대한 영웅은 대체 어디에 있는 것일까요? 모든 국민들이 간절히 그의 무사귀환을 기도하고 있습니다.

텔레비전 속 소망의 댐은 그 어떤 호수보다 잠잠하고 고요했다. 검질긴 한 목숨을 제물로 바치기 위해 최악의 발악을 하던 그 거친 수마는 온데간데없고 차분한 모습으로 새로운 하루를 시작하는 푸른 하늘만을 설레듯 바라보고 있었다.

5장

새로운 시작

- 지금 화천 소망의 댐 앞에 마련된 분향소에는 고 조현준 박사의 숭고한 희생을 기리는 많은 이들의 발길이 끊이지 않고 있습니다. 고 조현준 박사는 한 달 전 이곳 소망의 댐의 마지막 보수 작업을 완료하기 위해 수중 작업 중이었습니다. 그런데 북의 금수산댐과 이만댐이 지진으로 붕괴되면서 엄청난 양의 물폭탄이 쏟아져 내려와 행방불명되고 말았습니다. 한 달간이나 조현준 박사를 찾기 위한 수색작업이 이뤄졌지만 안타깝게도 찾지 못했습니다. 지금 대한민국은 이 시대의 진정한 영웅을 그리워하고 있습니다.

***

"현준아, 아이고 불쌍한 내 새끼!"

노모는 아들의 영정을 보자 그만 자리에 털썩 주저앉고 말았다. 며느리와 손녀가 옆에서 부축하며 그녀를 일으켜 세우려고 했지만 소용없었다. 오로지 자식만 바라보며 평생을 달려온 그녀는 삶의 커다란 버팀목을 잃어버리자 더는 버티지 못하고 무너져 내렸다.

"어찌 하면 좋누! 대체 이 일을 어찌하면 좋아. 남편과 딸을 보내고 너 하나만 보고 살았는데 이제 이 에미가 어찌 살라고 가 버린 거냐? 아이고, 아이고!"

땅에 널브러져 통곡하는 백발의 노모를 보며 그 누구도 감히 위로의 말을 건네지 못했다. 빛이 되어 모두를 살린 영웅을 세상이 찬양했지만 그녀는 다시는 볼 수 없는 아들을 목 놓아 부르며 가슴을 치고 있었다.

"뭐가 그리 급해서 나랑 같이 식장에 들어가지도 못하고 가 버린 거야? 어떻게 그렇게 말도 한마디 없이 가 버릴 수 있어?"

영정 앞에 국화꽃을 놓으며 남겨진 딸은 그만 무릎을 꿇고 할머니의 손을 잡고 오열하고 말았다. 뒤에 선 미망인은 차마 영정 속에서 환하게 웃고 있는 남편의 모습을 쳐다보지 못하고 고개를 숙이고 손수건으로 눈물만 닦고 있었다.

원호는 지연을 등 뒤에서 감싸 안으며 사진 속의 남자에게 미소를 지었다.

"아버님, 너무 걱정 마세요. 제가 우리 지연이 잘 보살필게요. 지연아, 그만 좀 울어. 네가 자꾸 이러면 아버님께서 걱정하시잖아? 할머님, 그만 일어나셔요. 이러시다가 큰일 나셔요."

지연은 원호와 함께 얼굴이 눈물로 흠뻑 젖은 불쌍한 할머니를 힘겹게 일으켜 세웠다. 지연은 흐르는 눈물을 참기 위해 입술을 깨물며 말없이 원호를 쳐다보았다. 그녀를 안쓰럽게 바라보던 원호의 눈꼬리에서도 천천히 눈물이 떨어지고 있었다. 그들이 바라보고 있는 유리창 안의 사진 속 사내는 실박한 웃음으로 그들을 바라보고 있었다. 그 앞 나무로 된 명패에는 '고 조현준 박사, 대한민국을 구한 최고의 영웅'이라고 적혀 있었다.

***

"야, 이것들 정말 뻔뻔하네?"

"왜 그래?"

"국민들 내팽개치고 도망갔던 것들 아니야? 어이가 없네. 이것들이 나와서 댐 부실 시공한 기업과 관련자들을 청문회 할 예정이라고 하네?"

지하철에서 인터넷 기사를 검색하던 한 사내가 친구에게 미디어 뉴스를 보여 주었다. 동영상 속에 나오는 여당과 야당 국회의원들은 공항에서, 항구에서, 그 누구보다 가장 위태로운 시간 앞에서 자신의 안위를 내세운 철면피들이었다.

- 저희 소망의 댐 특조위는 그동안 국민을 상대로 사기극을 벌여 혈세를 낭비한 이들에 대하여 가차 없이 철퇴를 내려칠 계획입니다. 다시는 대한민국에 이러한 비극이 일어나지 않도록 발본색원하여 새로운 국가 기강을 세우도록 하겠으며 그 첫 발걸음으로 청문회를 열어 모든 의문에 대해 낱낱이 밝히고자 합니다.

- 그런데 의원님, 지금 소망의 댐 특조위에 대한 국민들의 공분이 대단합니다. 위기의 상황에 국민들을 버리고 도망가신 이유가 무엇입니까?

당돌한 기자의 질문에 얼굴이 벌게진 꾀자기는 잠시 머뭇거리더니 이내 능글거리는 미소를 지으며 손사래를 쳤다.

- 도망이라니요? 그렇지 않습니다. 그것은 오보입니다. 저희들은 국민들을 버린 것이 아니라 더 나은 방안을 모색하고자 따로 모여 회의

를 했던 것입니다. 그렇지요? 의원 여러분들?

- 맞습니다, 임시 국회를 물속에서 열 수 없지 않습니까? 그래서 아주 비밀스럽게 회동을 해서 다들 모여 고심을 했었습니다.

어이없는 기자는 그들의 뻔뻔한 민낯을 하나하나 쳐다보더니 카메라를 향해 뒤돌아섰다.

- 비밀 회동을 해서 나라를 구하셨다는 이분들께서 어떤 방법으로 소망의 댐을 구하셨는지 모르겠습니다. 국민들은 오로지 자신의 몸을 아끼지 않고 생명을 바친 고 조현준 박사와 많은 자원봉사자만을 이름 없는 진정한 영웅들로 기억할 뿐입니다. 지금도 많은 구조대원과 자원봉사자들이 묵묵히 수해로 삶의 터전을 잃은 사람들을 위해 최선을 다하고 있습니다. 대한민국은 그 어느 때보다 차분하고 평화롭게 일상을 영위하고 있습니다. 그것은 각자의 자리에서 양심을 걸고 최선을 다하는 국민 여러분들이 계시기 때문에 가능한 일이 아닐까요? DBC 뉴스 이영림입니다.

***

가을이 무르익은 화천은 그 어느 때보다 아름다웠다. 여전히 많은 이들이 소망의 댐 위락지에 찾아와 즐거운 추억을 나누고 있었고, 파로호에는 여유롭게 유람선이 떠다니며 바쁜 일상에 지친 이들에게 휴식을 제공하고 있었다.

댐관리단 직원들은 평소와 다름없이 실시간으로 제공되는 댐 수위 상황을 체크하며 여유롭게 담소를 나누고 있었다. 한차례 태풍이 휩쓸고 지나간 거대한 댐은 쏟아지는 가을의 햇살 속에 위용을 뽐내며 자신을 찾아오는 수많은 관광객에게 천진하게 미소 짓고 있었다.

화천은 그지없이 고요했으며 가을의 풍취에 어울리게 낭만적이고 또한 모든 기억을 지워 버릴 만큼 잔인하게 평화로웠다.

***

- 소망의 댐 특조위의 부실한 활동과는 다르게 소망의 댐 시공에 관련된 모든 이들이 구속이 되어 수사가 일사천리로 진행되고 있습니다. 확실한 부실공사와 국민들의 소중한 모금을 횡령한 혐의가 발견됨에 따라 국민들의 공분이 날이 갈수록 커지고 있는 상황입니다. 전 국토교통부 장관 박기환은 곧 재판을 앞두고 있고, 수자원 정책국장 곽태철과 수자원 개발과장 이기범은 파면되어 현재 구속되어 수사를 받고 있습니다. 또한 검찰은 소망의 댐 두 시공 업체의 모든 관련자들 또한 수사를 마친 상태라고 합니다. 새로 임명된 국토교통부 장관은 국내의 모든 댐에 대한 내진 상황을 다시 재점검하도록 감사를 시작할 예정이라고 하였습니다.

뉴스를 마치자 김석수는 한동안 스튜디오를 이리저리 거닐었다. 모든 것이 완벽하게 다 끝났지만 그의 마음은 공허하고 오랫동안 고통스러웠다. 그때 한 AD가 그에게 다가와 사진 두 장을 건넸다.

"국장님, 말씀하신 사진입니다."

"아, 수고했어요."

사진을 건네받은 김석수는 의자에 앉아 두 장의 사진을 물끄러미 바라보았다. 두 사진 속의 사내는 초췌하고 수염을 제대로 깍지 않아 마치 산적처럼 보였지만 미소만은 부드럽고 따듯했다.

김석수는 눈을 들어 천장을 바라보았다. 뜨거운 무엇인가가 목구멍을 뚫고 올라와 도저히 숨을 쉬기가 버거웠다. 코끝이 찡해 오고 눈시울이 뜨끈해지면서 눈에서 흘러나온 눈물이 사진 위로 뚝 떨어졌다.

"참 보고 싶네요. 이놈의 세상은 언제 그랬냐는 듯 너무도 멀쩡하게 돌아가고 있습니다. 억울하시지 않으십니까?"

김석수의 질문에 사진 속 사내는 아무 대답 없이 웃고만 있었다. 김석수는 한 손으로 사진 속 사내의 얼굴을 쓰다듬으며 고개를 끄덕였다.

'저만 이렇게 살아남아 정말 미안합니다. 곧 이 세상이 둔감해져서 어제의 악몽도 당신의 처절한 몸부림도 다 잊어 가겠지요. 하지만 세상이 잊더라도 전 절대로 잊지 않고 기억하겠습니다. 당신이 진정한 이 시대의 영웅이었다는 것을. 그리고 절박했던 이 나라를 구한 당신 곁에서 그 순간을 같이한 것은 제 생애 큰 선물이었습니다. 잊지 않겠습니다. 절대로 잊지 않겠습니다.'

스튜디오 창문 밖 야경은 그 어느 때보다 찬란하고 아름다웠다. 곧 초겨울을 앞둔 서울의 전경은 무르익은 가을의 공기로 그지없이 풍요롭고 평화로워 보였다. 그 앞의 고통과 상처를 오롯이 품은 서울의 가을밤은 늘 그랬던 것처럼 아름답고 사랑스러웠다. ♣